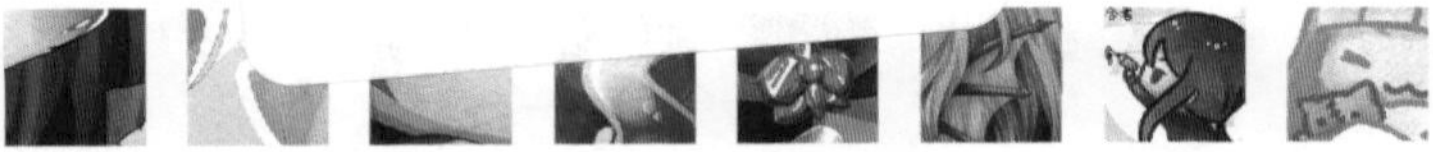

歡迎光臨科爾諾瓦

伽伊安、新月夏 合著
西瓜精 繪

新月夏&伽伊安
2020年8月8日
第三集
雖然會害怕，但我還是想要說實話！

262 5466 71

回應

展開其他回應

科爾諾瓦

艾薇斯卡・維爾鈦・綠利基斯

粉絲 204　朋友 3

輕小說　真人真事　BL　GL　BG　奇幻　我的腦洞有這麼大

「這一天，所有人都要表現出小說裡面的樣子。」

與家人重聚以後，伽伊安的世界迎來了奇妙的節日
但是把故事不符合現狀拿來慶祝，到底是搞錯了什麼啊？
氣憤難當的伽伊安決定糾正所有錯誤的描述
寫小說有什麼難的，自己寫寫看不就知道了嗎？

第一章「連自己都要用演的，真的不是她寫錯了嗎？」3
第二章「要的東西說不要，不就只是溝通障礙嗎？」55
第三章「作者忘了我們，我們也可以忘掉作者。」105
第四章「如果有一把槍，我就要殺人。」147
番　外「黃昏的獅子花。」211
番　外「冬天的陸行鳥。」271
後　記　336
附　錄「黎明。」341

歡迎光臨科爾諾瓦

雖然會害怕，
但我還是想要說實話

第一章

連自己都要用演的，
真的不是她寫錯了嗎？

已讀3

「只要你把頭髮留長，拿去鎮上賣掉，總有一天就可以把你哥哥買回來了啊。」

伽伊安不記得自己聽見這句話是在幾歲的時候，只記得眼淚與鼻涕攪和在一起又鹹又黏的味道。夢中，俯身看著自己的女人總是不斷重複類似的話語，那雙手無論打了伽伊安多少次，最後都會溫柔地伸過來。

「跟媽媽抱一下？」

伽伊安知道伸手擁抱就會被母親掐住脖子，卻老是讓自己淪陷於強烈的窒息感，每當他在這種夜晚驚醒，總是會覺得自己很賤，又克制不住地思考：到底是直到幾歲他才接受哥哥死掉了？

西南海岸非常落後，窮小孩常常被賣去莊園當奴隸，當伽伊安把長髮留過肩胛的時候，其實就已經知道這輩子要找回哥哥是不可能的，但他的頭髮還是一年一年地長，伸過手臂，超過了腰。

偶爾在幾個痛苦的噩夢之後，伽伊安會放任自己陷入幻想：如果雙胞胎哥哥還活在這個世界上，會不會某天突然出現在他的面前，用同樣的臉對他笑一笑？

哥哥或許會說他逃出來了。

或許會說：因為伽伊安一直很努力，所以他也在努力。

或許哥哥只是活著，也能讓噩夢從夜晚離開，如果哥哥在身邊，或許他也能體會家人是什麼感覺了。

——伽伊安坐在煉金部的高腳凳上，望著專心攪拌果醬炒麵的蕨葉。

熱騰騰的醬汁裹著麵條，在燭光裡閃爍誘人的油光，身穿白襯衫的蕨葉將橘子果醬倒進其中，炒麵的蒸氣一下子就摻進了奇怪的味道。伽伊安盯著與自己如出一轍的臉孔，默默咬著下唇。

半個星辰時以前，藍伊把蕨葉和伽伊安雙雙帶回了煉金部，似乎是因為伽伊安看起來太緊張，艾爾洛司洛很快就低聲向他提出了逃避的建議。

「今天是您和蕨葉先生的生日，想必伽伊安先生希望好好度過，不如告訴蕨葉先生我們正在舉辦生日宴會，只是用移動魔法帶他過來參加……等到明天再向蕨葉先生仔細說明現在的情況，您覺得如何呢？」

這種裝死的計劃讓伽伊安連連點頭，馬上抓住蕨葉胡扯藍伊剛才用的都只是移動魔法。

「那剛剛那是什麼地方？天空藍藍又綠綠的……」蕨葉看起來很懷疑。

「是你出現的地方。」

「我出現是指——」

「沒什麼，你一定是太累了。」

「是喔，可是我完全想不起來我早上在幹嘛耶，然後我——」

「就說你太累了！」伽伊安抖著聲音堅持。

「你工作的地方變得這麼奇怪，也是因為我太累了嗎？」

蕨葉狐疑地看看牆上的骷髏頭，又在伽伊安脫口而出「不是」的時候把視線移向房間對面，他的眼神在耶洛身上停留了幾秒，隨後才按著太陽穴重新轉向伽伊安。

「好吧……你說，你帶我來參加生日宴會？」

「嗯。」

「那桌上這些東西可以吃嗎？」

「可以。」

蕨葉點點頭，走向餐桌，從口袋掏出一瓶小罐的果醬直接往桌上的炒麵倒下去，雖然伽伊安搞不懂哥哥突如其來的舉動，不過徹牧音似乎也看見了這一幕，笑著湊過來。

「嗨，你就是蕨葉……伽伊安的哥哥對吧？你們兩個真的長得很像耶。」

「因為我們是雙胞胎啊？」

蕨葉困惑地打量著徹牧音，徹牧音乾笑兩聲，拉開緊貼著蕨葉的椅子，抓住伽伊安的手，把人半強迫地塞過去。

「好啦，生日快樂！你弟一直很想跟你好好聊天，我看我們都先出去不要打擾了，你要對你弟好一點喔。」

徹牧音說著朝同事使了幾個眼色，一行人便默契十足地開始往門口移動，這讓伽伊安頓時陷入混亂。

不對啊，你們不是要幫我慶生嗎？如果我只想跟哥哥獨處，為什麼還要特地回來煉金部？伽伊安感覺自己有千言萬語卡在喉頭，卻連一句話都喊不出口，倒是蕨葉好像不在乎煉金部的人想去哪裡，轉身把炒麵遞給伽伊安。

「弟弟也吃吧，我覺得挺好吃的。」

伽伊安為了壓抑「他叫我弟弟」的激動感，硬吃了兩口果醬炒麵，就在他設法拿水拯救自己的味覺時，一隻很大的黑貓忽然跳上了桌子。

黑貓通體渾圓，有一對橘子色的眼睛，蕨葉一看到貓立刻扔下叉子。

「弟弟！怎麼會——唉，那個『移動魔法』好像把弟弟帶過來了，這樣亂跑我會很擔心啦，我要先把弟弟帶回家！」

「我沒有亂跑……你是說，你要我跟你回家？」

「咦，你要跟我回家嗎？」蕨葉一手攬著黑貓。

「要。」

「那……那好啊？如果不用管你同事的話？」

蕨葉說著便扛起黑貓，轉身穿過浮在空中的雷電泡泡，只是他才剛打開煉金部的門就差點撞上臉色不善的伊安。

「伽伽，他們叫我跟著你。」

堵在門口的伊安越過蕨葉，冷冷地向伽伊安宣告，伽伊安瞥了倉促往後退的蕨葉一眼，索性領著哥哥與惡魔下樓。他們離開王宮，走過廣場，一直到抵達蕨葉位在城裡的住處，蕨葉才在黑貓響亮的喵叫聲中惶恐地發問。

「這個『伊安』也要進來我家嗎……？」

「伽伽去哪裡，我就去哪裡。」

伊安在伽伊安回答「對」的同時開口搶話，伽伊安正想問惡魔的臉色幹嘛那麼兇，蕨葉就慌慌張張地道歉。門一開，黑貓旋即竄進屋子，隨著自動點亮的螢石燈，映入眼簾的是擺著木桌椅的木造客廳。

長方形的客廳右邊連接著一間大臥室，臥室門口有一座用石頭打造的壁爐，房屋中央座落著通往小閣樓的狹長樓梯，最深處還有簡單的廚房，雖然說不上寬敞，但住兩個人顯然是足夠的，屋裡瀰漫著一股煤灰的味道。

伽伊安關上門，望著正在搓鼻子的哥哥。

「你今天有什麼想做的事嗎？」

「我想做的……就說我根本想不起原本在做什麼……」蕨葉脫掉靴子，看見伽伊安動搖的臉色，又趕緊露出笑容，「呃，那我對一下今天的帳本吧，弟弟你等一下。」

蕨葉說著從桌上抓起一本小冊子，但即使想裝作煞有其事，額頭卻逐漸浮現一層冷汗，視線也不斷往伊安掃過去。

「弟弟，所以你的惡魔進來我家到底是想要……」

「你不用管她，她只是跟著我。」

伽伊安說是這樣說，兩分鐘後，卻也開始覺得惡魔冰冷的臉色有點嚇人，根據經驗，他很快就得出了結論。

「我去買東西給她吃。」

「等一下，那我也要去！」

蕨葉闔上帳本，火速衝到伽伊安身邊，只是伊安也理所當然地黏過來，似乎又讓蕨葉更慌了，趁著伊安率先推門出去的空檔，蕨葉總算一把揪住伽伊安的衣服低聲求救。

「弟弟，怎麼辦啦……」

「什麼怎麼辦？」

「你的惡魔啦，我之前罵過她，她好像在生氣耶。」

「之前？你不是今天才出……我是說，你之前幹嘛要罵她？」

「因為，我才是你的雙胞胎哥哥，可是她居然長著跟你一模一樣的臉啊！」

伽伊安瞪著哥哥，花了幾秒才搞懂蕨葉的意思。

「伊安她是惡魔，不是人，只是因為和我相處很久，所以變成人的時候都會直接學我的外表。你不要想太多，她並沒有想要跟我變成雙胞胎的意思。」

「這我知道，可是我之前就很氣……反正，我拿東西刺過她耶。」

「啊？」

「還刺了好幾次。」

伽伊安可不知道這回事，昨天才剛產生出來的記憶裡也沒有。

「雖然每次刺她她都只會噴黑黑的煙出來、又都是在你沒看到的時候……可是剛剛那個對我們用移動魔法的人魚啊，我也曾經拿馴馬杖打他耶……」

「你還打過藍伊？」

伽伊安的緊張感瞬間飆升了二十幾倍，無論「蕨葉做過的事」是不是昨天才被小說設定出來的，惹到藍伊絕對不會有好下場。蕨葉似乎弄不懂弟弟為什麼要突然拔高音量，苦惱地搔著頭。

「那隻人魚都會叫我冷靜再帶我去吃烤肉，人還滿好的，可是你的惡魔就——」

「你離藍伊遠一點，如果他以後跟你說話，你一定要馬上跟他道歉。」

「咦？我是想跟他道歉啦，我總覺得自己以前做的事都好奇怪，為什麼我看到你跟別人說話就會那麼不爽啊……而且我好像一直纏著你，你明明說你工作的時候不要一直過去煩你的……」

蕨葉的聲音越來越小，又突然抬頭盯著對街的商店。

「我還是得先跟弟弟的惡魔道歉，去買一些桃子送給她吧。」

伽伊安不曉得道歉幹嘛送桃子，卻被哥哥拉著走向水果攤，結果他與哥哥的初次閒聊竟然是在討論蜜果怎麼挑才能挑到甜的，這讓伽伊安覺得自己的生日越來越奇怪了，而當他們拎著一袋水果回到蕨葉家，該死的倦意又湧了上來。伽伊安還沒跟哥哥好好聊天，總覺得自己不該去睡覺，只是這樣下去他也不知道要跟哥哥聊什麼才好，拼命思考一分鐘以後，伽伊安才從半真半假的記憶中挖出了答案。

「你要不要跟我睡覺？」

「什麼？」蕨葉不安的神色又混進了更多驚愕。

「我想睡了，你要不要跟我一起去睡覺？」

伽伊安是第一次提出這種顯然在撒嬌的邀約，然而蕨葉卻沒有表現出半點欣喜的表情，反而像見到什麼突變的魔物一樣盯著伽伊安，最後甚至用袖子抹了一下額頭。

「哇，我們都幾歲了啊……我是說，你睡一樓的房間就好啦，我現在去幫你整理！」

蕨葉扔下水果逃進臥房，一旁悠悠進門的伊安用尾巴戳起桃子開始吃，伽伊安聽著惡魔啃水果的聲音，總覺得自己的臉好像快要燒起來了。

什麼啊，「人物介紹」明明寫著哥哥超級喜歡他，每天都想黏著他一起睡覺！伽伊安知道書上寫的東西不一定準確，但蕨葉剛才那是什麼表情？一起睡跟年紀有什麼關係？今天可是他們闊別了十幾年重逢的日子耶，他只是想跟哥哥順利聊個天啊！

伽伊安沒有在內心暴走多久蕨葉就整理好臥房了，眼看他戰戰兢兢地請自己進房間，又像逃命似的關門離去，伽伊安感到更加鬱悶。仔細一看，一樓的房間堆滿了各式各樣的寵物用品，伽伊安把窗邊的木棉貓玩具撿起來觀察了片刻，這才心煩意亂地倒頭閉上眼睛。

伽伊安清醒以後花了一點時間才想起這裡是哥哥的家，從窗外的光線看起來，他居然一覺睡到早上了。伽伊安爬下床，踢開門，客廳裡不見惡魔的蹤影，倒是能看見哥哥站在玄關跟某個人對話，伽伊安快步走向玄關，發現耶洛不知怎麼站在大門口，對著蕨葉九十度鞠躬。

「真的非常抱歉。」

因為這個畫面太詭異了，伽伊安呆滯了一下子才困惑地轉向哥哥。

「發生什麼事了？」

蕨葉沒有回答，而耶洛再度低頭。

「我是真的覺得很抱歉。」

伽伊安揉揉眼睛，搞不懂在他睡覺期間出了什麼事，如果現在道歉的人是徹牧音或者妮莉，他多少可以猜出原因，但是耶洛怎麼會一早跑來這裡對他哥哥鞠躬？哥哥的表情又為什麼會這麼緊張？

「伽伊安，其實……」

耶洛才剛抬起頭想要解釋，蕨葉就「哇」地驚叫一聲，伸出雙手做出制止的動作。

「少爺，您今天還是先回去吧，就這樣了，再見！」

蕨葉「碰」一聲當著耶洛的面摔上門，接著彷彿被自己的舉動嚇呆了，後退兩步，用雙手掩住臉開始喃喃自語，伽伊安隱約聽見什麼「不敬」和「懲罰」，完全搞不懂這是什麼情況。

「蕨葉？」蕨葉沒有理他，伽伊安只好又喊了一聲，「蕨葉，怎麼了？」

「我——我不知道，我不知道我是不是兇了十四少爺啊……他萬一生氣……」

「十四少爺？」剛睡醒的伽伊安完全聽不懂。

「十四少爺啊，十四少爺！」蕨葉伸手指著門，彷彿用盡全力般從齒縫裡擠出那個名字，「耶……耶洛少爺。」

「耶洛是貴族沒錯，可是我們不需要喊他少爺。」

「不是啦……」

蕨葉欲言又止的態度讓伽伊安意識到事情不太對勁，他的腦海緩緩跑過蕨葉的資料，皺起眉頭。

「你跟耶洛有什麼關係嗎？」

「少爺……唉，剛才那位是玥行家的十四少爺，雖然我早就知道他也是弟弟你的同事……」蕨葉指著門的手遲遲沒有放下，反而開始劇烈顫抖，「其實，在找到弟弟你之前，我一直都在他們家工作。」

「你是被賣到耶洛家當奴隸的嗎？」

伽伊安瞬間完全清醒了，自己的哥哥從小被賣掉，居然是到同事家裡當下人？天底下會有這麼巧的事情嗎？耶洛家在這塊大陸的北邊耶，離他們出生的海岸超級遠！而且耶洛昨天根本就沒有表示什麼，還那麼悠閒地舉杯祝他生日快樂——

「他們玥行家有上百個僕人，以前我見到少爺出現在弟弟身邊的時候，少爺根本不認得我……所以，我也都裝作完全不認識他，反正盡量不要被少爺看見就好。可是現在少爺怎麼會突然跑來我家門口……他、他說他記得我？這是怎樣、怎麼可能，我到底該怎麼辦……」

伽伊安聽著蕨葉混亂的呢喃，用力抓抓頭髮。

「所以耶洛跟你說什麼？」

「他說抱歉讓我在他家裡當僕人……問我還好嗎，還說要去問出我原本的名字……」

蕨葉說到這裡，猛吞了口口水，「太可怕了，我一定要當作沒有這回事，這一定是夢，我昨天應該跟弟弟一起睡覺的。」

「所以耶洛有虐待過你，還是他的家人欺負過你嗎？」伽伊安跟著越來越緊張。

「沒有啦，只是少爺都會把貓——沒事，當我什麼都沒有說。唉，貓弟弟還在吧……」

蹲在壁爐上的黑貓猶如感知到蕨葉的恐懼，無聲無息蹭了過來，蕨葉一把將黑貓抱起來吸，眼神又擔憂地移到伽伊安身上。

「雖然弟弟你老是叫我不要管你的工作環境，不過，之前看你跟少爺那麼要好，其實就讓我覺得……」

「我跟耶洛現在並不算特別要好，如果他曾經欺負你，你真的可以告訴我。」

蕨葉沒有再回話，一臉茫然地低頭望著貓，伽伊安見狀索性拉著蕨葉先讓他到壁爐邊坐下。他在客廳與廚房找了一圈，真的沒見到伊安，只好從廚房倒了一杯水放在蕨葉的面前。

「所以，你說你以前在玥行家當奴隸？」

「嗯……不過我逃出來以後用了好幾年找到弟弟你……哈哈，之後真的是追著弟弟到處跑……弟弟你這個表情，難道都不記得了嗎？」

「我記得。」

伽伊安咬住嘴唇，即使是這兩天才被塑造出來的記憶，他也決定當成真的，他偷偷在手上想像出之前與艾爾一起寫的說明書，考慮要從哪裡開口跟蕨葉詳談角色的事情才好。如果說得太嚴肅，蕨葉可能會嚇到，說得太簡單，蕨葉又可能當作開玩笑，明明只要慢慢說明就能講清楚，伽伊安卻覺得睡了一覺，自己好像對這件事更加難以啟齒了。

伽伊安捏緊說明書，左右又看了一圈，還是沒有找到惡魔。

「咦，弟弟你手上怎麼會忽然冒出一疊紙——」

「等我一下。」

伽伊安跳起來，跑回臥房挖出通訊儀器，他用手心拍了一下半圓形的弧面，儀器表面立刻閃爍出許多用光圈拼成的姓名：藍伊、耶洛、艾爾洛司洛……一大早就聯絡艾爾洛司洛很沒禮貌，伽伊安謹慎地切掉艾爾洛司洛的名字，對「徹牧音．薩帝夫」端詳了片刻，決定壓下去。

光圈散開，通訊儀器表面閃過波浪似的流光，沒多久光澤全部縮回弧面，聚集成非常明亮的金線。

「怎麼了？」徹牧音一接起通訊劈頭就是個問題。
「我想叫你跟我哥解釋這邊的事情。」
「喔。」從徹牧音那邊傳來王宮餐廳推車的嘈雜音樂，「你在哪裡？」
「我在我哥家……」
「好啊那我現在就過去，你吃早餐了嗎？」
「還沒。」
「那我幫你帶早餐過去喔。」
轉瞬間，通訊就從徹牧音那邊被切掉了，伽伊安正訝異著徹牧音沒有說半句廢話，客廳裡的蕨葉就對他招手。
「弟弟，雖然你好像在忙……我可以先問你一件事嗎？」
「可以。」
「少爺他突然認得我了，這跟我們是那個『角色』有什麼關係嗎？」

伽伊安不知道問題的答案，更懷疑自己沒有聽清楚，而蕨葉看他毫無反應，從口袋撈出一支手機開始按，這個畫面讓伽伊安差點以為自己還在作夢。

「你為什麼拿著那個……」

「喔，昨天你睡著以後一個天使給我的啊，他說變成這樣之後他都會發給每個人這種儀器。這東西好神奇喔，感覺有點像莫里安王國做的耶，我也有問伊安該怎麼用，所以……」蕨葉說到這裡，似乎察覺到弟弟的臉色不對勁，停頓幾秒，刻意用非常輕鬆的語氣說：「對了，我已經知道現在是什麼情況了，所以你不用再跟我解釋一次沒有關係喔。」

「你知道現在是什麼情況？」

「對啊，反正這個儀器什麼都查得到，我睡不著所以看了很久嘛。」

「你——你怎麼可以拿來路不明的人的東西，你知不知道這樣子很危險？萬一你被抓走還是被人騙了要怎麼辦啊！」

癱在蕨葉懷裡的黑貓被伽伊安的吼聲嚇得拔腿就跑，蕨葉趕緊溫言安撫貓咪，再毫無懼色地轉過來。

「可是那個天使說弟弟你也有在用這種儀器耶，他說這是來自某個我遲早會知道的文明……再說，昨天感覺就像發生了什麼很嚴重的大事，弟弟你好像都在唬爛我，可是你一直不太會講話，要讓你對我說明，你好像也不知道該怎麼辦，我看你那麼緊張，就想說算了我自己去問別人……」

「我哪有緊張，而且我才沒有不會講話，你如果想知道就昨天問我啊！」

「哎唷，冷靜點，你不要每次說兩句話就這麼激動啦，昨天你那麼快就跑去睡覺了，我又不可能只是坐在旁邊等你醒。」

「為什麼不可能？」

「為什麼你覺得可能啊……你的惡魔站在我家客廳一直吃桃子，外面完全不知道發生了什麼事，我失去整個早上的記憶，甚至也不曉得自己前天在幹什麼耶……」

「如果情況真的有危險，我才不會去睡覺。」

「很難說喔，弟弟。」

就在伽伊安怒吼「你是什麼意思」的時候，玄關忽然傳來富有節奏的敲門聲。

「不要吵架，外面都聽得到喔——副副部，幫我開門！」

或許是因為耶洛才剛找上門，蕨葉瞬間跳起來往廚房後退，伽伊安煩躁地用手指順了幾下長髮，再度走向玄關，門一開，很有效率的徹牧音就塞了一袋熱騰騰的食物與咖啡過來，但是伽伊安都還沒把紙袋拿穩，就注意到徹牧音身後還站著一個人。

那是個身穿黑洋裝的少女，她比徹牧音高了整整一個頭，長及肩膀的黑髮修剪成很活潑的俏麗造型。伽伊安花了幾秒才記起那是徹牧音的「妹妹」，只不過，他早就忘記這女的叫什麼名字了，而且也一點都不打算想起來。

「副副部，我跟你介紹過吧，這是我妹妹茜。茜茜，他是伽伊安，上次你們見過吧？」徹牧音看起來心情很好，不顧伽伊安的臉色擅自介紹。

茜就茜，喊什麼茜茜？伽伊安捏著門把，花了點時間才把臉撇開，踩著比平常用力的步伐走回哥哥身邊，把裝著食物的紙袋扔在桌上。

「請問你們是……」蕨葉盯著沒穿制服的徹牧音，而徹牧音自來熟地拉著茜進門。

「嗨，蕨葉哥哥，我是徹牧音啦！這是我妹妹茜。我是王宮煉金部的啊，是你弟弟的同事，我們昨天才見過吧，我有跟你說話喔，你記得嗎？」

居然在說明自己的身份之前介紹妹妹，開什麼玩笑！伽伊安憤怒地從桌上抓起咖啡，而蕨葉一臉不安。

「對不起我昨天有點混亂……所以你是少爺、不對，是我弟弟的同事嗎？」

這邊也是，開什麼玩笑，居然先提到耶洛！伽伊安一口氣乾掉咖啡，放下杯子，在蕨葉招呼茜就坐的位置一屁股坐下，比起蕨葉當場傻住的反應，徹牧音倒是非常自然地對著茜露出傻笑。

「只有兩張椅子欸，茜茜來坐吧。」

茜沒有回答，很乖巧地坐到了伽伊安的身邊，站著的兩位哥哥似乎都不打算先處理弟妹們的臉色，擅自進行起客氣的對話。

「我不知道你有沒有聽你弟提過，可是我剛才在門外聽到——」

「喔，如果是『角色』的事情，我已經知道啦。」

「是喔？不過我還是想要跟你解釋一下……」

伽伊安很想在這種重要時刻加入交談，但是他再怎麼告訴自己要把注意力放在哥哥身上，都忍不住想把茜馬上趕出去的念頭。

到底為什麼徹牧音會有妹妹？他原本可是獨生子，跟自己這種「哥哥夭折之後又活起來」的情況完全不一樣，徹牧音明明也說過沒有兄弟姐妹比較好，他明明說：如果哥哥一直不出現，伽伊安把他當作哥哥也沒關係。當然，那些話對徹牧音來說應該只是個玩笑，伽伊安也曉得自己記在心裡很噁心，可是，在徹牧音衝到那個雷聲大作的咖啡廳以後，他是真的有一陣子都在想：如果哥哥永遠都不會活過來……

伽伊安用力擰了自己的手臂一把，再蹙眉瞪著茜，煩死了，這種憑空生出來的妹妹算是真人嗎？看她盯著桌面都不說話，難不成跟蘭一樣難以溝通？

或許是因為伽伊安過度在意茜了，等他再次抬起頭的時候，徹牧音已經對蕨葉提出一起吃早餐的主意，還藉由外帶的食物說明想像力，眼看他說明得行雲流水，愉快的語氣更是讓成為角色這件事顯得很有趣似的，伽伊安氣歸氣，依然認為徹牧音溝通的能力真的很厲害，而蕨葉聽著聽著，從櫃子裡拿出一罐橘子果醬開始用湯匙挖來吃。

「哇，哥哥你直接吃那個喔？」徹牧音的解說瞬間停住，「你吃東西的習慣好像滿厲害的，跟我們副部長有得拚耶。」

「艾爾洛司洛也會吃果醬？」

因為伽伊安插嘴，話題很快就偏掉了，正當徹牧音對著伽伊安解釋正常的蟬都吃什麼東西，順便調侃艾爾洛司洛喝花茶裝模作樣的時候，伽伊安突然間聽到了不可能出現在這裡的聲音。

「——你過來一下。」他似乎聽見藍伊說。

伽伊安驚恐地轉身，但是背後半個人也沒有，這讓他狐疑地起身查看房間，再打開通訊儀器檢查，就在他望著藍伊的名字猶豫要不要撥過去確認的時候，桌子上的餐具突然像是蠟燭融化一般暈開了，徹牧音反應最快地推開椅子，一把護住茜，伽伊安也搶在桌子整張消失之前抓住了住蕨葉。

數十道鐵桿從櫥櫃衝向天花板，宛如鳥兒振翅般往兩旁展開透明的落地窗，牆壁褪為白色，地磚也從餐桌底下往外翻，他們身邊的場景火速切換，讓伽伊安短暫感受到一股懸浮在空中的感覺，接著他們一群人就很狼狽地摔到了妮莉的咖啡廳中央，伽伊安掙扎著爬起來時看到藍伊穿著一身黑色家居服，站在陽光普照的座位區跟雷切斯特說話，而雷切斯特望著伽伊安等人，面露錯愕。

伽伊安才剛拉著蕨葉起身，徹牧音就放開茜，一個箭步衝上前扯住藍伊的衣領，伴隨一陣驚人的爆炸，銀色的電光在藍伊的臉上當場爆開，幾張桌椅瞬間被電流炸得摔到牆上，風壓掃過伽伊安的身邊，雷切斯特面前也自然彈出一大圈防護結界。

「你們又幹什麼……不知道我妹也在嗎！」徹牧音殺氣騰騰地轉向雷切斯特。

伴隨這句話，整個房間的影子剝離地面噴上半空中，徹牧音用一種恐怖的氣勢急速逼近雷切斯特，伽伊安愣了愣，拔腿跑向藍伊。

「藍伊……藍伊？」

他一看到藍伊的傷勢，聲音頓時成了慘叫，藍伊的臉被雷擊炸得皮開肉綻，不只骨骼外露，脖子幾乎都斷了，剎那間，伽伊安的腦海只剩「救他」的想法，彷彿在反應這股思緒，他的雙手憑空滾出一大堆藥水，伽伊安跪下來抓起藥，發瘋似的一罐一罐朝藍伊狂倒。

約莫十秒後，藍伊弓起身體開始咳嗽。

「你幹嘛——」藍伊用袖子抹抹臉，致命的傷勢馬上消失，「想把我淹死是不是！幹嘛潑我這種臭死人的——」

「你有沒有事？」

伽伊安一把撲過去，藍伊翻了個白眼，賞了伽伊安的頭一記手刀，但是藍伊才掙扎著起身，伽伊安卻又驚恐地抱住他的褲管。

「你沒事……」

「你才有事吧——放開！給我放開喔，不然我就讓你跟著我死一次啊！」

「你剛才……你死掉了？那你沒……你真的沒有事嗎……？」

伽伊安的手心克制不住地繼續噴落藥水，眼看藥水一瓶瓶摔到地上，藍伊忍不住唸著「三小啊自動販賣機喔」，往伽伊安的後腦勺又揍了兩拳，但這還是沒有讓藥水的生產停下來。

「喂！雷切斯特，他又變得很奇怪啦，我可不可以把他砍死——呃，你幹嘛？」

藍伊喊到一半，蕨葉突然快步衝過滿廳亂飛的雷電與影子，在伽伊安旁邊蹲下。

「嘿，弟弟，來，手給我，你冷靜，一二三跟著哥哥深呼吸——」

眼看蕨葉開始哄伽伊安，藍伊頓時露出難以置信的複雜表情，而一旁被電光逼迫的雷切斯特面前已經出現了一片火焰牆，威武的火元素吞噬著吱吱作響的雷光，不斷往牆角後退，就在落地窗因為熱度爆出裂痕的時候，嗶嘰一聲，四竄的電流突然擊中徹牧音，銀光輕輕一閃。

「你們不要嚇人啦。」

茜彈著手指走向徹牧音，每跨出一步，飛在空中的黑影就隨之落下幾片，銀色的電流也啪嚓啪嚓地從四面八方吸回她的指尖，茜用帶著電光的小指將黑髮撩到耳後，彎身看看徹牧音。

「你遲早會被自己電死。」茜對親哥哥撂下一句話，又望著伽伊安身邊滿地的藥水。

「那個是可以治療的嗎？可不可以給我一瓶？」

「對，不可以。」

茜好像沒聽見伽伊安的拒絕，撿起一瓶藥水，拔開瓶蓋就往昏倒的徹牧音的身上澆。

「咦，為什麼沒有醒來？那個人魚剛剛噴好多血出來都馬上醒來了。」

「因為我死掉了喔。」藍伊沒好氣地開口。

「是喔，所以死掉會馬上醒來，受傷就不會嗎？好神奇。」

「我說妳——」

「對不起啦，我才剛變成這樣沒多久，很多事情都不知道嘛。」

茜一改剛才安分的臉色，走向藍伊，用力戳了一下他的胸口。

「不過，都是你們不好，是不是你們用魔法把我們移到這邊來的呀？我從來沒見過這種類型的移動魔法，我哥那麼膽小，你被他電幾下也不能怪他吧？」

「哪有電幾下會直接電死人的？這種說法也太奇怪——」

「我哥從小就這樣呀。」

伽伊安不記得徹牧音有這種暴力傾向，茜卻用「夏天本來就熱啊」似的語氣宣稱，藍伊皺著眉，很不服氣地指向伽伊安。

「那也不是我把你們移過來的，我叫他『過來』、他覺得『好』才能帶你們一起來的啊，不是我的錯吧？」

伽伊安不記得自己有說什麼「好」，但是受到驚嚇的疲憊感逐漸蔓延到四肢，讓他完全沒有力氣爭辯，彷彿不給他們喘息的空檔，咖啡廳的門緊接著被一腳踢開。

「我看到二樓又有雷電跑出來，果然是你們。」戴著大帽子的珖一舉手就跟伽伊安愉快地打了招呼，「嗨，又見面啦。」

「你是……蛇……」

珖聞言噗哧一笑，對遍布著焦痕與裂縫的殘破大廳招招手，一張椅子旋即滑過地面，在他面前轉了個圈，讓他翹腳坐下。

「對，我就是艾維斯卡最有名的巨大東方蛇──」

「龍就龍，說什麼蛇啊。」藍伊惡狠狠地瞪向伽伊安，「道歉！珖先生他是龍好嗎？」

伽伊安第一次聽見藍伊喊人「先生」，這讓他驚疑不定地觀察了一下珖，仔細一看，這人的長髮好像比上次更柔順了，寬大的黑袍依舊長及小腿，鬆垮垮地掛在椅子上。

「沒關係，不要客氣，我覺得被叫做蛇很可愛呢！倒是你們又怎麼啦，伽伊安又被妮莉綁架了嗎？」

「哪有人會一天到晚被綁架，我們國家的治安很棒好嗎？」藍伊也順手開始扶正椅子。

「是喔，如果你們國家的御獸使能稍微管一下魔物，治安一定會更好呢！聽說之前你們國內有一隻水生魔物亂吃人？」

「咦，雷切斯特你要不要管一下，妖魔吃人聽起來很嚴重耶！」

藍伊大驚失色，而被雷電逼到角落的雷切斯特什麼也沒有說，徹底迴避著珖的視線，轉身去修理裂開的落地窗。眼看雷切斯特用魔法與想像力把亂七八糟的桌椅快速復原，珧啜了一口不知何時端在手上的清澈飲料。

「阿雷真能幹呢。」

「哪有，他還是很廢好嗎？」藍伊喃喃抱怨，「他只是因為不敢跟這傢伙的哥哥打招呼，從昨天半夜就一直問我該怎麼辦耶。」

藍伊說著把視線移到伽伊安臉上，表情頓時又變得很兇。

「喂！聽說你之前罵阿雷在手機打招呼看不到，那以後要不要你們家每出現一個人，你就負責把他帶去見雷切斯特、幫他介紹？」

「不要。」伽伊安回答。

「說什麼不要，你是主角耶。」

「那又怎樣。」

「什麼怎樣……阿雷他很怕生啊！」藍伊的語氣宛如在替幼兒找藉口的家長。

「他怕生跟我有什麼關係？難道就因為他不敢跟我哥打招呼，剛剛才害你的臉被炸掉？」

「你好像跳過太多東西囉，話不是這樣說的吧。」

話當然是這樣說的。伽伊安無法理解只是想打招呼就把人瞬間移動過來的邏輯，而且當事人現在還跑去超級遠的地方修桌子，完全沒有要跟他哥哥打招呼的感覺。或許是伽伊安對雷切斯特的負面意見完全寫在臉上，沉默幾秒後，藍伊居然露出很困擾的表情。

「你不要討厭阿雷啦，他很難過耶。」

「看不出來。」

「明明就很明顯……對了，他昨天說你哥有養一隻貓——」

「他想玩動物去森林玩，不要碰我哥的貓。」

「那個哥哥，你要不要帶那隻貓去跟雷切斯特說話？」

或許是察覺到伽伊安對雷切斯特的敵意太深，藍伊索性改而對著蕨葉發問，蕨葉一臉遲疑地望著他。

「所以，你是說……遠方那位金髮男人想跟我打招呼，所以你們施展魔法把我跟我弟帶來這裡，然後，他害你的臉被炸掉……」

「你們為什麼都要忽略那個情緒管理有問題的人啦，百分之百是你們家的人有毛病好嗎！」藍伊指著暈死的徹牧音，「算了，我幫你介紹，那個正在偷看你的人就是雷切斯特，他是——」

「對了，藍伊，對不起。」蕨葉打斷藍伊的話。

「啊？」

「我弟跟我說，只要看到你就要馬上道歉。」

「伽伊安……你都教你哥什麼亂七八糟的東西？」藍伊蹙眉。

「我教他怎麼挑蜜果……不是，因為他打過你啊？」伽伊安說，而一旁的玧吹了聲口哨。

「要吃人囉。」

就在伽伊安考慮要不要對玧發脾氣的時候，從藍伊身上忽然傳來通訊儀器的嗡嗡聲，在藍伊走去窗邊接通訊的空檔，伽伊安注意到茜正蹲在落地窗前搖徹牧音，她的動作很粗魯，簡直像是拿徹牧音的臉擦地似的，伽伊安正想起身制止一下，藍伊說話的聲音卻忽然變得非常大，幾秒後他切掉通訊，氣呼呼地走回來。

「你同事真的很奇怪！」

伽伊安下意識又瞥了徹牧音一眼，「他……」

「不只是他！你全部的同事都很奇怪啦，他們到底當你是什麼啊，碰一下就會死的稀有生物喔？」

伴隨藍伊的抱怨，地上徐徐飄起一層黑霧，緊接著以伊安為首，煉金部全員居然瞬間圍到了藍伊的背後，因為太突然了，伽伊安還以為是自己產生了幻覺。
「伽伽，藍伊剛才打你哪裡？」率眾的伊安大聲發問。
「頭。」伽伊安的嘴巴一回答，煉金部的成員立刻圍著藍伊叫囂起來。
「再說你沒有打他啊！」
「副副部昨天生日，你還真敢把他哥哥抓起來一起揍喔！」
「不是，我沒有打他哥，剛才打他也只是因為——」
藍伊正想解釋，艾爾洛司洛就冷著臉對他比了一下門口。
「藍伊先生，跟我過來。」
艾爾洛司洛應該是第一次來到這個地方吧？為什麼能這麼篤定地叫藍伊出去？伽伊安混亂地望著成群結隊的同事，而最靠近他的碧薇嫚兒把視線移向徹牧音，搖搖頭。
「徹牧音應該又是為了你死掉的吧，那個藍伊真的是……喂，你有沒有哪裡會痛？」
「有。」伽伊安的視線追著艾爾洛司洛，藍伊真的乖乖跟他出去了，他是不是也該追過去？「不對，徹牧音還沒死，他只是——」
「頭受傷不要說話了，讓我看一下傷口。」

碧薇嫒兒邊說邊逼近，一時之間，伽伊安只能拼命抵抗這些人以檢查為名義碰他的頭髮，而伊安一確定藍伊被艾爾帶出去訓話，旋即拋棄責任似的晃著尾巴湊向甜點櫃。

兩分鐘後，在珧打趣的視線底下，咖啡廳的門總算再度被推開，藍伊惱怒地衝進來。

「好啦，我下次不會只打你的頭！」

「藍伊先生，這不算道歉，打其他地方也不行。」艾爾洛司洛冷著臉跟上。

「不然你們到底想怎樣？去告我啊！反正刑司部又沒有在工作。」

「你這隻妖魔也太厚臉皮了吧。」碧薇嫒兒放聲斥責。

「我記得人魚應該是御獸使管的……」

眼看樹韋爾轉而向雷切斯特求助，伽伊安真想叫他們別浪費力氣，雷切斯特如果有管好藍伊的誠意，早就阻止他變成吃到飽的菜色了。但或許是煉金部集體瞪視的威力太驚人，不到三秒，藍伊還是停下了憑空做柳橙汁來喝的白爛舉動。

「不要那樣看我好嗎？伽伊安，轉過來——你們仔細看，他頭沒破也沒有流血，只是被我敲幾下，你們就集體傳送過來，怎麼想都是你們太誇張了吧！」

「哪裡誇張？認識的人被你像那樣子殺過好幾次，在他身上下一點感應的魔法也不過分吧。」碧薇嫒兒嗤之以鼻。

「靠，你們還在他身上放魔法？真的有病耶。」

伽伊安也想知道大家在自己身上放了什麼魔法，不過藍伊撩他頭髮的動作讓他非常分心，雖然藍伊的手應該很髒，被藍伊摸頭卻也不是天天都有的好事，他應該可以忍。

「然後你又是在爽什麼啦！」

於是藍伊又狠狠巴了他的後腦杓一掌，這讓艾爾洛司洛再度嚴肅地將藍伊請去門口談話，眼看畢夫特也湊過去拜託雷切斯特管好妖魔，伽伊安只好先關心往牆角不斷後退的蕨葉。

「蕨葉……如果你不舒服，我可以先送你回家。」

「哈哈，弟弟在說什麼呢，只要靜下心來想想，之前少爺還不認得我的時候我也常常在他面前找弟弟啊，這根本沒什麼。」蕨葉根本不需要別人問就自己吐出了讓他不舒服的原因。

「你的臉色很差。」伽伊安說。

「那是當然的……有沒有被少爺認出來差很多啊——他為什麼會記得我啦……」

蕨葉用耳語般的音量開始崩潰，伽伊安無言片刻，決定找另一位當事人談談，這次耶洛看見他靠近時似乎並不訝異，甚至搶在伽伊安之前主動開口。

「如果你們沒有大礙，需要我迴避嗎？你哥哥似乎不想看到我。」

「不用，所以你們是……我想先問清楚，我哥真的在你家工作？」

「唔，昨天你們生日的時候，其實我不記得見過你哥哥……」耶洛看起來也很困擾，「但是今天凌晨，我梳洗時忽然意識到他似乎曾經在我家裡工作。」

「凌晨？所以這是今天凌晨你忽然記起來的事情？」

「大概是吧。另外，我還想起當初會找你說話，是因為我把你誤認成他了。」

「啊？」

耶洛此話一出，正在關心徹牧音的碧薇嫚兒和蘭也把視線移過來，這似乎讓耶洛很不好意思。

「我想起你哥哥的長相，也想起我會記得他，是因為他常常站在走廊跟我家養的貓說話……之後在煉金部見到你，我還以為你就是從我家逃跑的他……感到有趣，才找你搭話的。」

伽伊安邊聽邊皺眉，在他的記憶中，最開始應該是自己找耶洛搭話的啊？但是這層全新的「記憶」似乎已經滲進耶洛的意識、轉變成事實，伽伊安很想對耶洛說一聲「突然跑出來的設定就不是你的問題」，但是，他有蕨葉這個哥哥與同事們，其實也都是在短時間內被設定出來的，所以他該懷著怎樣的心境面對耶洛與哥哥的關係，一時之間還真沒有把握。

伽伊安忽然想起藍伊說過的話：寫出來的記憶被改來改去、刪來刪去沒那麼少見——就現狀看來，似乎真的是這樣子。

「我知道了，你跟我哥……如果你有出現什麼記憶、想道歉跟他說就好，不用顧慮我。現在確定徹牧音沒事之後我們趕快回去彌爾安，這裡是妮莉的地盤，妮莉如果出現會很煩。」

「妮莉？」耶洛顯然沒預料會聽見這個名字。

「嗯，這裡是妮莉的咖啡廳。」

「什麼是咖啡廳呢？」

問得好，伽伊安這才發覺自己不曉得什麼是「咖啡廳」，只是妮莉說過這個詞他就記起來罷了。

「不知道，不過那個天使說不定也會出現，徹牧音還沒有醒嗎？」

「我們剛才決定讓我哥回去彌爾安再醒來，所以他剛剛動的時候我又電了他一下。」

蹲在地上的茜朝他們微微一笑，身邊的蘭附和似的點著頭，伽伊安不曉得她們兩個在亂搞什麼，臭著臉過去抓起徹牧音的一隻手。

「我先把他帶回去。」

「咦，你要把我哥帶去哪裡啊？」茜有些驚訝。

「帶去我哥家，妳不要碰我！」

「我不用抓著你嗎？咦，我不曉得你們那種瞬間移動的魔法是怎麼做到的，但是我不用跟我哥一起回去嗎？」

「不用。妳要去哪裡不干我的事。」伽伊安試圖甩開茜的手。

「可是，你想把我哥帶走……」

「當然是我來帶！妳又不會。」

伽伊安的語氣挑釁意味十足，不止其他煉金部的同事，茜也微微瞪大雙眼，隨後噗哧一笑。

「你好奇怪，你是說，你要把我哥帶去你哥家，然後你要把你哥也丟在這裡嗎？」

「對。」該死，這個茜在問什麼鬼話，「我是說——我先把徹牧音帶回去，等一下會再來接我哥——」

「算了啦，弟弟……」蕨葉雖然很在意耶洛，但是旁聽到這裡似乎忍不住插嘴了，「哥哥我很堅強的，剛才早餐吃一半就被弟弟丟在旁邊，一個人看雷打來打去也完全沒事喔。」

「藍伊的臉被炸掉、徹牧音倒在地上，你的確沒事不是嗎？」伽伊安沒好氣地回嘴。

「那你可以不要把那個炸到人又炸到自己的同事帶去我家嗎？哥哥我有點怕，我家還有貓在呢——」

「你就只在乎你的貓。」

伽伊安再度托好徹牧音的手試著移動，沒想到榭韋爾卻緊張地湊上來。

「現在是什麼情況，你要帶徹牧音回彌爾安？我們都是過來救你的耶，你這麼快帶他回去，我們該怎麼辦？」

「對。我哪知道怎麼辦……你們怎麼來的就怎麼回去，我才想問你們為什麼統統跑過來了？」

「因為你一直受傷？」榭韋爾邊說邊偷瞄同事，「雖然我們以前不太熟，不過，知道你一直被外面的人弄成重傷，大家比較關心你也很正常吧。」

是這樣嗎？說起來這些同事之前還集體跑去愛珞伊，伽伊安才想到這裡，伊安就抱著一盒從甜點櫃挖出來的糖霜圓餅叫住他。

「伽伽，不用回去，我們本來就要過來這邊，符蘿蒂卡剛剛都在跟我講故事節的事情。」

「所以……你們到底是本來就有事要過來，還是特地來找我的？」

事情一件接著一件冒出來讓伽伊安非常混亂，甚至沒有及時阻止伊安亂拿餅乾來吃，伊安翹起來的尾巴在身後搖了搖。

「符蘿蒂卡說，故事節的時候我們都要在這裡，先找房子比較好，如果沒弄好會遇到很多人，我會很麻煩。」

煉金部的同事似乎都聽不懂，榭韋爾非常困惑地看了畢夫特一眼，畢夫特立刻唰地舉起手。

「部長，故事節是什麼？」

「就是一年之中最麻煩的日子啦。」藍伊在旁邊插嘴，「對喔好像就快要到了，那我要回去愛珞伊。」

伽伊安還沒有搞懂愛珞伊跟這又有什麼關係，吃完餅乾的伊安忽然拉住他的手腕。

「伽伽，我先跟你找房子，符蘿蒂卡說離廣場遠一點比較好。」

「什麼？等一下，我聽不懂妳在說什麼，而且徹牧音——」

伊安沒等伽伊安說完，腳邊就掀起一大團漆黑的魔力塵，眨眼間將倒地不起的徹牧音給托起來，伊安操縱黑霧抬著徹牧音往門口飄。

「你先跟我出去。」

即使伊安的行為讓人摸不著頭緒，但煉金部等人的視線在藍伊身上停留片刻，居然真的簇擁著伽伊安下樓了，伽伊安糊里糊塗地被同事們推下狹窄的樓梯，明亮的白色廣場立刻出現在眼前。

鋪著地磚的圓形廣場和伽伊安的記憶中一樣遼闊，四周依然圍繞著潔白的建築物，明明就是看似酷暑的好天氣，氣溫卻與陽光不搭調地帶著一絲涼意。伽伊安一見到這個景色，關於巧克力的恐怖記憶立刻在腦海甦醒，他慌忙拉住艾爾洛司洛的披風。

「不要往外走，外面會有巧克力掉下來，很危險。」

不只艾爾洛司洛，眾人紛紛因為這句話把視線移到了伽伊安身上，這讓伽伊安有點緊張。

「那邊有很大的餅乾會掉下來，地板會變成巧克力，我們還是回去彌爾安，不然剛才樓上那個長頭髮的人還會變成蛇以後又會變成人再拿斧頭去砍餅乾──」伽伊安稍作停頓，「最後他又會變成蛇帶著餅乾飛走。」

「靠，你在繞口令嗎？」榭韋爾問。

「不是。」伽伊安眼看說明不成，上前攔住伊安，「不要亂跑，妳到底要去哪裡？」

「我跟伽伽說要找房子了。」

「那是什麼意思？妳至少解釋清楚再行動。」

伊安用一副懶得解釋的模樣望著伽伊安，似乎有點不耐煩，接著才慢慢從口袋掏出長方形的手機，在她的畫面上，以嫩綠色條紋為外框的圖案裡並排著好幾行醒目的句子。

〔黑鯊魚〕藍伊：叫你們家的人那天找好地方躲著不要出去啦，要小心有翅膀的人喔，那天有翅膀的八成一看到人就打

〔垂耳羊〕伊安：還是聽不懂

〔噴火龍〕雷切斯特：所謂故事節是屬於科爾諾瓦的節日，依照彌爾安國曆，大約再過十四天就會到了，當天所有的角色都會被迫回到科爾諾瓦（也就是之前跟妳說的角色的城鎮），沒辦法回去彌爾安或者其他地方，所有人都會被迫穿上自己在故事裡面被規定好的服裝，用故事裡面的個性與人際關係來互動一整天。

〔噴火龍〕雷切斯特：當天被判定演出得最差的故事，會被其他故事聯手懲罰，不過伊安妳們剛來，小心不要死掉就好，大家應該不會針對妳們。

〔水晶鼬〕符蘿蒂卡：誰說的，我最喜歡欺負新人了

伽伊安盯著畫面，視線順勢移到上頭，綠框的部分掛著某個他曾經見過的詭異名詞——剷奸除惡主角社。剎那間，比起故事節是什麼東西，他更在意伊安似乎偷偷跟一些不三不四的人往來，而且藍伊居然會跟她正常地交談，怎麼會這樣？

「伽伽看完給他們。」

伊安吩咐伽伊安把手機傳給同事，伽伊安先是照做，隨後才注意到惡魔今天的臉色也很差，簡直像是三餐都沒吃飽那樣，尾隨他們下樓的蕨葉在這時也悄聲無息地溜到伽伊安背後，用某個堅硬的東西敲敲他的肩膀。

「弟弟，這個雷切斯特就是剛才想跟我打招呼的人嗎？」蕨葉舉著另一支手機。

「對，他是神經病，你不要——你為什麼又拿著手機？」伽伊安迅速確認了那並不是伊安剛才傳閱下去的儀器，而是蕨葉自己的，「你少碰這種東西，想幹什麼跟我說，讓我處理，我不知道這個儀器能幹嘛，很危險，給我。」

「不要啦，我知道這個儀器能幹嘛喔，它有個超厲害的東西，打開就可以一直殺跑出來的河童——」

「你幹嘛玩《巫月》的遊戲啊！」

伽伊安沒想到哥哥已經接觸到那麼汙穢的事物，這下更認真想搶走蕨葉的手機了，明明就是雙胞胎，但蕨葉把手舉起來之後他居然怎麼跳也搆不到。

「欸，弟弟知道那是什麼，所以你也有玩嘛，不知道怎麼搞的我一開始就拿著一把叫做零司戮的劍耶，但是伊安都沒有武器，所以我昨天幫她打了一把火屬性零司戮，回去我們三個再一起玩吧！」

「你為什麼會跟伊安玩那種東西？」伽伊安難以置信，而蕨葉笑著繼續說：

「我不是說了嗎，你睡覺的時候我請伊安教我用手機，上面能按的東西我全部按一按就——」

「你、為、什、麼、要做那麼危險的事情！」伽伊安聽到這裡，忍不住扯住蕨葉的衣領怒吼，「你怎麼可以把每個東西都按一次！你知不知道會有海還會有威爾森跑出來？萬一你出事要怎麼辦啊？」

「威爾森……」

伽伊安激動的說詞招來了耶洛的注意，但蕨葉好像已經在短短的時間內作好心理建設，一副決定把耶洛當成空氣的樣子，用力反握住伽伊安的手。

「噢，弟弟，如果你討厭威爾森，以後我看到威爾森一定會把他趕走的，先不要緊張好嗎？」

「不好，手機給我，你到底知不知道你在說什麼啊？」

「我當然不知道啊，弟弟你每次情緒激動的時候我都聽不懂你在說什麼呢。不過你看，我剛剛傳『你好！』之後那個雷切斯特居然跟我道歉這麼長一串話耶，他人好像不壞啊。」

「他是個神經病，不可以跟他聊天，手機給我啦！」

伽伊安繼續跳著想搶哥哥手中的儀器，一旁的樹韋爾與畢夫特看他這樣居然開始交頭接耳。

「哇，好像在中庭搶食物的松鼠……」

「我聽得到！」伽伊安氣沖沖地瞪樹韋爾一眼，「你們再廢話，小心我揍人了！」

畢夫特立刻縮了一下，但樹韋爾居然只是敷衍地說著「好啦」就開始研究廣場附近的建築物了，混亂中，蕨葉快速按起手機，不到半分鐘又對著伽伊安亮出螢幕。

「弟弟，你看我問出了什麼。」

〔噴火龍〕雷切斯特：據說差不多十年前，我們的作者抱怨所有人都不肯依照她的設定活動，她說「想看大家照著她設定的個性生活，至少一年裡有一天完全符合她設計的個性也很好。」

〔噴火龍〕雷切斯特：當初有一群跟她要好的角色願意配合，後來其他人看著有趣，就把那天訂為「故事節」，規定大家都要在那一天演出故事裡面設定好的自己。

〔噴火龍〕雷切斯特：結果總是有人把自己演得很爛，經歷許多事情之後，變成演不好的人要被懲罰……在我過來的時候，這邊似乎就已經很習慣這樣的節日了。

〔噴火龍〕雷切斯特：你可以先拿著書想著自己的名字，通常翻開就能查到作者對於你做出的基礎設定，故事節那天穿著的服裝、與他人的人際關係和說話方式，照著上面寫的去演繹就行了。

〔噴火龍〕雷切斯特：還有，

〔噴火龍〕雷切斯特：你弟弟很生氣嗎……剛才的事情你可不可以幫我跟他道歉？

這個神經病又在幹嘛，想道歉不會自己來說嗎？伽伊安先是感到錯愕，隨後才倒回去看上面的說明，越讀越覺得莫名其妙。

作者要求所有人依照她的設定過一天，意思是作者也知道很多人跟她設定的不同嗎？居然不去糾正這個悲慘的事實，而是開開心心地搞出一個節日慶祝？配合這種要求的角色們全部都有問題吧？伽伊安還在困惑，蕨葉的手機就像伊安的一樣被傳閱下去了，碧薇嫚兒掐著螢幕，放聲抱怨。

「到底是什麼意思，要我們照著她的設定，那女人當自己是誰啊？」

「應該說……假如我們平時表現得都不符合作者小姐的理想，導致有這種節日出現，連自己都要用演的，真的不是她寫錯了嗎？」

耶洛做出評論後便試著把手機還給蕨葉，但是蕨葉似乎打定主意假裝看不到他，無奈之下，耶洛只好再請伽伊安把手機傳回去，順便開口詢問。

「那麼，請問部長想帶我們去哪裡呢？」

「符蘿蒂卡說要找遠一點的房子，把那邊變成我們傳過來的地方，不然那天大家都會被放在廣場，會很煩。」伊安指著城鎮背後的圓形山巒，「他們說不想死掉的那天都可以躲在房子裡面睡覺。」

「什麼意思啊，說是節日卻強迫我們來這種陌生的地方，然後好像要避難一樣？」畢夫特不安地望著周遭的房舍，「那種什麼傳來傳去的技術，部長妳會嗎？話說回來這個城鎮又是在哪個國家啊？」

「我會。」伊安的視線停在對面的木造大房子上，「這個地方沒有國家，好像就叫做科爾諾瓦。」

狹窄的巷子猶如樹根一樣從白色廣場向外延伸，在高矮不均的建築物之間彎來繞去，大多數建築物都是白的，仔細一看卻能發現彼此的風格毫不搭嘎：方正的房屋、刻著雕塑的高塔、突然凹下去的地穴、有著露台的碉堡……每棟房子都猶如從風情迥異的國家拔起來、染成白色再胡亂插在一起一般，路徑複雜，陽光又刺眼，伽伊安走不到十五分鐘就覺得頭暈目眩。

但是伊安似乎對這座城鎮有一定的了解，毫無猶豫地帶他們鑽過巷子來到山腳下，附近有兩三棟民房都是彌爾安常見的石木混合建築，一眼看上去簡直跟首都的街道沒兩樣。

「伽伽，這一間好嗎？」

伊安指著一棟三層樓高的建築物發問，伽伊安不懂「好」的定義，而伊安等不到回應，擺擺尾巴，逕自跑去開門。

「一路上都沒有人耶。」榭韋爾看伊安走遠，拉著畢夫特開始討論。

「看起來能住不少人，住在這邊的人都去哪裡了啊？」

「不曉得……而且徹牧音還不醒，我們是不是要趕快把他送去醫務部比較好？」

就在碧薇嫒兒也一起議論徹牧音的狀況時，伊安甩上民房的門，走回伽伊安面前。
「可以回去了。」
「可以回去了？」伽伊安皺眉，「妳……好像自己可以處理，幹嘛還要帶我們過來？」
「我是帶伽伽來。」
「可是妳明明就把所有人都帶過來……」
「帶你來也生氣，不帶你也生氣，你好煩。」
「什麼？」
伽伊安搞不懂惡魔今天怎麼回事，他明明很配合，語氣這麼差是怎樣？但是伽伊安才剛擺出不爽的臉色，蕨葉就快步擋到他們兩個中間。
「好啦不要吵架，弟弟，伊安應該只是擔心路上有危險，想說一起行動比較好吧，我不記得曾經看過天空這麼藍的城市耶，現在看起來人都很平安，真是太好了！」
「好什麼，有人受傷不是應該讓他先回王宮嗎？」
伽伊安指著徹牧音，卻忽然感覺蕨葉捏住了他的肩膀。
「對啊所以我們趕快回家，繼續吃早餐，雖然我不清楚這裡到底是哪裡，不過伊安一定有辦法讓我們一起回去吧！回家的話，我會馬上去買好吃的東西給你們吃喔，要吃什麼都可以喔。」

「什麼都可以？」伊安這才終於看了蕨葉一眼。

「對啊，什麼都可以。所以妳別跟我弟弟計較了，他就是不太會說話，妳也知道吧？」

「誰不會說話？是她先——」伽伊安設法抗議，蕨葉捏他肩膀的力道卻瞬間加大。

「再怎麼說，我們是三胞胎，哥哥我還是希望你們和平相處呢。」

蕨葉這話讓伽伊安瞬間傻眼，「誰跟誰是三胞胎？我跟你是雙胞胎，伊安她又不是我們的……」

「噓，弟弟，小心你咬到舌頭。」

蕨葉強硬地摀住伽伊安的嘴巴，而伊安甩了幾下尾巴，濃濃的黑霧再度從地面湧出來，伽伊安才剛扳開蕨葉的手便覺得暈眩襲上腦門，差點撞上一片粗糙的平面，等到他的視線再度聚焦，伽伊安發現自己已經站在蕨葉家裡的客廳，用雙手按著牆壁了。

狹小的客廳裡保留著他們享用到一半的早餐，但是似乎只有伽伊安、蕨葉和伊安回到了桌子旁邊，伽伊安立刻轉向惡魔。

「其他人呢？妳把他們——」

「送去王宮了。」伊安回答得非常簡單，用尾巴拉開椅子翹著腳坐下，「那我要吃煙燻長尾魚三明治、泡泡草果汁、胡蘿蔔、起司蛋白派，還要很多桃子。」

「好。」被移動到一旁的蕨葉明明看上去嚇得不輕，卻立刻從壁爐上抓起木炭筆，飛速在自己的手背上寫了起來，「就這些嗎？等我一下，哥哥我馬上就去買回來。」

「什麼？蕨葉你……」

伽伊安想拉住蕨葉，沒想到哥哥拿了錢包拔腿就衝出門，這讓他只能匆匆瞪伊安一眼，追著哥哥奪門而出。伽伊安擠過堵在街口嬉鬧的半龍人，跑上酒館林立的城東街道，好不容易才在人聲鼎沸的商店街逮到蕨葉。

「你忽然跑什麼啊……！」伽伊安大口喘氣，「家裡還有食物，不要再買東西給她，而且……」

「弟弟，惡魔很恐怖的啊……」蕨葉被他一扯終於停下腳步，「唉，我只是……我沒事的弟弟，我只是需要冷靜一下、整理剛才發生的事情，先不要管我，好嗎？」

伽伊安沒能答腔，眼睜睜望著蕨葉摀住額頭，就這樣慢慢在原地蹲下。由於蕨葉從一早就很有精神，還敢開他玩笑，所以伽伊安不知不覺就認定哥哥沒有問題了，不過仔細想想，從起床之後發生的這一串鳥事，要普通人接受應該是不可能的吧。眼看蕨葉渾身脫力的模樣，伽伊安默默回想起自己成為角色的第一天，然後開始懊惱自己沒能像艾爾洛司洛那麼體貼。

他想安慰哥哥，又不知道該說什麼，只好手足無措地站在一旁，街上有好幾輛鸕馬車經過，在豔陽下掀起一片又一片棕色的煙塵。

「你好像很怕伊安……」一陣沉默後，他開口說。

「惡魔……很危險啊，在南方每次出現都會死很多人。弟弟你不要那樣惹她生氣啦，哥哥我很怕她會傷害你啊。」

經蕨葉這麼一說，伽伊安才想起惡魔好像是連主人都會攻擊的物種，不過他養了伊安那麼久，要他體會這種事實在太困難了。

「伊安才不會怎樣，她每天幾乎就只想吃飯……」

「她是弟弟養的，所以我比較放心，我也在想……打好關係的話她應該就會幫助我們。」蕨葉說著，總算放下摀著額頭的手，「可是你真的不要像那樣兇惡魔啦，雖然我不知道以前哪根筋不對挑釁過她，不過我在反省了，以後也會跟那個伊安好好相處的，世界上突然出現那麼多奇怪的東西，我們應該會需要她的幫助吧。」

不必套關係伊安也會幫我。伽伊安想把這句話說出來卻又瞬間停住了，蕨葉的表情好認真，伽伊安從來不曾被擁有血緣關係的家人這樣擔心，他想了想，索性把煞風景的話都吞回肚子，而蕨葉沒多久也撐著膝蓋自己爬起來，拍拍臉頰，再次恢復成有幹勁的臉色。

「哇，是酒館，不過長尾魚三明治……這邊都沒有賣啊。」

「魚類食物要外面一點的街上才有賣。」伽伊安說。

「是喔，我平常都只吃果醬不太碰這些食物，難不成弟弟知道哪裡有在賣惡魔想吃的東西嗎？」

「嗯。」伽伊安看了一眼哥哥手背上黑糊糊的字，「都是伊安以前從我這邊拿去吃過的……走吧，我跟你去。」

蕨葉

艾西安

綠利基斯・彌爾安王國・黃狐混人族・男

果醬控　經商天才　弟控　貓奴　病嬌

伽伊安的雙胞胎哥哥，年幼時被父母賣去玥行家當童奴，痛苦的時候總是把水中的倒影當成雙胞胎弟弟來聊天，喜歡跟貓講話。十歲開始受訓為車伕，因為見到耶洛把玥行家的貓「米可」抓去試藥、虐待致死而抓狂，搶了玥行家的馬匹逃跑。

流浪在外當車伕時因為跟商人交談開始學商，意外的是個經商天才，賺了不少錢，跟著車隊希望能找到弟弟，但實際上已經發瘋所以行為很偏激，非常討厭少爺用來傷害過貓咪的「煉金術」，在首都定居後飼養了一隻黑貓，取名為「弟弟」。

歡迎光臨科爾諾瓦

雖然會害怕，
但我還是想要說實話

第一章

連自己都要用演的，
真的不是她寫錯了嗎？

已讀3

第二章

要的東西說不要，不就只是溝通障礙嗎？

已讀55

基於擔心哥哥，伽伊安決定暫時住在蕨葉的家裡，原本他是想替哥哥應付不熟悉的狀況，但是等伽伊安意識到的時候，卻是自己像寄生蟲般被養了十幾天。

或許是因為蕨葉當過下人，他對打理家務非常得心應手，不只一手包辦打掃洗衣與拖地，甚至每天都會把伽伊安的床單收去洗燙，伽伊安試著告訴哥哥不用這麼無微不至地照顧他，卻換來蕨葉惋惜的表情。

「我以前都在替討厭的人做家事，想說終於能夠把這些技巧用在不討厭的人身上耶。」

因為這句話，伽伊安試著開始習慣穿燙過的衣服，但他還是鄭重拒絕蕨葉替他準備洗澡水、拿拖鞋等等太超過的事情。而或許是在實踐「跟惡魔好好相處」的宣言，蕨葉也順手開始照顧賴在家裡的伊安。

「聽說只要供奉惡魔，她們就會對你好。」蕨葉在切水梨的時候悄聲對伽伊安說：「她可以吃水梨吧，反正買五顆送一顆。」

伽伊安不覺得一直餵水果就算是供奉惡魔，但是看蕨葉努力找方法跟伊安相處的樣子，伽伊安也懶得管他的惡魔是不是從吃高麗菜變成吃芭樂了，同時，他注意到蕨葉在廚房囤積的水果量非常驚人，一起住的這幾天，蕨葉居然常常整天只吃水果和果醬，即使給他鹹食，蕨葉也會面不改色地拿起果醬往食物裡倒——這樣亂吃還能平安長大，伽伊安真不曉得哥哥是味覺有問題還是腸胃有毛病。

時間流逝，那個叫做「故事節」的日子也似乎越來越近了。

即使那天看過雷切斯特的訊息，伽伊安還是搞不懂當天到底會發生什麼事，待在王宮的同事們似乎也有同樣的想法，紛紛用各自的方法準備對應這個從沒聽說過的節日。故事節前五天，耶洛不知從哪裡弄了好幾把煉金槍發送給大家，故事節前三天，艾爾洛司洛就與眾人商討好凌晨在宮城前廣場集合，並且委託伊安事先把他們移到那個叫做「科爾諾瓦」的城鎮，伽伊安也偶然撞見蕨葉用認真的表情躲在閣樓閱讀《歿月北之國》，這讓他跟著重讀了描寫自己的段落，並再次質疑那個節日的意義。

故事節當天，伽伊安與蕨葉起了大早，合力把維持著羊型呼呼大睡的伊安塞進毛毯，拎著煉金槍、小刀與簡單的行李抵達宮城前廣場。不出所料，艾爾洛司洛已經站在王宮側門等著了，他們合力試著把伊安叫醒的期間，其他同事陸續到來。

伽伊安擔心帶換洗衣物太誇張的心情在看見許多人帶著空間盒時淡去了，連珍貴的空間盒都拿出來用，他真不知道這些同事都準備了什麼東西。

「呃，據說今天是名為故事節的日子？」

或許是碧薇嫚兒頻頻抱怨「好冷」的聲音太沒幹勁，即使艾爾洛司洛一樣沒遇過這個節日，還是硬著頭皮對大家開口。

「我不太清楚這會是怎樣的日子，但是基於藍伊先生生日、交換禮物都是在白天發生的活動，我已經問過雷切斯特先生了。據說待會天一亮，分佈在世界各地的角色都會被強制移動到名為『科爾諾瓦』的城鎮，今天之內再也無法離開，我想比起忽然被送過去，我們事先去準備或許會比較好……」

「你可以再說一次嗎？我們要準備什麼？」

畢夫特看上去大概是在場最清醒的人了，臉色猶如要重考一次煉金部那麼緊繃，而艾爾洛司洛溫言解釋。

「雷切斯特殿下說我們抵達那個叫作『科爾諾瓦』的地方以後，大概會出現在上次部長選擇的房子裡面，殿下建議我們立刻把門窗關好，別發出太大的聲音也不要出門，盡可能保護自己的人安全。」

「不是說這是節日嗎？怎麼聽起來好像被移動到會有魔物衝過來攻擊我們的地方啊……」

畢夫特壓著胸口，很快就與榭韋爾、耶洛圍成一圈，在街燈下開始討論「那個城鎮看了就不安全」的話題，而蕨葉用一包燕麥餅乾成功喚醒伊安以後，惡魔總算撐起羊型的軀體，化作黑霧，在宮門前凝聚成熟悉的少女姿態。

「沒有全部都到。」伊安睏倦地眨著眼，環顧眾人一圈。

「咦，沒有嗎？我、畢夫特、耶洛、碧薇嫚兒、蘭、副部長……」樹韋爾從自己開始往右邊點名，「徹牧音、茜小姐、伽伊安、蕨葉哥哥還有部長……莫非部長是在說可蘭娜？可蘭娜說她今天想要自己過去喔……」

「你都在哪裡跟她見面啊？她後來都沒有來煉金部。」畢夫特忍不住關心朋友。

「她半夜都會出現在我旁邊啊。每次都跟我要東西吃……」

樹韋爾喃喃訴說的聲音聽起來有點無奈，這讓畢夫特露出了有點複雜的表情，而伊安默默甩動尾巴，魔力塵從四周輕盈地彈起，散向四周，輕輕圍繞著他們，等到黑霧散去，伽伊安等人就已經置身在上次見過的房屋裡面了。

伊安二話不說化作羊形鑽回毛毯睡覺，其他人則花了一點時間開始探索建築物。這個地方的天也還沒亮，不過樹韋爾取出螢石燈以後，他們很快就弄懂自己位在建築物的三樓。三樓是沒有任何隔間的開放式空間，二樓則設有衛浴與幾個空房間，當畢夫特看見通往一樓的迴旋梯時，突然扯住樹韋爾的外套。

「跟你們的店一模一樣。」

「真的——」

榭韋爾低聲驚呼，拎起螢石燈擅自跑下樓，當伽伊安走到樓梯口的時候，正好聽見榭韋爾與碧薇嫚兒的聲音。

「這棟絕對是彌爾安商店街的建築物！」

「就算是你也不要亂跑啊，嫌我們不夠緊張嗎？」

碧薇嫚兒臭著臉將榭韋爾拖回樓梯，高舉煉金槍，朝四周的門窗射出扇藤彈，藏有植物性煉金藥的煉金彈一爆開，立刻長出濃密的藤蔓將門窗緊緊封死，茜和蘭看起來感情很要好似的湊在一起，而蕨葉或許是因為顧慮耶洛，拎著行李躲在對角線的柱子旁邊，從剛剛開始就沒講話的徹牧音走過蕨葉身邊，邊打呵欠邊向伽伊安搭話。

「副副部，你有去過首都的護符店嗎？」

「沒有。」

徹牧音看起來很想睡，自從他上次被電暈之後，伽伊安都沒再見過他了。其實他也想過要關心……但對方這次又不是因為自己受傷的，跑去探病也沒有適當的理由，更何況，他有妹妹了。

「那傢伙以前在首都最大的護符店裡工作喔。」徹牧音絲毫沒有察覺伽伊安的心情，指著榭韋爾說：「那間店很厲害，裡面有一棵超大的樹，一半是木頭一半是鐵，我覺得你會喜歡欸。」

「你覺得我會喜歡？」伽伊安問。

「副副部你喜歡植物對吧？」

「對。」

閒談了兩句，伽伊安試圖擠出關心徹牧音身體狀況的話語，然而碧薇嫒兒卻迅速巡視完一樓繞回來了，看到他們湊在一起立刻開罵。

「別站在這裡聊天啊，這種情況要更有警戒心一點！徹牧音你不要混了，快點去二樓檢查。」

「唉唷這麼緊張，一大清早的……」

徹牧音說到一半突然伸手猛地將伽伊安往後拉，畢夫特也瞬間舉起煉金槍對準樓梯口，只差一點，伽伊安就差點被從樓梯上猛衝下來的魁梧人影撞個滿懷，碧薇嫒兒驚叫一聲。

「不要開槍！」後頭的榭韋爾放聲大喊，那個從樓上衝下來的人頭也不回地奔下一樓，徒手扯開封住大門的扇藤，奪門而出。

「我看錯了嗎？那是……」徹牧音傻眼地與榭韋爾對視，「凱瑟？」

「凱瑟？」

伽伊安沒想到自己會再次聽到這個名字，他已經很久沒有看見那個做魔道具的同事了，據說，當初那個叫作「凱瑟」的大叔變成角色以後就從艾爾洛司洛面前跑掉了，後來都沒有回到王宮，伽伊安並沒有見過變成角色以後的他。煉金部的眾人面面相覷，碧薇嫒兒率先大聲抱怨。

「我差點就開槍了耶！他怎麼會在這裡？怎麼辦啊，他剛才是不是用手去抓扇藤？他的手肯定會爛掉——」

「沒事的，大概因為跟我們有故事上的關係吧。」艾爾洛司洛看上去倒是很鎮定。「如果這棟建築物沒有其他的問題，我們還是盡快把出入口封起來，到樓上聚在一起以策安全。」

「咦，那凱瑟呢？我們那麼久沒看到他，他突然出現在這裡，我們不用追過去嗎？他一個人跑出去……」

艾爾洛司洛聞言頓了頓，沒有回應就轉身上樓了，榭韋爾輕輕嘖一聲。

「都什麼情況了……大家好歹也是同事一場吧。」

「什麼？」伽伊安問。

「沒有啦，只是我們魔道具師之間的小問題。」徹牧音代為回答，又轉向一直舉著槍的畢夫特，「你還好嗎？」

「我？我還好啊？只是那麼暗的地方忽然有人衝出來嚇了一跳……你們在說什麼？魔道具師之間小問題？」

「唉呀，大家都知道吧。」

徹牧音用兩根手指輕輕把畢夫特的槍口往下面壓，而伽伊安察覺自己似乎不屬於都知道這件事的「大家」，忽然覺得有點不悅，或許是他的臉色太明顯了，徹牧音又朝他露出笑容。

「副副部，別因為不知道八卦難過喔，你以前是邊緣人，現在可以跟我們這樣聊天，已經很厲害了。」

「什麼是邊緣人？」

「就是大家一起聊天的時候站得很旁邊的人吧。」

「為什麼站在很旁邊就叫做——」

「你不要再教他有的沒的了，現在怎麼辦？」碧薇嫚兒焦躁地切換著煉金槍的開關，

「我們都不用理那個凱瑟嗎？」
「喔，那你們都上樓去吧，我出去找他。」徹牧音說。
「你出去找他？」碧薇嫚兒把玩煉金槍的動作停下來了，「如果要去找他當然是大家一起去，這種環境下怎麼還可以分開？」
「我出去找一下就會回來啦，不會太久啦，畢竟我妹在這邊。」徹牧音看了一眼茜，「而且就算找到他我也不會把他帶回來的，放心。」
「放什麼心？找到人幹嘛不把他帶回來？」
「他跟副部長打起來會很危險吧。你們不要讓我妹受傷喔，我出去一下子就好。」
徹牧音說著便跑下樓踢開大門，攀在門上的扇藤因為這陣撞擊開始瘋狂彈跳，伽伊安看著徹牧音穿過葉子之間的縫隙，想了想，走向蕨葉。
「你幫我看著伊安，不要亂跑。」
「咦，弟弟你要去哪……」
伽伊安沒有因為哥哥的聲音留步，相當乾脆地追著徹牧音出門，他鑽過扇藤以後，撲面而來的便是外頭的冷空氣。外面的天色很黑，幽暗的街道邊排列著高聳的白色建築物，而徹牧音已經往路上走了一段距離。當伽伊安追上去的時候，徹牧音看起來有點驚訝，就像是想過好幾個追過來的人選，卻沒想到伽伊安一樣。

「副副部，你怎麼跑出來啦？」

「我跟你去。」

「你跟我去——但我真的只是隨便找找喔，有找到算幸運，沒找到他就沒辦法啦……」

「嗯，你說找到凱瑟也不會把他帶回去，是真的嗎？」伽伊安問。

「對啊。」

「那你找他要幹嘛？」

「我想確認凱瑟身上有沒有防身物品，再丟一瓶水給他吧。」徹牧音用手勢示意伽伊安走在街道內側，「畢竟不知道他會不會用想的做東西，萬一他回不去彌爾安又不知道現在是什麼情況，口渴一整天很可憐嘛。」

「所以，他為什麼會出現在這裡？」

「我怎麼知道，說不定真的跟我們有關係，可能晚一點可蘭娜也會出現在房子裡面呢，這個地方這麼怪，發生什麼也不意外啦。」

徹牧音語調輕鬆地帶過，沿路喊了好幾聲「凱瑟」，但他的聲音被巷弄吸收以後很快就消失在夜色裡，無論哪個方向都沒有傳來回音。他們繞過一棟木頭搭建的瞭望台，走上坡道，見到遠方圓形的青色山巒，沿著和緩的上坡羅列著像是試管架的高聳房屋，每棟細長的房子頂端都有一對石雕翅膀，展翅伸向著繁星點點的夜空。

「哇，這些房子挺帥的耶，要不要進去看看？」徹牧音提議。

「不要。你是不是忘記你在找人了？」伽伊安皺眉。

「我沒有忘啊，我只是覺得凱瑟說不定躲在裡面。」

徹牧音說完還真的停下腳步去敲那些門，體會到這個人真的是碰運氣亂找一通以後，伽伊安開始感到不耐煩。

「你都沒有他的聯絡方式嗎？」

「沒有啊。」

「他不是跟你們一起做魔道具的嗎？你怎麼沒有他的聯絡方式？」

「這是人際關係的奧秘呢，煉金部之前也沒人有副副部你的聯絡方式啊。」

「艾爾洛司洛有。」伽伊安跟著去敲另一扇門。

「啥，我聽副部長的敘述，還以為你是被人魚家暴之後才跟他熟起來的耶。」

「嗯。」伽伊安料到徹牧音八成會繼續追問，索性說清楚，「可是王宮名冊以前就有資料，我看著上面填過他的，我填了之後他也有把我加進去。」

「你以前照三餐找副部長吵架，然後整個部門卻只跟他交換聯絡資料……」

「他是副部長，我又不確定煉金部有麻煩的話是不是要找他！」

「你真的很守規矩耶。」徹牧音下了莫名其妙的結論，又笑了笑，「不過我們煉金部應該真的沒人跟凱瑟交換過聯絡方式喔，魔道具這邊光上班時間都快被他煩死了——如果他在這個怪地方出一點點意外，其實應該也沒差，畢竟副副部你死那麼多次都能活起來了。」

徹牧音說話的方式不像是開玩笑，這讓伽伊安更搞不懂他們在幹嘛了。

「如果你討厭他，幹嘛還說要找他？」

「再討厭的人在我面前遇到危險我還是會救他啊，就像以前的你如果在我面前被人拿刀捅，我也會意思意思把刀打掉啦。」

這個比喻太難了，伽伊安忍不住蹙眉盯著徹牧音，而徹牧音大概是誤會了他在生氣，趕緊補上澄清。

「現在如果有人要拿刀捅你，我會讓他再也拿不起刀子喔。」

「我不懂。藍伊以前也是這樣，都一直幫自己討厭的人。」

「嗯……假如有王八蛋在你面前快要被人圍毆到死掉了，你不會想要救他嗎？」

「不會，我想看雷切斯特被打。」

「我的天，你比我想像的更討厭阿雷殿下呢。」徹牧音又笑出來了。

「誰叫他之前看我被打都很高興。」

「他那個……我聽其他人說過，那種態度好像是叫做傲嬌呢。」

「傲什麼？」

「就是臉皮薄，一下子就會害羞，看到想要的東西還會說不要——聽說作為『書裡的角色』，阿雷殿下那種態度，是很容易被讀者喜歡的個性喔。」

徹牧音說得頭頭是道，伽伊安卻覺得這聽起來比哥哥在炸花枝上面加果醬更不可思議。

「為什麼那樣會被喜歡？要的東西說不要，不就只是溝通障礙嗎？」

「對，我也覺得奇怪，可能是我弄錯了傲嬌的意思，因為後來又聽見有人說傲嬌並不是指這些，是——」

徹牧音的話真多，伽伊安決定阻止他長篇大論。

「我只知道幫忙自己討厭的人很奇怪，如果你真的討厭凱瑟，我們最好馬上回去。」

「唉，可是副副部你也討厭我，現在還是出來幫我找人了啊，這又沒什麼……」

「我沒有討厭你。」伽伊安覺得這件事應該很明顯，「你之前幫過我，受傷了，所以之後你遇到同樣程度的事我都會幫你，就這樣。」

徹牧音看上去似乎有點錯愕，語塞了將近十秒，直到拐進另一條巷子才開口說話。

「你真的是被人照顧之後就會搖搖尾巴跟他跑的類型耶。」

「我沒有尾巴。你到底要回去還是說廢話？」

「當然是說廢話啊，」徹牧音笑著又往街上喊了一聲「凱瑟」，隨後才聳聳肩，「唉，像你這樣也真單純。」

這樣不好嗎？把不認識的人統統先當作敵人，警戒地對待，但要是有人肯冒著危險幫助自己，那個人就一定是好人。別人對自己多好，就可以用同等程度的好去回應……像這樣子不是很好嗎？伽伊安想著想著，發現自己似乎被徹牧音帶回了大家駐守的建築物面前，徹牧音對著夜空懶洋洋地再打了個呵欠。

「每次跟副副部說話，就會覺得自己想的事情都很邪惡呢。看起來是找不到凱瑟了，回去吧，反正其實畢夫特他們有看到我帶頭出來找人就夠了。」

伽伊安不是很懂，但還是想告誡徹牧音不要太雞婆。

「嗯，不然你哪天一定會因為管太多死掉。」

「副副部你就是這樣才會變成邊緣人吧。」

「你妹妹也是邊緣人。」

「啊？」

「你妹妹也是邊緣人，剛才我們聊天她站得很旁邊，蘭也是，我哥哥好像也是，既然有那麼多人都是邊緣人，我看不出來當邊緣人有什麼不好的。」

伽伊安悶悶地說，這話似乎讓徹牧音傻眼了片刻才爆笑出聲。

「這個詞不是這樣用的啦，你真的是亂學耶！」

「不要笑得這麼大聲，萬一引來什麼東西怎麼辦？」

伽伊安正想要推徹牧音叫他閉嘴，突然還真的有東西被吸引過來了，月光下，一團圓潤的黑影從建築物外側跳到旁邊的屋簷。

「那是什麼啊，狗？」

徹牧音邊笑邊問，而那抹黑影轉眼間便跳下屋簷消失在視野裡。伽伊安忽然有種很不好的預感，下一刻屋子裡便傳來某種物品撞擊的聲響，蕨葉衝出大門，一看見伽伊安便抓住他的肩膀。

「你有沒有看到貓弟弟？」

伽伊安嚇了一跳，注意到蕨葉按住的地方傳來濕熱的感覺，他瞥一眼自己的左肩，衣服居然沾上了刺眼的血跡。

「你手上怎麼都是血？」

蕨葉還沒回答，煉金部的人便從敞開的門裡跑了出來，耶洛劈頭就對著徹牧音問。

「你們有沒有看到一隻貓？」

「什麼貓？我只有看到一隻像狗的東西……伽伊安他哥受傷了嗎？你們做了什麼啊，茜呢？蘭呢？是不是又有奇怪的人闖進來了？」

拜徹牧音所賜，現場一下子就吵得像菜市場，伽伊安在喧鬧中抓起蕨葉的手，發現上面佈滿好認的深紫色割痕。

「你被扇藤割到了？這個有毒，你先不要動。」

「窗戶那麼高，牠會不會摔下去啊！」

蕨葉明顯沒有在聽，掙扎著想衝進旁邊的巷子，明明他的力氣與伽伊安差不多，抵抗起來居然差點就拖著伽伊安跑了，正當伽伊安設法拉住蕨葉的時候，耶洛快步走近。

「蕨葉，手伸出來。」

蕨葉瞬間停止了所有的動作。

「我也會幫忙找，只是你剛才碰了扇藤，先讓我處理傷口。」

耶洛說著取出一瓶乳白色的藥水，伽伊安認出那是針對扇藤的解毒劑，誰知道蕨葉非但不肯接，回神後還立刻別開臉要往巷子跑，這讓伽伊安衝上去開始對他列舉中毒的後果，耶洛也快步追了過來。

「或許你不想使用我的藥物，不過這種解毒劑一般都是在製作彈藥的時候萃取的，我們只有帶這一批，就算是為了讓你弟弟放心，麻煩你盡快喝下去，否則因為毒素引起呼吸衰竭會很麻煩。」

蕨葉沒有理耶洛，而是厲聲要伽伊安放開他，這讓伽伊安忍不住罵了幾句髒話，而徹牧音似乎總算確認了妹妹毫髮無傷，聽聞騷動而跑過來。

「怎麼了？你的貓跑掉了？你出門的時候沒帶貓吧？我們沒看到……」

「他的貓明明就在家裡。」伽伊安大聲說。

「不是啊，貓弟弟剛才真的有出現，少爺他——」蕨葉顯然有點失控。

「讓我幫你止血！」伽伊安更大聲了，「你的傷口很深，不要再亂動——徹牧音，電他啦！我要那種剛剛好會電暈又不會讓他受傷的！」

「咦？這是什麼要求，副副部你是不是忘記我是做魔道具的不是魔法師啊，我魔法其實控制得挺爛的……」

在徹牧音也被捲進這團混亂時，一道輕盈的電流突然彈進人群，伽伊安只感覺自己抓著哥哥的雙手一陣酥麻，接著蕨葉便毫無預兆地當眾跪下去，幸好耶洛反應極快地衝上前撐住蕨葉，他才沒有正面摔到地上。伽伊安先是瞥見徹牧音茫然的表情，再對上了後頭茜的視線，頓時極為火大。

「妳——妳對我哥做什麼！」

「你說要我們電他啊，我覺得讓我哥來電很不好，會電死人的，所以……」

「誰准妳動我哥的，妳想打架嗎！」

伊安齜牙咧齒地衝過去，而徹牧音立刻擋到了妹妹的前面。

「欸欸欸別這樣，我妹只是想幫忙，她魔法比我好很多，你哥應該只是被電暈——」

「徹牧音薩帝夫你可以再是非不分一點，這麼護著那個女的你到底有什麼毛病？」

「她不是『那個女的』吧，副副部你講話小心一點喔。」

伽伊安和徹牧音快吵起來的樣子似乎讓其他同事不知所措，榭韋爾趕緊將伽伊安架開，伽伊安罵了幾聲才氣沖沖地回頭檢查蕨葉的狀態，耶洛已經跪坐在地上替蕨葉檢查生命跡象了。

「伽伊安，他只是暈倒，解毒劑先打靜脈，你有帶消毒過的針嗎？」

雖然伽伊安的雙手因為怒氣發抖，但還是在耶洛吐出一串醫療吩咐中蹲下來一起替哥哥做了應急的處理，從眼角餘光，伽伊安能瞥見艾爾洛司洛與碧薇嫚兒拉開徹牧音並對他勸著什麼，而那個茜居然不怕死地跑到蕨葉旁邊蹲下來。

「我只是想幫忙。」茜目不轉睛地望著藥水。

「離我遠一點，不要真的逼我揍妳——」

伽伊安從齒縫中擠出警告，但是茜似乎一點都不怕，雙手撐在膝蓋上托著腮。

「欸，在你的哥哥出現之前，你是不是沒有哥哥啊？」

「我本來就有哥哥，妳在胡說什麼——」

「我哥在我出現之前好像沒有妹妹。」茜明明已經被他警告了，卻伸手去戳蕨葉的鞋子，「你是對著天空大喊『好想要哥哥！』然後你哥就跑出來了嗎？」

「才不是。」這是什麼荒謬的畫面？

「那我哥是許願『好想要妹妹』我就出現在這裡的嗎？到底是怎麼回事呢嘛，都沒有人告訴我，可是有人說，我哥本來是個獨生子。」

就在伽伊安打定主意不理會茜的時候，榭韋爾面帶遲疑地湊過來。

「剛才樓上是真的有一隻貓啦，我們發現的時候牠站在耶洛腳上。」榭韋爾指著建築物上面的窗，「我們沒把三樓的窗封起來，你哥想去抓那隻貓，貓就跳窗跑走了，然後你哥哥就一直說那是他的貓，後來才跑下來，我不太確定是不是……」

「抱歉，你哥去推門的時候我沒有拉住他，才會害他被扇藤割到。」畢夫特緊張地接話，「那時候天空上好像有什麼銀色的東西在飛，碧薇嫚兒還打翻爆裂藥……對了，部長一直在樓上睡覺，好像不打算起來。」

伽伊安聞言把眼神移回昏厥的蕨葉身上。貓怎麼會過來？莫名其妙，他記得出門的時候那隻黑貓明明就趴在壁爐旁邊，難道是這個地方的野貓嗎……但是，就算黑貓都長得超級像，只要有可能是蕨葉的貓，跑掉了蕨葉肯定會心碎，思及此處，伽伊安乾脆開始試著靠想像力把自己移回彌爾安的街上，卻發現怎麼樣都無法順利移動自己。

「你們回得去彌爾安嗎？我想回去看我哥的貓還在不在家了。」

耶洛沉默片刻，幾乎與榭韋爾同步搖頭，「不行呢，回不去。」

「我也回不去，你要不要問問看其他人？」畢夫特面露不安。

「好。」雖然嘴巴自動應允，不過伽伊安把眼神移到圍著徹牧音的人影之後很快就收回了視線，「那我去附近找一下到底有沒有貓，我哥可以麻煩你們嗎？」

「可以是可以……你又要自己去喔？」榭韋爾問。

「嗯。」

「太危險了，剛剛你跟徹牧音一起出去……這次我跟你一起去吧。」

伽伊安不曉得榭韋爾怎麼能這麼自然地提議要跟，畢夫特還立刻附和「我也可以」，而耶洛看看他的表情，要畢夫特先幫他撐著蕨葉。

「我和副部長說一下，讓他們照顧你哥哥，我們四個一起去附近找那隻貓，這樣可以嗎？」

耶洛與艾爾洛司洛對話的期間，伽伊安就發現夜色好像很快就逐漸變亮了，從轉角的屋子後面能看見一座高塔的輪廓，那座塔在一堆建築物中宛若指標般高高挺立著。耶洛走回來以後，率先跟伽伊安確認黑貓的外型與眼睛顏色，接著榭韋爾對貓的名字表達出疑惑。

「你哥那隻貓的名字叫做『弟弟』？那你哥叫牠的時候，你怎麼知道不是在叫你？」

「嗯，不知道，反正我哥叫牠弟弟牠就會跑過來。」

或許是因為伽伊安這樣強調，在耶洛、樹韋爾與畢夫特合力把蕨葉搬進建築物以後，居然沿街開始喊「弟弟」了，這讓伽伊安頓時覺得自己的同事看起來有點蠢，而艾爾洛司洛又和與徹牧音在遠處說了一些話，最後才獨自走過來，對伽伊安說了些「抱歉讓蕨葉先生受傷」等等的客套話。

「那我們先將蕨葉先生帶回樓上……伽伊安先生，方便的話，請您將手伸出來，」艾爾洛司洛說著，在伽伊安伸出的左手腕綁上了一條紅色的繩鏈，鍊子上串著拇指大小、四面都鑲著紅色碎寶石的立體飾品，「這是魔力反射器，遇見任何不尋常的魔法都可以用它迴避，不過魔道具或許也無法抵所謂的『想像力』，還請您找貓不要跑太遠了，待會如果確認蕨葉先生沒事，您也可以找我幫忙。」

艾爾洛司洛再度表示會好好守著蕨葉以後，又頗不放心地叮嚀伽伊安千萬別跑太遠，不只是樹韋爾的表情為此變得很怪，被戴上高級飾品的伽伊安一時之間也有種奇妙的感覺，但是他並不覺得討厭。接下來，他們四個人便沿著建築物開始一圈圈搜索，比起尋找凱瑟，這次伽伊安找得仔細多了，但無論他們再怎麼認真查看屋簷與牆縫，到處都沒有見到貓的蹤影，周圍很安靜，完全沒有其他生物的聲息，找著找著，天空竟然翻出魚肚白了。

當他們走到超過原本建築物四條街的範圍以外時，耶洛突然在一處雜草前停下腳步。

「我想起來了……好像叫做米可。」

「什麼？」

「我家以前養的貓。」

這時，天空上颼地飛過了五六隻黑色的燕子，伽伊安因為突然出現的鳥類抬頭查看，重新低頭時竟見到雷切斯特像是幻覺一樣出現在耶洛的正後方，因為太忽然了，伽伊安差點叫出來。於此同時，他也感覺胸口的衣服微微一沉。

「貓在哪裡？」雷切斯特也不正眼看伽伊安等人，開口就問，其他同事這時才被他嚇了一跳。

「殿下……萬安。」耶洛在慌亂中反應，「您……是來協助我們尋找貓的嗎？」

伽伊安不曉得耶洛是憑什麼做出這種推論的，而臭著臉的雷切斯特也不回答，用一副全世界都欠他的表情來回張望四周，十幾隻花色各異的鳥類匆匆飛下來，爭相著站到他的肩膀上，這讓伽伊安看了就火大：神經病突然出現就算了，還帶這麼多隻鳥？萬一鳥屎掉到別人的頭髮上該怎麼辦啊？伽伊安低頭一看，只見胸前不知怎麼被別上了一個小小的長方形金屬徽章，這是雷切斯特弄的嗎？他立刻把這個怪東西拔下來扔到地上。

「這個該不會是我跟耶洛之前看到的……」榭韋爾也揪起衣領，他胸前的衣襟一樣出現了那種金屬徽章，但榭韋爾並沒有動手拔下來。

耶洛也低頭看看自己的胸口，「請問雷切斯特殿下，這就是《巫月》所說的計分器嗎？忽然出現在我們身上了呢。」

一隻特別大的紅嘴黑雀翩然降落到雷切斯特的頭頂，雷切斯特似乎因此忽視了耶洛的聲音，伸手拍拍燕子的鳥喙。

「是黑貓，不是虎斑貓，不過還是謝謝……」

他真的是過來找貓的，為什麼啊……？伽伊安有些傻眼，但是比起追究雷切斯特怎麼知道他們在找貓、幹嘛加入找貓的行列，伽伊安還寧願繼續認真找不要理他，於是他非常果斷地當作雷切斯特並沒有出現，扭頭望著似乎知道些什麼的耶洛。

「你剛才說什麼計分器？」

「是我前天在論壇上看到的呢。」耶洛一臉自然地提起讓伽伊安倍感陌生的詞彙，「《巫月》的那幾位在說去年的計分器並不公平，因此今年他們製作了新的計分器，就描述應該是徽章型式的，似乎找不少人測試過……總之，他們有跟作者談好今天會發送給大家，我原本以為那位天使會親自過來送，看來是直接出現在身上的呢。」

巫月？這是《巫月》的東西？伽伊安看了看自己扔在路上的徽章，薄薄的金屬片上面什麼花紋也沒有刻，在晨曦中只是閃著鐵製品的色澤，或許是他困惑的臉色太明顯，榭韋爾又好心地補上解釋。

「他們說『計分器』會評價我們今天的舉動像不像故事的設定……像是如果書上如果設定你不會笑，今天笑了它就會變色。」

「對啊，有八種顏色，我記得你很像設定的話就會變成金色或者藍色的。」畢夫特附和。

「為什麼你們都知道？」伽伊安把視線移回同事的臉上。

「這上面都有寫啊。」

榭韋爾用頗不熟練的手勢從口袋掏出手機，一瞬間，比起見鬼的計分器，伽伊安更為了他也在使用手機而震驚，這種身邊的人一個個都被佈教的感覺實在有夠可怕。

「那個男天使有問題，你們不要都用這個叫手機的東西……」

「可是很多重要的事情只有這上面才能看到耶，聯絡也方便，我覺得完全可以代替通訊儀器啊，耶洛跟徹牧音還不是用得很兇，現在好像就剩下你跟副部長沒在用吧。」

耶洛用得很兇？伽伊安重新把視線掃向耶洛，只見即使被雷切斯特嚇到也能很快冷靜下來的耶洛居然露出了心虛的表情。

「伽伊安……你還記得我們看過的電影嗎？就是威爾森……我想，那其實是個不錯的文化……」

伽伊安根本不知道電影是指威爾森的哪個部分，因此沒有回話，卻注意到耶洛胸前的金屬片以肉眼可見的速度沾上了一抹灰。

「我沒有看過傳說中的『威爾森』，可是耶洛都會在房間裡放大船撞到冰塊沉下去的幻術魔法喔。」榭韋爾對著伽伊安形容，「我跟畢夫特一開始被耶洛少爺關照的時候，晚上就跟少爺一起看了不少那種幻術，其實也不危險，很像舞台劇……只是放恐怖片的時候畢夫特很吵，我們的耳朵會比較危險而已。」

「哪有！」畢夫特迅速反駁，「然後那個手機……你覺得很好用嗎？我今天沒有帶在身上……」

伽伊安望著三個偷偷打成一片的同事，總覺得無論耶洛有什麼新的嗜好，這樣濫用怪儀器肯定不是好事。在榭韋爾繼續分享「耶洛前陣子都沒出房間就是在看什麼火山……」時，天上的一片雲朵忽然毫無預兆地俯衝下來，伽伊安從沒看過雲主動流向地面，一時之間根本不知道該怎麼反應，轉瞬間，持續被他們忽視的雷切斯特身邊掀起了一圈壯麗的火結界。

濃郁的火屬性排列成烈焰牆，一舉擋住原本要撲向他們的白色雲霧，火焰在雲霧噴開時熄滅，伽伊安錯愕地發現自己右邊的瀏海有一點被燒到了！而天上轟然傳來一陣帶有回音的誇張笑聲。

「不要抵抗，人類！你們今天敢出現在街上就是我們的玩具，乖乖讓我們帶走——」

一片銀白色的雲氣再度從天頂衝下來，這次轟地將街道劈出了超現實的裂痕，畢夫特尖叫一聲，旁邊的建築物接連發出震耳欲聾的巨響開始坍塌，又一圈火焰吞噬了差點砸到伽伊安的石塊，伽伊安回神只見雷切斯特手上纏著熊熊火光，滿臉緊繃地盯著天空。剛才還什麼都沒有的清晨天空裡有幾個鼓動著翅膀的人影忽上忽下地盤旋著，他們背後分別生長著兩對或三對的白色大翅膀。

伽伊安還沒仔細多看，四周的空氣驟然變熱，視野裡的景物在一瞬間全都失去輪廓，幾秒後，他的身邊浮現出截然不同的物體形狀，伽伊安只覺得自己一恍神就又站到妮莉的咖啡廳中央了，他深感錯愕，又不禁為自己一直被移動到這個咖啡廳感到恐懼，確認耶洛他們也被移過來以後，深吸一口氣。

「你——你不要擅自把我們移來移去……」伽伊安揪著瀏海對顯然是始作俑者的雷切斯特開罵，「而且你剛才燒到我的頭髮！」

雷切斯特的眼神稍微移向伽伊安的瀏海，再臉色僵硬地轉身，越過嚇得蹲在地上的畢夫特與也掏出煉金槍的榭韋爾，走向擺滿蛋糕的六角形甜點櫃，他還沒抵達定點，從甜點櫃上便探出一隻醜陋的拼布貓布偶。

「呀哈，是彌爾安的御獸使雷切斯特呢！」

「妮莉，我帶公主的朋友過來了。」雷切斯特忽略那句宛如咒語的生硬綽號，對著貓布偶說：「妳今天願意保護公主的朋友嗎？」

「咦，他們是公主的朋友嗎～」

妮莉笑嘻嘻的臉從貓布偶旁邊探出來，圓潤的眼睛明明很可愛，看上去卻滿臉不懷好意，雷切斯特轉頭瞪著耶洛。

「手機統統拿出來，加琳的好友。」

「好的。」耶洛就算被擅自移動看上去也連一根頭髮都沒亂，而且相當服從雷切斯特的指令，「伽伊安，你的手機呢？」

「放在愛珞伊……你在幹嘛？為什麼要聽他的話？我們應該回去找——」

「不好意思，我們有幾位同伴沒有把手機帶在身上，請問冰之女閣下是否能用其他方式認可我們一行人成為琳公主的朋友呢？」耶洛看向甜點櫃。

「你們是用什麼身份來的～」妮莉唱歌似的問。

「以跨國交流的煉金部代表身份，前來拜訪貴國炙箂沙。」耶洛點頭行了個禮。

「但是琳姊姊又不會出席那種活動，你們怎麼會變成琳姊姊的朋友呢？」

「我想，大約是在會場外面鬧事，與琳公主結仇之後經過種種轉折和好了吧。」

妮莉和耶洛一來一往地交換著伽伊安聽不懂的暗號，妮莉發出有點嚇人的咯咯笑聲，走出甜點櫃，拉開雪白長袍的一角，也對耶洛鞠了個躬。

「好~那麼大少爺耶洛，今天你們就是琳公主的朋友了，我是冰之女妮莉喔，今天會為了保護公主的朋友做任何事情，請多指教。」

一旁的畢夫特看起來似乎比伽伊安更無法進入狀況，才剛抖著聲音問出「琳是誰？」，立刻又被巨大的開門聲嚇得整個人彈起來。

「妮莉，我們是公主的朋友！」

伽伊安只見一個黃髮陌生人抓著另外兩個沒看過的人跑進咖啡廳，妮莉對他們笑了笑。

「公主今年有夠多朋友了。」

「可惡……雷切斯特，你好意思這麼早就過來？你根本不需要吧！」

陌生人拉拉雜雜罵了一串就拉著同伴跑了，雷切斯特從頭到尾都緊閉雙唇，從伽伊安的角度能看見他的耳朵有點泛紅，胸前的金屬徽章也呈現異常耀眼的金色。現場沉默了半響，伽伊安決定提出「不管你們在幹嘛我要立刻回去」的要求，但他才剛開口又被強烈的地鳴給打斷。

一陣劇烈的地震讓咖啡廳的桌椅瞬間移了位，透過左邊的落地窗能看見一道道銀白色的雲朵正從外面的天空往整座城鎮傾瀉而下，一堆房子就像玩具般被沖塌了一大片，宛如世界末日的誇張場面讓伽伊安完全傻住了，更別提天上浮現了好多個像是黑色漩渦的東西……接著，剛剛沒關好的咖啡廳正門又有人無視地震與巨響，一邊撥弄著頭髮一邊跑了進來。

「妮莉，我是彌爾安的國家妖魔，在我被國家抓去這樣那樣的時候認識琳，變成你們公主的朋友，今天你們要不要跟我一起去拯救世……界……啊靠你怎麼會在這裡？」

藍伊穿著藍色風衣，斜肩背著一把相當華麗的長劍，掛在嘴角的微笑在看見伽伊安時當場垮了下來。

「我被雷切斯特帶過來。」

伽伊安老實回答，而雷切斯特的臉色在看見藍伊時頓時變得很沒出息。

「藍伊，我可以不用，你……」

「幹不要喔，我要走了，今年我不要當英雄了，我要當妖魔的領袖去毀滅世界。」

藍伊相當不滿地宣告，掛在胸口的徽章立刻從銀色轉變為淡淡的橙色，藍伊看了一眼，憤慨地朝妮莉拉起衣領。

「屁啦，這個褪色太快了吧，你們真的是每一年都越改越爛耶！」

「明明就是藍伊不會演～」妮莉擺著白袍的袖子嘻嘻笑。

「伽伊安！」

藍伊頂著一副尋仇的臉色衝過來，剎那間，伽伊安不得不把注意力從窗外天崩地裂的場面移回面前——

「罵我。」藍伊說。

「什麼……」伽伊安剛要舉起來格擋的手瞬間停住。

「快點罵我啊！你身上為什麼沒有戴徽章？」

「我丟掉了。」

「啊？你真的是個會把關鍵道具扔掉的白痴耶。」

藍伊放聲批評的時候，戴在他胸口的徽章色澤又急速轉為鐵器的質感，這似乎讓藍伊更生氣了。

「可惡，限你在三秒內踹這張椅子罵我喔，不然我就要砍你了！」

「為什麼我要──」

「今天是故事節啊，既然有計分的東西，輸給《巫月》很討厭吧！而且我想要金色的徽章！」

藍伊用力戳著自己胸口的徽章，一口氣被塞了大量情報的伽伊安根本弄不懂藍伊的邏輯。好，今天大家好像都有徽章，這種徽章似乎會用顏色判定他們的表現，他已經稍微聽懂了，但是藍伊說什麼不想輸給《巫月》……照著剛才的對話，這個玩意八成是《巫月》做的吧？真的有在計算分數難道不會被動手腳嗎？再來，先前藍伊對「故事節」嗤之以鼻，現在居然大聲嚷嚷「想要金色的」是在搞什麼，外面的天空變成那樣他都不在意嗎？

透過落地窗，所有人都能輕易看見天上的雲持續往地面灌流，不只街上的建築物被弄倒了好幾排，遠處的山巒也被雲霧蓋得幾乎看不見了，不遠處還有一道火柱從地面衝向天空，樹韋爾與畢夫特顯然都為此面露懼色，哪像藍伊還有心情亂撥頭髮。

「我重新走進來一次，你最好給我兇一點。」

藍伊說著就擅自跑出店門，間隔不到一秒便帶著伽伊安曾經熟識的溫柔笑容重新踏進咖啡廳。

「伽伊安，你也在這裡啊，怎麼了？」

「我被雷切斯特帶過來。」伽伊安的嘴巴做出相同的回覆。
「咦，阿雷找你做什麼？」
伽伊安不曉得這個問題的答案，而藍伊衝著他笑了五秒便從齒縫擠出「是不會說『關你屁事』喔」，或許是因為伽伊安遲遲沒有行動，藍伊居然就這麼笑著踢了一下椅子。
「踹這張椅子，罵我『關你屁事』。」
眼看藍伊的笑容開始扭曲，伽伊安只好硬著頭皮踢椅子一腳，誰知道這居然讓藍伊的笑容徹底消失了。
「你沒有放感情啊，放感情踢好不好！」
為什麼要在這種場合強迫他做這種事啦……伽伊安很高興能看到藍伊，卻不禁覺得自己被浪費了寶貴的時間，耶洛似乎也頗有同感，優雅地側身擋過來。
「好了，人魚先生，不要再用有創意的方式騷擾他了，我們還有事要忙。」
「我哪有騷擾，是他太廢，他不努力今天是你們幾個會完蛋耶，主角那麼重要你們都不管喔。」
「我知道這個節慶有依循規則在計算分數，倒是沒聽說主角與配角有什麼不同呢。」
耶洛挑眉。

「你們配角設定都很少啊，今天配角隨便講幾句都會被當成有在演，哪像主角設定超多的，他今天沒有認真演的話，晚上分數平均起來你們就死定了。」

伽伊安還不確定自己能弄懂這麼複雜的階級差距，而耶洛看上去也完全不在意。

「沒有關係，我們本來就沒有打算配合這個節日呢，我只想確定一件事情——妮莉閣下，我們幾位剛才成為了『公主的朋友』吧，這是不是代表如果我們今天有事情拜託妳，妳都會答應呢？」

「你知道很多耶～」妮莉笑嘻嘻地稱讚耶洛，「你們想要妮莉幫什麼呀？妮莉很會讓東西結冰唷。」

耶洛才剛開口說出「有一隻貓……」，同樣隸屬於《巫月》的琳就朝氣蓬勃地推開大門衝進了咖啡廳，迪洛收攏翅膀緊追在她後面，烈爾則與他們隔了至少十步遠的距離，用一副心不甘情不願的臉色拖著腳步踱進門口，眼看《巫月》的瘋子四人組全員到齊，伽伊安湧出一股不好的預感，而迪洛完全不顧旁人地走向妮莉，單膝下跪。

「妮莉小姐，不好意思，屬下和公主處理事情實在花了太多時間……讓您一個人待在這裡沒事吧？」

「沒事啊～迪洛你看，這些人全部都是琳姊姊的朋友喔！」妮莉張開雙手，手上抓著的布偶貓詭異地用某種頻率抽搐著。

「公主的朋友——真是失禮，還請原諒屬下沒有先向各位打招呼。」迪洛誠惶誠恐地將手按在胸前對著在場所有人行禮，「屬下是琳公主的侍衛，迪洛，只要是公主的朋友，屬下全部都會當成主人來侍奉的，還請各位不吝差遣。」

伽伊安望著這個囂張的男天使，頓時又不知道該怎麼反應了，迪洛的聲音變得好溫柔……琳用一看就知道是在假裝的演技朝雷切斯特伸出手，大聲喊叫著「你好啊朋友」，靠在門邊的烈爾則用鼻子輕哼一聲。

「廢物公主的朋友想必也都是一些沒出息的傢伙，這樣拖拖拉拉的是要沒效率到什麼程度？」

雷切斯特才剛驚疑不定地想回握琳的手，聽見這句話又立刻縮回去，烈爾對著藍伊抬起下巴。

「國家都要滅亡了，我們還不出發嗎？」

「簡單來說，今天都會分成兩邊啦，像我們這種有明顯分出是好人壞人的啊，這一天打起來比較容易演到自己該演的東西，所以我們都會打。」藍伊對身後的耶洛指著遠處從地面噴往天空的火柱，「像是神族幾乎都很壞，設定上都想要毀滅世界，所以今天他們會一直抓人虐待一直搞破壞，然後我們這種『英雄』就要從他們手中保護全世界！」

狂風颳過街道，在伽伊安身邊掀起不小的風沙，因為那種詭異的雲氣，好幾棟建築物都已經坍塌在廣場邊緣。他們從咖啡廳離開以後，藍伊就一個勁對著耶洛說明，走在不遠處的伽伊安全部都聽見了。

所以……藍伊的臉皮到底有多厚才能自稱是英雄？伽伊安的思緒在無關緊要的事情上打轉，一旁的琳卻也像隻湊熱鬧的小狗般跟著得意洋洋。

「我跟藍伊在故事裡面都有保護自己的國家，真的都是英雄喔。」

「琳姊姊很強吧～」

走在藍伊與琳之間的妮莉笑著說，而硬要感慨「公主真了不起」的迪洛與頻頻發出冷哼的烈爾，全部都讓伽伊安覺得煩死了。今天被寫成壞人就要破壞世界？被寫成好人就要拯救世界？這之間的前因後果呢？就伽伊安來看，無論「壞人」都是哪些人，像這樣隨意砸毀一堆建築只是單純的破壞狂罷了。

「然後，如果今天壞人叫我們幫忙，我們這些很善良的英雄就要假裝被騙，過去幫他。」藍伊繼續用誇張的大音量教導耶洛，「發現被騙之後，我們要因為很可憐在旁邊哭，這樣就會有種我們超善良、壞人超級壞的感覺……」

太複雜了，太累了吧，伽伊安聽到藍伊敘述「哭的時候要發出聲音」的時候就已經沒有耐心了，無論藍伊與妮莉對這個節日有什麼堅持，他只想找到貓，跟哥哥窩在安全的角落度過這一天。

「所以壞人啊——」藍伊已經是刻意朝著伽伊安的方向喊叫了，「要我們幫忙找貓，等一下絕對要背叛我們喔！至少要把我們拐到暗暗的巷子試著做掉之類的，絕對不可以說『謝謝』然後就抱著貓跑掉喔——」

「真是謝謝你。」耶洛用毫無起伏的語調說：「那就請各位英雄在拯救世界之餘先幫我們找到貓吧，我一定會負起責任騙人的。」

「我不是說你啦！而且我還是不知道你們幹嘛急著找那隻貓？聽阿雷剛剛說的，他哥養的那隻貓應該是角色耶，變成角色的動物跟我們一樣都不會死掉啊，又不用急。」

伽伊安不曉得貓是真的會變成角色還是藍伊又在胡說八道，但是他剛才跟耶洛再度確認過了，真的有一隻黑貓從哥哥面前跑走，他不想看哥哥焦慮地度過這天，所以還是鼓起勇氣瞥一眼藍伊。

「你不想陪我們沒關係，我試著回去雷切斯特帶我們來的地方……」

「你是不是都沒在聽阿雷講話啊，阿雷說剛才那邊有星守，不可以一群人移過去，所以我們才都用走的啊。」藍伊不耐煩地回話，「而且不要以為我在這邊是想要陪你，還不是因為你們來當琳的朋友，妮莉今天都會跟著你……」

所以，藍伊又為什麼非要跟著妮莉不可呢？他們不是關係不好嗎？該死的雷切斯特更是安著什麼心才會把他們丟到妮莉面前？稍早烈爾說出什麼拯救國家的屁話以後，雷切斯特居然拋下一句「那我先去找貓」就獨自移動走了，妮莉和迪洛齊聲嚷著「必須護送公主的朋友呢」一左一右半強迫地黏上來……雖然伽伊安動過靠想像力逃回艾爾洛司洛身邊的念頭，但總覺得妮莉絕對有方法追上自己，要是給艾爾洛司洛添麻煩就不好了……一定要找到貓、在外面把這些《巫月》的瘋子甩掉，然後再努力回到哥哥的身邊！伽伊安覺得自己的目標越來越亂，而跟在後面走了這麼一段路，他也逐漸感到不對勁了。

不只是因為街上瀰漫著淡淡的雲氣，伽伊安記得他們當初從廣場走到那棟房子的時候好像沒有看見河，他默默望著出現在自己左邊的河流，寬闊的河面上橫著一道白色大橋，怎麼看他都不覺得自己曾經見過這個地方。

「我記得應該是這個方向……」

或許是伽伊安盯著河看的臉色太差，負責指路的耶洛跟著陷入不安，又在伽伊安把視線移到他身上的時候開口。

「抱歉，我或許迷路了。」

「沒有吧，我也記得是這個方向。」榭韋爾說：「應該是因為剛才有很多東西倒在路上過不去，我們繞路了吧？」

是嗎？伽伊安覺得畢夫特欲言又止的表情非常不妙，而不知道在亢奮什麼的琳居然又插嘴了。

「什麼，你們在迷路？那我也可以迷路嗎？我也有路痴的設定，我可不可以帶著你們到——」

「不是，妳不可以。」

伽伊安才剛冷冷地拒絕，左邊的河流突然發出某種不自然的尖銳聲響，下一刻，浪濤從水面猛然噴上高空，瞬間就衝上了十層樓高，水花由下往上凍成一片圓弧型的冰錐，最尖端狠狠刺進了某種生物的軀體，伽伊安直到鮮血從天上噴下來，才驚覺冰錐刺中了一隻飛在高空的紅色怪龍。

那隻龍擁有伽伊安沒看過的肥胖身軀、紅色的鱗片、白色的爪子，牠背後鼓起來的翅膀簡直不像是用來飛行的，又短又厚，紅龍冰柱上掙扎著張開嘴，鋪天蓋地的烈焰旋即順著寒冰衝向地面。

逆著熱風，一股水流順著冰牆往上噴，攔住火焰並竄生出大量的水蒸氣，蒸氣在灼傷眾人以前又被霜雪凍住，化成大量的雪花灑落地面，紅龍張開嘴，從高空發出呼嚕嚕的吼聲。

「我乃火龍之神……」

「瑞斯特帝安！」藍伊用裝模作樣的態度撥了一下頭髮，「你不可以再傷害我們國家的居民了，我今天一定會代表彌爾安除掉──唉唷。」

藍伊似乎是想用劍指向天上的紅龍喊話，卻在拔劍的步驟碰到了難關，伽伊安傻傻望著藍伊把背在身後的劍甩下來拆劍鞘，注意到他臉上的魚鱗居然都翻出來了！藍伊臉頰兩側的鰓裂完全張開，不只如此，手臂還刺出了一對帶有橘色斑塊的魚鰭，長長的鰭劃破衣服，滴落的水一碰到地面就被凍成白色的霜。

冰霜蔓延至妮莉的腳下，妮莉仰頭望著天上，冰藍色的長髮隨著魔壓飄浮起來，她完全沒說話，只是睜圓眼睛盯著龍，平時很吵鬧的她這樣看起來更嚇人了。

「好了。」藍伊總算順利拔出劍，「你是不是抓走我們的人民啦？快點把他們放出來！」

「愚蠢的生物……」紅龍繼續用咕嚕嚕的聲音吼著不知所謂的發言，「堪帝亞應該在今天滅亡的……」

「哇好幸運，是瑞斯特帝安，那我也要上去囉。」

琳紅著臉在藍伊的旁邊蹬了幾下，迪洛立刻迎上前執起琳的雙手，猶如面臨生死關頭一般說著「屬下真的很擔心……」，在烈爾刻意的咳嗽聲中，琳仰頭朝向天空，脖子和臉部的皮膚就像是藍伊一般瞬間翻出了大量的鱗片。

巴掌大的黑紅色龍鱗不到幾秒就覆蓋了琳的身體，她的身形隨之扭曲膨脹，一對大翅膀從她的背脊伸出來，拍動的旋風把伽伊安的馬尾吹得甩上了冰霜，琳在眨眼間幻化成一隻黑紅色的巨大長尾龍，竄上高空，一口咬住那隻整整大自己五倍的紅色巨龍。

兩條龍纏鬥的巨響讓伽伊安的腦海陷入呆滯，他花了點時間才理解琳剛才在自己旁邊變成龍的事實，而琳對著巨龍又咬又踢之間，一條長長的龍又從雲氣裡衝出來撞上了她的身體。

這次伽伊安總算認出珖了，身型瘦長的珖顯然與其他兩隻龍的品種相差非常多，卻一下子就用尾巴捲住紅色巨龍啃起了他的翅膀，火焰和石頭般的龍鱗不斷砸落，要不是一簇簇冰刺與水花準確地將它們吞噬，只怕伽伊安已經被龍鱗給砸死了。

「……靜點。」

怪物打架的壯闊場面讓伽伊安完全沒辦法移動身體，甚至花了一點時間才注意到不遠處有個從沒聽過的聲音。

「安靜點。」

有個伽伊安從沒看過的男人站在烈爾附近的巷子口，他留著焦糖色的鬈曲棕髮，長度停在耳朵下緣，亞麻披風底下穿著便於活動的輕式銀鎧甲，正用雙手支著的劍敲擊著路面。雖然天上三隻龍打得渾然忘我，迪洛和烈爾卻似乎很快就注意到他了，男人一跟他們對上視線就非常受不了地指著橫越河流的橋。

「每年在這裡找麻煩很有趣嗎？」

「哇，能看到你出來參加讓人愉快的節慶，的確很有趣呢。」迪洛似乎愣了一下，旋即恢復平常咄咄逼人的語調。

「不用這樣拖著所有人一起鬧。」

男人說著拋了一把東西到迪洛面前，在布滿棘刺狀冰錐的地上，那是三個呈現不同顏色的長方形徽章，迪洛對此挑挑眉，朝天空吹了聲口哨，正在和珧纏鬥的琳立刻停止掙扎想要降落，珧也隨之收起翅膀停在冰牆的最頂端，由於珧全身的鱗片都是銀藍色的，盤在冰牆上簡直就像是魔法打造的冰雕。

「看到你真高興啊，萊亞。」

維持著龍型的珧低下頭，完全沒張嘴卻發出與人型無異、帶有回聲的少年嗓音，而那頭肥胖的紅龍撇頭看看他們，猶如發現了什麼般掉頭竄上高空。

「看到你一點都不會讓我高興。」被稱作萊亞的男子簡短回應，又把視線移回迪洛身上，「你覺得這樣很好玩？」

「不好玩的事我就不會做了。」迪洛蹲下來撿徽章，絲毫不在意一旁的琳活潑地用額頭衝撞烈爾，「不過既然你又不喜歡，我們離開就是了。」

「即使你們離開那些人還是會吵一整天不是嗎？」萊亞沉著臉指著身後，遙遠的天際閃過一堆不自然的的黑色閃電，「把那女人說的話當真，打什麼分數……你以為這種事情可以當成幼龍在玩的遊戲嗎？」

「往好處想吧，多數人都覺得這個節日很好玩，代表我們大家的興趣挺一致的，完美證明了我們都是從同一個腦袋汲取原料生產出來的，每年這樣子慶祝很有一家人的感覺不是嗎？」

迪洛的語調很輕快，萊亞卻一臉嚴肅地望著他，琳似乎沒察覺到氣氛哪裡不對，像隻終於能出門散步的狗一樣用鼻子在旁邊的地上狂蹭，就在烈爾用手抱住琳的脖子設法讓她冷靜時，兩個陌生的人影從萊亞後方的巷子快步追上來。

「不要生氣！你又走那麼快……琳妹妹，早安。」

一名留著水藍色長鬈髮的女人用手按著胸口，似乎因為快步行走而喘不過氣，她的五官很精緻，過瘦的瓜子臉卻顯得有些病態。另一名追上來的是個眼睛細長的黑髮青年，他穿著下襬蓋到膝蓋的黑色衣服，嘴角勾起的弧度相當輕佻。

「早。」黑髮男先朝迪洛點個頭，再從後面把萊亞的頭用力往下按，「嗯……後面那些人沒見過。萊亞先跟你們道歉，他每年的這時候心情都很不好，一點小事就要出來罵人。」

「我不是因為心情不好來罵人，剛才的沙蟲不是小事，還有，不要推我。」萊亞一把扭住黑髮男子的手往後折，黑髮男子卻不以為意。

「就是小事吧，幾發火球、打雷還有沙蟲……真是大驚小怪。再說，沙蟲不可能是龍族召喚的，我認為是那些維爾鈦人……」

「所以，因為他們做了這種像小孩子在玩的計分規則，那些人才會越來越——你不要再推我了！」

萊亞還沒闡述完意見就被迫對自己人發飆，黑髮男子任由他扭著手，一臉即使覺得疼痛也很愉快的模樣，迪洛對著他們再度挑眉「謝謝你讚美我把這一天做得很像遊戲」，眼看這群人鬧哄哄的，伽伊安默默朝同事打了個手勢，試著從陷入異常沉默的妮莉後頭溜走。

「你好，我是《歿月北之國》的耶洛。」可惜耶洛好像沒有注意到伽伊安與榭韋爾同步後退的行為，跨過琳的爪子，跑向萊亞伸出右手，「請問你有在附近看到一隻黑色的貓嗎？」

這種情況還問貓——伽伊安忍不住覺得耶洛太沒神經了！那個萊亞看起來心情明明不太好，卻也在短暫的沉默後回握了耶洛的手，回禮似的報上名號。

「我沒看到什麼貓。我是艾沙特的騎士長，萊亞。」

「艾沙特的祭禮部長，昳。」黑髮男跟著草草行了個禮。

「我是艾沙特的女王，漾，你好啊。」

藍髮女子壓著胸口報上稱謂，伽伊安不由得把視線定焦在她身上，女王是那種類似國王的「女王」嗎？他沒聽錯吧？漾似乎注意到他的視線，轉過來朝伽伊安露出有點虛弱的微笑，伽伊安注意到她身後不遠處幽幽升起許多青色的稜形光點。

「他們連妖精的法術都在用耶。」昳一臉感嘆，萊亞看到那些光顯然更不滿了。

「如果這個環境和我們的國土因為什麼意外相通，牽連到艾沙特的——」

「我的名字唸作意義的『義』，但是在小說專用的文字裡面，似乎是寫成失去的『失』再加上太陽的『日』，失去太陽，很浪漫吧？」昳就像是刻意要蓋過萊亞的聲音一樣握住耶洛的手上下搖晃，「如果我出生在地球，這一定就像是爸媽給我取了『聖天使』之類的矯情名字吧。」

「不要亂說地球的事。」萊亞看上去簡直想甩昳一巴掌，「也不要把那女人形容成爸媽，那邊的姓氏更不會有『聖』，別再亂說話了。」

「而這位是討厭地球，討厭到比我們更了解地球人的萊亞。其實他平常人很好，希望你們不要被他今天的樣子給嚇到了喔。」

昳開朗地介紹同伴，伽伊安卻不打算認真聽，陌生人太多了，一個一個認識根本沒完沒了，榭韋爾彷彿頗有同感，也沒有跟著耶洛上前打招呼的意思，催促畢夫特趕快站起來。

「不過，你們的衣服……」漾卻還是盯著伽伊安，「你們是不是知道什麼『戀鯨部』……」

「煉金部。」耶洛設法禮貌抽開昳蒼白的手，「我們是彌爾安煉金部的成員呢，怎麼了嗎？」

「你們認識凱瑟嗎？」

明明要找貓，卻突然聽見另一個早已放棄搜尋的人名，似乎讓耶洛有些不知所措，但他還是很快點頭承認。

「凱瑟是我們的同事，他怎麼了？」

「他現在在我們那邊喔，跟其他不過故事節的人待在一起。」漾補上更撲朔迷離的解釋，「是鑲霜把他帶過來的，鑲霜說看到他在街上受傷了，但凱瑟說自己不認得鑲霜。因為他的情緒太激動，我們暫時就不讓他出門……」

耶洛似乎花了點時間才從記憶裡挖出鑲霜這個名號，又在一陣更不自然的停頓以後開口。

「那……真是謝謝各位。雖然這麼說有點不負責任，但是不是能讓那位凱瑟繼續待在你們那邊呢？」

「哇，真的很不負責任耶。」昳笑著評論。

「抱歉，但是我們並不是想找他，我們在找一隻貓。」

耶洛毫不留情地把貓說得比同事更重要，接著還不怕死地轉向迪洛，詢問能不能快點往前進，雖然伽伊安也想回到哥哥身邊，但是耶洛、畢夫特和榭韋爾都不願意去找凱瑟的態度卻讓他有種熟悉感──把凱瑟的處境跟過去的自己重疊真的很蠢，伽伊安卻不禁記起徹牧音早上說的話，思考到現在，他還是不知道「對討厭的人友善」有什麼好處，但是，如果徹牧音在這邊，凱瑟好像就不會被丟下來。

「他身上有水嗎？」伽伊安想了想，硬著頭皮開口。

耶洛

綠利基斯・彌爾安王國・人族・男

大少爺　情緒障礙　淺眠　實驗狂　千杯不醉

北方大貴族玥行家的十四少爺，在揮金如土的環境下長大，生來對任何人事物都難以產生感情。年幼時曾經生過很嚴重的病，在右臉留下大面積的紫色傷疤，當時對拯救自己的藥物產生強烈的情緒，從此喜歡上製藥，成天關在家裡抓小動物實驗藥物，被家人當成變態，成年以後進入煉金協會，輾轉考上煉金部。

被貴族家庭要求戴著遮掩傷疤的幻術道具行動，有事沒事就在開發煉金藥物，注意到伽伊安熟悉他不懂的廉價藥材，常常塞錢叫他幫忙。

歡迎光臨科爾諾瓦

雖然會害怕，
但我還是想要說實話

第一章

連自己都要用演的，
真的不是她寫錯了嗎？

已讀3

第二章

要的東西說不要，不就只是溝通障礙嗎？

已讀55

第三章

作者忘了我們，我們也可以忘掉作者

已讀105

伽伊安用生硬的語氣對同事們說明：自己並不是想帶凱瑟回去，而是覺得凱瑟可能會沒有水喝，一旁的藍伊聽見以後露出難以置信的表情，倒是耶洛和榭韋爾似乎都不怎麼意外。

「你真的很關心別人有沒有吃飯耶。」榭韋爾只是說。

「雖然我也覺得你會想幫助凱瑟，不過我認為盡快找到你哥哥的貓比較重要呢。」耶洛抱著手臂。

畢夫特盯著地板沒有加入對話，而冰牆上的珖再度搖動長長的尾巴，零碎的光斑隨著龍鱗反射到伽伊安身上。

「你們要去艾沙特？我也可以去嗎？」

「不可以。」

雖然伽伊安不知道艾沙特是哪裡，淺意識似乎很警惕這隻猛獸，用很沒禮貌的語氣拒絕了珖。珖回以一聲「好吧」便朝天空嗝出一小口火焰，朝琳挑釁地甩甩尾巴，琳頓時像是發現兔子的獵犬拱起身體，再度試圖朝珖起飛。萊亞在兩頭龍重新纏在一起以前用沉穩的視線掃向伽伊安。

「如果要找你們國家的人，在這邊。」

他說著便往來時的小巷掉頭回去，伽伊安直到看見漾朝自己招手才意識到他們要自己跟著走，藍伊比起伽伊安更快就追上了昳，還狀似親暱地搭上他的肩膀不知道說著什麼……結果，這些人也是藍伊的朋友嗎？畢竟是自己開口問凱瑟的下落，跟過去確認還是比較好吧？

令人意外的是，他邁出腳步以後，《巫月》的人並沒有動。

榭韋爾嚷著「不要亂跑啦」推著畢夫特跟上伽伊安，耶洛也沒更進一步地反對，而迪洛停在原地，僅是說了一句「那就請各位貴賓快去快回」，似乎完全不打算糾纏過來。伽伊安一邊想著如果能甩掉他們就太好了，一邊把注意力放到藍伊的身上，走在前面的藍伊一手搭著昳，一手用拍衣服的動作修補被魚鰭扯破的袖子，他顯然注意到伽伊安的視線，倏地回頭。

「你在看什麼啦？」

「你的鰭。」

「什麼？」

「你的鰭。」伽伊安快要受不了自己的嘴巴了，「我是說……你好像有魚鰭。算了，不用理我。」

「這個喔？」
藍伊甩甩右手讓藍綠色的魚鰭重新割破衣物，伽伊安回了聲「對」，忍不住因為妖魔不可思議的肢體構造感到驚訝，近距離看，連接著藍伊手臂的巨大鰭面佈滿黏液，在地上拖行時留下了溼溼的軌跡，比較大的魚鱗在鰭的接縫處磨娑著，發出喀喀噠噠的聲音。
「對欸，你沒看過吧，這是展鰭，公的人魚就會有，很帥吧。」
藍伊炫耀似的將展鰭往上甩，肌膚有一瞬間出現了狹長的裂痕，浮誇的魚鰭宛如變魔術般又全部都吞進了他手臂的皮膚裡。
「我的鰭超大的，可是都可以這樣收起來，你看，收起來之後我手也平平的不知道是怎樣，新月說反正魚鰭寫大一點會比較帥，我抓狂的時候她就可以寫那種魚鰭全部長出來又飄起來……」
伽伊安很認真地聽藍伊炫耀，這是他從來沒見過的藍伊，印象裡，藍伊很討厭半人魚的身體，伽伊安從沒想過藍伊能夠用愉快的臉色展示這種怪東西。
「而且其實我會流水毒，用鰭拍別人的話，別人還會麻痺倒下去，心臟衰竭然後死掉，很酷吧。」
伽伊安不確定該不該附和，耶洛卻突然勾住他強迫他與藍伊多拉開兩步距離。不行……難得藍伊這麼平凡地跟自己搭話，不可以讓話題結束，伽伊安慌張地把眼神停在藍伊背後的武器上。

「你這麼強為什麼還要帶劍……」

「拿劍比較像英雄啊！可是我跟你說，把劍背在背後真的很不科學，你自己試試看用手彎到後面把這麼長一支劍拔出來，真的是一不小心就會扭到比落枕還要痛。」藍伊用慢動作把背後的銀劍勉強抽出來，「你看，你不覺得這樣我遲早會砍到自己的頭嗎？」

「你會先砍到你的耳朵。」

「你怎麼知道！我還真的在拔劍的時候砍過耳朵，超痛的，而且那時候我……」

藍伊說著似乎突然意識到自己是在對誰說話，激動的語氣瞬間打住，這種一不小心就開始聊天的樣子實在是蠢得可愛，伽伊安決定也不吐槽他了，好好觀察前面那三個陌生人。

剛才藍伊一轉過來跟自己說話，昳就小跑步去黏萊亞了，現在似乎也沒有回頭的意思，往錯綜複雜的小巷一個勁鑽。他們先是穿過瀑布似的濃密紫藤花，又在一道顯眼的拱門前繞進小巷，最後來到猶如迷宮核心的低矮建築物群落，糾纏在一起的建築物乍看之下宛如傾斜的海螺，傾斜的屋頂朝著天空展開，被屋頂遮掩了大半的陽台開滿橘黃色的不知名鮮花，四周都被更高的房屋環繞著，往上看只能見到一小片橢圓形的天空，根本無法眺望遠方的黑色閃電。

「別在這個地方引起騷動，否則我們不會再讓你們靠近第二次。」

萊亞用沉著的態度告知，似乎認為自己盡到帶路的責任，領著女王與黑髮男子走向一旁傾斜的白色石階，登上二樓。伽伊安試圖搞懂凱瑟到底在哪邊，突然看見建築物一樓的石門裡走出了曾有一面之緣的鑲霜。

鑲霜身上穿著與雷切斯特同款的御獸使制服，兩邊的肩膀各停著一隻剪尾燕，他望著伽伊安一行人，也沒打招呼，掀起薄薄的嘴唇劈頭就說：

「那隻黑貓已經要過來這邊了。」

突如其來的消息讓伽伊安難以反應，耶洛卻倏地反應過來。

「鑲霜先生？您也知道我們在找黑貓……」

「是雷切斯特的朋友跟我說的，據那隻貓所說，牠的人類本來就容易受到驚嚇，牠認為自己並不笨，知道該怎麼回家，不過我的朋友聽說你們要來艾沙特，剛才已經說服牠過來跟你們會合了。」

鑲霜肩上的兩隻燕子也像是在邀功似的抬著鳥喙，活像長著羽毛的華麗墊肩，伽伊安很懷疑這個御獸使突然說這些的目的，耶洛卻不疑有他地點頭。

「太好了……我記得您是我國的御獸使，如果待會見到那隻貓，方便請您替我翻譯嗎？我有無論如何都必需跟那隻貓馬上解釋清楚的事情。當然，錢不是問題，溝通五分鐘我願意付您十枚金幣。」

「哇，你同事一見面就要給寵物溝通師十萬耶！」

藍伊又對著伽伊安吐槽了，伽伊安嘖一聲，上前扯住耶洛的袖子。

「喂，十枚金幣太多了，我在王宮裡工作半年都沒有那麼多錢。」

耶洛回頭望著伽伊安，而後像是誤解了什麼，將手探進大衣，數了十枚金幣遞給他，伽伊安忍不住大翻白眼。

「我不是在跟你要錢！而且為什麼隨隨便便就拿一堆錢出來啊，我跟你說過出門不要帶太多現金在身上吧，你這樣遲早會被搶。」

「三十枚金幣應該不算多……」

「屁啦，整個首都只有你每天帶一堆金幣到處跑——不要再給我錢了，我又不是因為你給得太少才兇你的！」

伽伊安覺得一被罵就默默加碼三枚金幣的耶洛真的很白目，然而耶洛卻一副不明就裡的樣子。

「不是嗎？你剛才抱怨薪水……」

「不是。我沒有抱怨薪水。」

「但是我也認為你的薪水只有一枚金幣很荒謬呢。」

「荒謬的人是你。」

伽伊安沒好氣地搶走那十三枚金幣，設法激起耶洛的反應，沒想到耶洛還真的無所謂，轉身跟鑲霜繼續交涉什麼想跟貓說話的事情，這讓伽伊安更不滿了。記憶裡，耶洛跟他去城裡買書的時候就常常花錢要人把東西送回王宮，去很近的地方也要叫馬車，伽伊安好不容易才讓耶洛習慣買東西自己拿、不要亂叫車，怎麼現在又開始揮霍了？要是玥行貴族哪天不再給耶洛生活費，這個大少爺絕對活不過兩天，在首都這樣花錢也遲早會被奇怪的人盯上，榨乾他的存款然後死掉。

「欸你真的很壞，現在要多少錢都可以自己用想的想出來用啊，幹嘛突然勒索你的朋友啦？」而且藍伊看他拿了十三枚金幣居然還跳出來訓斥。

「我沒有勒索，我……」

伽伊安真希望藍伊在這種時候閉嘴，可惜藍伊望著他扭曲的表情，擅自恍然大悟。

「喔喔，你是不是領悟到故事節要做什麼了？那你要不要也來勒索我？」

「不是，不要。藍伊斯提安，你可以看清楚狀況再說話嗎？我們正在忙。」

「那我等一下先哭說我養的老鼠得癌症，要去美國動心臟的手術真的沒有錢，然後你拿出一把槍，我也拿出一把槍，我們一邊轉圈圈一邊想起你跟我都很開心的畫面，天空就會下大雨——」

「什麼轉圈圈……」

「就是——」

藍伊說到起興處似乎又注意到他唬爛的對象是伽伊安，呆愣片刻，再次閉嘴，榭韋爾彷彿沒注意到他們之間越來越微妙的氣氛，側身擠過伽伊安面前。

「所以凱瑟呢？我們要在這邊等伽伊安他哥的貓過來喔？耶洛，這個人可以信嗎？」他不只差點撞到藍伊，還當著鑲霜的面說出懷疑的話。

「我相信我國的御獸使。」耶洛掏出手機，「我先跟雷切斯特殿下聯絡，你方便的話也聯絡徹牧音吧，事情要是能一次解決就太好了。」

「好啊！」

榭韋爾有樣學樣地拿出手機用雙手開始慢慢按，畢夫特動作僵硬地看了周遭一圈，繞過人群，湊到樹韋爾身旁，伽伊安望著忙碌的同事與停滿燕子的環境，決定向古怪的御獸使搭話。

「你有看到凱瑟嗎？」

鑲霜用敷衍的手勢比著一樓的石門，伽伊安撇撇嘴，獨自過去推開雙開式的厚重門扉，開門以後，裡面是個意外寬敞的橢圓形石造大廳。

大廳是灰色調的，牆面有好幾處凹進去的扇形窟窿，裡頭燒著銀色無味的魔法火，最中央豎立著一座黑色的鐵製迴旋樓梯，沿著樓梯放射狀地擺著好幾張長椅，至少有二十幾個種族各異的陌生人聚集在長椅附近。他們在伽伊安進來時紛紛望了他一眼，而伽伊安也很快就在人群中找出了同事，至少，他一瞥過去就注意到了煉金部的紫色制服。

身著制服的凱瑟帶著緊繃的表情緩緩站起來。

年過五十的凱瑟是個粗曠的大叔，紅棕色的短髮在兩鬢浮出不均勻的灰白色，鬍子粗得像是一把牛毛刷，或許是因為他早上剛見過煉金部的人，看到伽伊安，鐵青著臉就是一句威嚇。

「我已經辭職了，不要把王宮的事牽扯到我身上，你們繼續胡鬧下去我就要向刑司部提告了！」

伽伊安遲疑片刻，又看看旁邊一大堆的陌生人，覺得自己好像真的無法體會徹牧音樂於助人的心情，但是都見到面了，他姑且試著做一瓶水交過去，可惜他一動凱瑟便像發怒的熊般拱起魁梧的肩膀。

「小鬼，你在做什麼？」

「給你水。」

「我叫你不要鬧，我真的要叫騎士軍過來了啊！」

凱瑟一吼，伽伊安才發現自己努力想像出來的玻璃壺裝進了滿滿的熱咖啡……他明明想做水的，算了，拿咖啡潑他好了，王八蛋。

「你不是說要給他水嗎？」

剛才質疑自己幹嘛跟來的藍伊突然摸到伽伊安旁邊，讓伽伊安嚇了一跳，他回答「對」的時候看見藍伊從空中抽出一瓶水往凱瑟扔，凱瑟好像被這種沒頭沒腦的舉動觸怒了，低吼一聲，上前就要扯伽伊安的領子。

只是凱瑟的手才剛伸出來，一片溼答答的物體就迎面將他整個人拍翻到地上，凱瑟發出慘絕人寰的尖叫，伽伊安呆愣片刻才意識到那是藍伊從手臂甩出來的鰭，凱瑟被魚鰭打中的右臉泛出密密麻麻的血絲，在幾秒內就漫延到整張臉並開始抽搐，短短的時間裡叫聲又停下來了。

「欸，死了。」

藍伊好像不小心拍死一隻蚊子似的把魚鰭收回手臂的皮膚層，再把爆出來的水氣和衣服破口從容復原，伽伊安傻眼地望著他，頓時不知道該怎麼解釋藍伊這種暴力行為。

「什麼聲音啊……凱瑟？」

聞聲而來的榭韋爾一眼就看到了屍體，石廳裡的陌生人們似乎也因為突如其來的死亡起了不小的騷動，好幾個人起身瞪著藍伊，一副敢怒不敢言的模樣，耶洛和畢夫特則在凱瑟的臉完全變成紫色的時候跟著衝進來。

「伽伊安，發生什麼事了？」

耶洛看了死在地上的凱瑟一眼，冷靜地利用伽伊安釐清狀況。

「藍伊把他殺掉了。」

「靠北喔，話不是這樣講的吧，我幫你打他耶！」藍伊立刻抗議。

「你剛才是幫我打他嗎？」

「當然是啊，他看起來好像想要揍你耶！」

「他要揍我，你幹嘛打他？」

老實說，比起毫無感情基礎的同事怎麼死，伽伊安更在乎藍伊的反應有什麼意義，但藍伊一點浪漫情懷都不肯給他，盤起手臂，理直氣壯地開口。

「當然是因為今天是故事節，我在故事裡面看到有人要揍你本來就會打他，這哪有什麼好奇怪的。」

這──聽起來有道理，但是伽伊安想了想又覺得不對勁，以前如果有人要打他，藍伊應該會衝到他們之間囉嗦地勸架吧，哪會揍人？如果以前藍伊這麼暴力，早就被王宮以危險妖魔的罪名抓起來砍頭了，看看藍伊胸前的徽章，的確也變成了近似泥土的骯髒顏色。

「而且，如果你在故事裡面跑去奇怪的地方我也都會跟過去，所以我覺得現在跟著你好像比較好。」藍伊竟然還為自己待在這裡的狀況補上解釋，「你這個同事是中邪喔，幹嘛沒講兩句話就要打你？」

「因為你拿水丟他……」

「我幫你給他水，你嫌個屁啊！」

藍伊拉高音量，耶洛與畢夫特則快步走近凱瑟檢查他的傷勢，雖然伽伊安覺得皮膚都變成紫色的應該沒什麼好檢查的，畢夫特卻抖著手蹲下來緊緊握住凱瑟的手腕，一直到這時候，伽伊安才注意到畢夫特的額頭上面好像全部都是汗。

「你們好大聲，萊亞叫我看一下是在幹什麼……」

石廳中央的迴旋鐵梯砰砰砰地衝下一個人影，剛剛跟著萊亞跑上二樓的昳套著棉質的連帽外套在梯子中間停下腳步，先是緩緩對凱瑟瞇起細長的眼睛，再舉起手指向伽伊安，意味深長地比了一個「噓」。

「我裝作沒看到，但是別這樣弄死人啊，不然以後萊亞就不讓你們過來了。」昳用一個跳步蹬下梯子，跨過凱瑟癱軟的小腿，從連帽外套裡抽出一支手機直逼伽伊安的臉，「你就是小妮莉說的新主角吧，趁萊亞在大便，加一下？」

「欸你一下樓就說什麼大便啦！」

伽伊安還沒對湊到自己面前的黑色手機做出反應，剛才打死人的藍伊就發怒了。

「又沒關係，又不會被寫下來。」昳聳肩。

「什麼沒關係，才不是沒被寫下來你就可以亂說話。」

「可是健康的龍族每天都會有兩坨新鮮便便啊。」昳說著粗俗至極的話題將視線投向樓梯旁的人群，又笑著轉向伽伊安，「欸你會不會大便？」

「會。」

這實在可以歸為伽伊安今年最不想回答的問題，無奈他根本沒辦法管住自己的嘴巴，而藍伊一聽居然以極度驚恐的神色抓住他的肩膀。

「你在幹什麼，你怎麼可以大便！你不只是主角還是邪惡大魔王耶，人家都說偶像大便是粉紅色的，你這種邪惡的壞蛋怎麼可以——」

「紅色大便是腸子出血吧。」昳甩著手機回嘴，「邪惡角色思考顛覆國家的計劃也可以在馬桶上面想啊，唉，這年頭反派連尿尿都犯法了嗎？」

「你又說什麼尿尿啦！」藍伊好像很受不了，這讓伽伊安不禁懷疑昳根本是故意的，而且藍伊居然還轉過來對他機會教育，「我跟你說喔，像我這種可愛的主角偶爾可以大便，但是你絕對不可以大便，你只能吃飯，吃飯的時候還要吃得很邪惡，知道嗎？」

「不知道。」

這種糟糕的話題繼續下去，伽伊安都有點想去幫忙治療凱瑟了，但是昳的笑容看起來就好像惡作劇得逞一樣，這讓他覺得自己應該站在藍伊這邊，於是硬著頭皮主動要求聽廢話。

「要怎樣……才能吃得很邪惡？」

「就是你以後只能吃一分熟的肉，吃的時候要一邊大笑一邊說『這根本不夠生』，吃完把盤子跟杯子統統丟到地上，如果旁邊有別人就叫他們去撿，他們在撿的時候你像這樣子踹他們的頭……」

藍伊說著突然開始示範迴旋踢，這讓伽伊安搜盡枯腸也找不到適合的反應，耶洛好像終於聽不下去了，起身把伽伊安從藍伊面前拉開。

「請你不要趁我們在忙教他錯誤的知識。」

凱瑟在耶洛的斥責聲裡總算抽了一口氣，趴在地上開始咳嗽，他佈滿全身的紫色毒痕快速消退，還沒咳完就橫眉豎目地推開畢夫特，設法撲向站在耶洛身後的伽伊安，榭韋爾趕緊張開雙臂擋住他。

「喂！冷靜，我知道你會覺得一定是他又幹了什麼壞事，先坐下來——」

「你們這些……咳，我已經離職了，現在放出妖魔攻擊我是什麼意思！是那個風蟲指使的嗎？我都已經沒跟他計較了，他媽的說他沒多少技術還想報復——」

「你說什麼？你是不是在罵艾爾洛司洛？」

剎那間，伽伊安覺得什麼故事節和排泄話題統統不重要了，捲起袖子打算揍人，這下榭韋爾反而必須轉過來攔住他，而被凱瑟推到地上的畢夫特乾脆坐著不會動了，混亂中，一隻黑色的貓叼著徽章鑽進門，把徽章用力丟到畢夫特後面，宏亮地大叫了一聲「喵」。

鑲霜在黑貓綿長的叫聲中走進石廳，陽光從他背後打進來，一時之間竟有種氣勢磅礴的架式。

「這位貓弟弟說：『你比我的人類好睡，每天都躺著不會動，你很熱聞起來跟我的人類也很像，好餓，吃飯』。」

這麼亂七八糟的發言讓伽伊安舉著的拳頭僵住了，他一直覺得御獸使號稱能聽懂動物語言的能力很唬爛，然而鑲霜居然知道蕨葉的貓名字叫「弟弟」……？跟蕨葉住的這陣子，黑貓的確是時常睡在他身上，這隻衝進來的貓的眼睛很橘，看起來和早上躺在壁爐上的是同一隻，或許是蕨葉的貓沒錯？

但如果御獸使真的能聽懂貓說話，這隻笨貓亂跑一通之後叫這一堆是什麼意思，什麼叫他每天躺著不會動啊？

「牠說牠喜歡你肚子的味道。」

鑲霜用不帶起伏的語調繼續告知伽伊安，而臉上一陣紅一陣白的凱瑟踏著大步衝向鑲霜。

「你說你是彌爾安的人，而我說過，我要找騎士軍！」

「樓上那個是騎士，你說不行，現在他們又不行嗎？人類真挑剔。」

鑲霜一被凱瑟逼近就後退了好幾步，還用雙手護住肩上的兩隻燕子。

「你在開玩笑嗎？樓上那個是龍族的騎士！而這些是煉金部的人，你最好不要耍我，到底對我施了什麼法才讓這身衣服脫不掉——」

凱瑟的咆嘯讓貓弟弟的尾巴縮起來，三步併作兩步地衝回門邊蹲下，伽伊安正想拿手上的熱咖啡潑凱瑟叫他安靜，耶洛就搶先從外套裡抽出一罐東西往凱瑟的臉噴，凱瑟的怒吼瞬間打住，張開的嘴巴湧出一坨黏膩的霧氣，霧氣高速旋轉著把他整張臉給包起來，耶洛就像個沒事人一樣收起小罐子，繞過凱瑟。

「鑲霜先生，請問在貓族之間怎樣才算是有禮貌地打招呼呢？」

「等一下，你噴了他什麼東西啊？」

榭韋爾訝異地望著猛翻白眼的凱瑟，裹住他頭部的銀色霧氣不只越來越濃，還散逸出宛如樹皮焦掉的臭味，伽伊安認得那是什麼，立刻對耶洛抱怨。

「是靈魂花的香精，那很貴，耶洛，我說過不要拿這個噴人——」

「你想要的話就給你吧。」

耶洛說著把價值連城的香精拋給伽伊安，這種拿錢砸人叫人少囉嗦的作風，伽伊安已經好一段時間沒有在耶洛身邊體驗到了，但是看耶洛依循鑲霜的指示跪在地上對黑貓緩緩伸出食指，伽伊安又覺得這個少爺還是跟以前不太一樣……

「貓先生，您好，我是耶洛，想必您並不認識我，不過我有必須告訴貓先生的事情，請問您知道這個世界是一本書嗎？」

耶洛對貓說的話也讓伽伊安更傻眼了，他是認真的嗎？打算跟貓解釋這些？一旁的鑲霜似乎不覺得這有多荒謬，聽著貓叫緩緩點頭。

「這位貓弟弟說：『這個門，是我的門，我要吃圓形的黃色』。」

「事情是這樣的，這就是書。」耶洛蹲在地上緩緩取出一本《歿月北之國》對著黑貓攤開，「我是在裡面活動的角色，我覺得你大概也是，你能明白嗎？」

「這位貓弟弟說：『鳥』。」

對話跟本兜不上，而且說是翻譯，伽伊安也沒聽見鑲霜發出貓的叫聲來溝通……只是聽著他們一來一往「褐色的球吃草」、「上面這些符號是文字，都是可以閱讀的東西」，伽伊安也找不到能插嘴的地方。同事突然開始嘗試跟貓說話，旁邊又有人被濃縮的香精攻擊，眼看榭韋爾和畢夫特都在關心凱瑟，伽伊安乾脆打開手上的玻璃瓶慢慢喝自己做出來的熱咖啡，他才喝了幾口，昳就朝耶洛走了過去。

「欸，別亂來，再這樣鬧我大概就要替萊亞把你們趕走了喔，你先起來，跟我上樓吃一點艾沙特的名產可以嗎？」

耶洛聞言停下與黑貓的交談，半跪在地上回頭看著昳，想必自己其實也知道「趴在陌生人的地盤跟貓說話」很像個變態吧。然而，昳接著指出來的事情卻不太一樣。

「別在這邊大聲宣揚小說的事情啊，書都是騙人的，要我說的話，誰都不可能只憑想法就做出東西喔。天冷了要穿衣服，餓了要吃飯，想移動的話我們需要的是魔法或者馬車，我們這邊不太歡迎討論跟小說有關的事情啦。」

「你說這種話的時候也不先把手機放下來嗎……」

藍伊指著昳吐槽，而昳攤開雙手，任憑手裡的螢幕盈盈發亮。

「有什麼關係啊？人會飛、糖果變成雨、死掉會復活、魔法沒有用，這跟我們其實不是小說裡面的角色沒有衝突吧。」

「白癡喔，每一個都衝突了啦。」藍伊彈掉剛剛沾到褲管上的廢棄鱗片。「而且大家幹嘛今天都不說話，站那麼遠很奇怪耶。」

藍伊顯然認得石廳裡的幾個人，這句問題最後卻還是由昳來回應。

「只有願意說話的人才會說話啊，即使他們現在說了話，看起來也還是不會說話的喔，我覺得這就是書唯一的好處呢。」

昳故弄玄虛的話還沒得到回應，樓上又傳來珠子敲擊地面的細小聲音，剛才自稱是女王的漾穿著一襲綴滿蕾絲的長裙，探頭往梯子底下大喊：

「昳，萊亞問那到底是什麼叫聲啦，還有你要在下面待多久？」

「等我一下！」昳抬頭喊回去，又看了看耶洛，「你們是彌爾安王宮的人對吧？我覺得我們兩個國家之間應該多多認識，要不要上樓吃飯？正好午餐快要好了……」

「才不好呢。」

漾打斷昳的發言，噘著嘴提起裙擺踱下階梯，她長裙的下擺點綴著水滴狀的玻璃，移動的時候簡直像是晶瑩的雨幕，一路閃爍到昳的面前。

「不要跟人聊天了，上來幫忙嘛，那個醬有好奇怪的味道。」

「妳加了幾顆檸檬進去？」昳再度把視線從耶洛身上暫時移開。

「八顆，檸檬要切嗎？我不會切就統統丟進去了。」

「問我我也不知道啊？」昳攤手。

雖然是陌生人的談話，但是伽伊安覺得無論他們在煮什麼東西，聽起來都已經毀了，藍伊似乎頗有同感。

「你們怎麼又在煮東西啊？萊亞不會生氣喔？今天買不到飯我可以拿炸雞給你們吃啊。」

藍伊說著似乎就想憑空做出食物送給這兩個人，昳卻飛快拒絕。

「不行，『設定我們不會煮飯就永遠學不會煮飯』這種事根本不合理。」

「對呀，我們總有一天會做出可以吃的菜，讓萊亞覺得很感動。」漾附和著拿起昳的手機，連續按了好幾下，「討厭，為什麼我每次碰這個都不會動呀？昳你是怎麼按的？」

「我來啦。」昳把手機接回去，對藍伊亮出畫面，「你看，我們正在做這個『九十九層酥皮果香蛋黃塔』。」

「這是什麼難到爆的東西？學做菜至少也從泡麵加蛋開始吧！」

在他們交談的期間貓弟弟已經開始聞耶洛的鞋子了，耶洛擺明對此相當不知所措，而榭韋爾似乎嘗試除掉繚繞在凱瑟臉上的霧氣，眼看大家都在忙，伽伊安拿著咖啡走到畢夫特身後，觀察被黑貓叼進來的徽章。

躺在地上的徽章是金色的，即使伽伊安用鞋尖踩住也沒有反應，伽伊安很快就注意到畢夫特胸前的徽章是同樣的色澤，而且畢夫特看起來真的流了不少汗。

「要喝嗎？」伽伊安把咖啡遞給畢夫特。

「什……你要給我？」

「對。」伽伊安不確定對方平常都喝什麼，但是畢夫特的臉色看上去並不像高興，「不要也可以，你是不是哪裡在痛？」

「沒有啊，謝謝你！」

畢夫特爬起來用雙手接過咖啡壺，又呆滯了一會才用非常小的聲音擠出氣音。

「你哥哥的貓……找到了，你準備要離開了嗎？」

「耶洛在跟貓說話，藍伊在跟他們說話，應該——你真的沒有哪裡在痛嗎？」

伽伊安總覺得畢夫特怎麼看都像是被煉金彈打到的樣子，說不定凱瑟剛才推他的動作並不輕？

「我沒有哪裡痛，我只是……」畢夫特僵硬了整整三秒，「我沒事啦。」

伽伊安望著同事努力忍住崩潰感的模樣，雖然外面那些龍飛來飛去，地面爆開又颳風的確超危險，但總覺得發言還是不要太過悲觀。

「《巫月》的白癡沒有幹嘛的話應該不會出事，你不用擔心。」

「喂，沒禮貌，只是約你們上樓吃飯，罵我們白癡你難道就會煮飯嗎？」昳突然沒頭沒腦地從遠方插嘴。

「我會。你才沒禮貌，我在說《巫月》，又不是說你。」

伽伊安沒好氣地瞪過去，昳聞言卻露出覺得伽伊安完全搞不清楚狀況的樣子。

「很久很久以前，有一隻火龍國的公主帶著侍衛、書記官與魔法少女來到水龍國艾沙特，幫助騎士拯救被惡龍綁架的女王，那個故事叫做《巫月》，你看過嗎？」

「沒有。」伽伊安還真的沒翻過《巫月》。

「太好了，希望你別去讀那種讓我很害羞的東西，我替萊亞感謝你。」

在伽伊安的大腦處理完這句話的意思之前，一旁的耶洛就抓住了重點。

「各位難道也是《巫月》的人？」

「我們比較喜歡稱呼自己為艾沙特公民，麻煩你在萊亞面前也好好使用國家的稱呼，不要把我們跟迪洛他們混在一起吧。」

「為什麼您會這樣要求？剛才您要我別跟貓說話又是什麼意思？您說這邊不歡迎小說……」

「你問題好多。」昳看伽伊安沒有搭理他的意思，把手機塞回口袋，「這樣說好了，即使是親生父母也會偏心，小孩生到一兩百個，有空把時間撥給心目中的前十名應該就是極限了。」

「所以……各位難道跟作者怎麼了？」耶洛似乎一瞬間就理解了委婉的譬喻。

「沒有怎麼了啊，」昳咧開嘴笑時露出了龍族特有的尖尖牙齒，「只是作者忘了我們，我們也可以忘掉作者，我們水龍國艾沙特呢，覺得讓大家培養這種心態比較健康。對你們來說，最近應該發生了不少讓人不愉快的事情吧，如果你們不喜歡『世界變成書』，之後也可以來找我們喔。」

這人在說什麼，不喜歡又怎麼樣，難道他們有辦法讓小說引起的各種狀況消失嗎？看他們住在這個白色的城鎮，已經很沒有說服力了，更重要的是在伽伊安心裡《巫月》全都是危險分子，要不是藍伊還在跟漾討論什麼蜜蘭諾千層酥，他簡直想拉著同事馬上離開。

「比方說今天是故事節，迪洛他們真的是瘋了，強迫所有的人過來還打分數，」昳繼續說：「搞得好像我們非得為了地球人的喜好活下去似的，他們都不會覺得那樣子很可憐嗎？像今天這種日子，我們就會讓人待在這邊避難，大家都知道我們不玩的，所以我們這一區偶爾只會遇到一些騷擾，真正危險的事情他們並不會找我們做……」

「部長沒有提過這個地方。」耶洛挑起眉毛。

「沒有人跟提到很正常啦，反正對那些今天會在外面玩的人來說，艾沙特就是無聊的代表——又是誰啊？」

一道黃光突然在地面劃出兩步寬的圓形法陣，伴隨迷幻的聲光效果，雷切斯特就像早上一樣忽然出現在伽伊安的面前，他一見到昳便舉起雙手。

「我是普多涅。」

伽伊安不曉得這個神經病忽然又在說什麼，他是因為找到貓所以瞬間移動過來的嗎？

是不是要帶他們回去了？雷切斯特卻板著一張臉轉過來。

「他叫你看手機。」

「啊？」

「雷切斯特叫你看手機。」

雷切斯特對著伽伊安說，將紅色的大圍巾掛在單邊肩膀上，伽伊安還是第一次看到這個人把圍巾解開，不免注意到雷切斯特的頸部有很多青紫色的誇張瘀痕，伽伊安還沒有反應過來，藍伊就從旁插嘴。

「我就想說阿雷怎麼會用移動魔法，小普，你怎麼老是跟阿雷換？」

「殿下本來就會魔法。」雷切斯特緊皺著眉頭，「殿下也不是跟我換，他在加洛德尼爾裡面，現在是茵絲在我的身體裡面。」

「你們真的每次都很亂耶。」

「噢——遇到這種問題我們還是上樓再說吧。」

昳比了個要所有人安靜的手勢，掉頭往梯子上面爬，雷切斯特與藍伊對看一眼，閉嘴乖乖地跟上去，這次伽伊安總算沒有貿然跟進了。他們已經找到貓也找到凱瑟，畢夫特看似不太舒服，怎麼看都是該撤退的場合，耶洛卻用手指點點伽伊安的肩膀。

「我們也上去吧，黑貓先生一直在看你，是不是願意跟著你行動呢？」

伽伊安不知道，更懷疑耶洛怎麼會提出這種建議，而耶洛彷彿從伽伊安的臉色明白他的困惑。

「剛才我在外面聯絡雷切斯特殿下時，殿下說這些艾沙特的龍如果願意讓我們靠近，這邊將會是整個鎮上最好的避難位置，殿下甚至建議我們可以爭取艾沙特的同意，想辦法讓副部長他們也過來呢。」

「我不要《巫月》的幫忙。」伽伊安根本不打算遮掩自己的歧視。

「可是殿下說現在在外面很容易受到神族惡作劇呢，舉凡性別被轉換、被加上動物特徵、被變成幼兒、或者是與其他人強迫交換靈魂……」

「啊？」伽伊安無法理解耶洛突然說出來的一大串靈異現象。

「這也是我剛才聯絡殿下的時候他在手機上告訴我的，稍等一下，我給你看……」

「就說上樓再講啦。」藍伊停在樓梯中段，壓著扶手往伽伊安喊，「喂，阿雷從十分鐘前就在找你了，你的手機咧？」

「放在愛珞伊。」

「拿去，你自己跟他說！」

藍伊說著就把自己的手機丟過來，黑色手機以不自然的弧度滑行到伽伊安面前，伽伊安趕緊抓住，畫面上，漆黑的深海裡有好幾個諸如「黑爾沙⑥」、「米安諾③」「格爾特⑩」的圓圈在浮動，伽伊安握住手機的瞬間，「雷切斯特」的圈圈震了幾下並自動彈開。

噴火龍竄上螢幕，轉眼就把深海取代為森林的景致，龍上頭懸浮著一大堆對話框。

〔噴火龍〕雷切斯特：你跟伽伊安說雖然今天妮莉很安全，但是被艾沙特撿走的話更安全，萊亞願意讓他過去，他就可以不要管妮莉了。

〔噴火龍〕雷切斯特：還是你叫伽伊安跟萊亞抱怨他有多害怕好了。

〔噴火龍〕雷切斯特：伽伊安還沒死吧？

〔噴火龍〕雷切斯特：你可不可以跟伽伊安說他們家的人在跟神族吵架，叫他趕快打給艾爾洛司洛，艾沙特願意收的話讓他們全部都過去艾沙特算了？

伽伊安盯著畫面，光是會說「妮莉很安全」這種話他就已經覺得雷切斯特腦子有洞，但是他一看到艾爾洛司洛的名字還是趕緊用雙手按著儀器回應。

〔黑鯊魚〕藍伊：艾爾洛司洛怎麼？

〔黑鯊魚〕藍伊：我是伽

伽伊安用很爛的技巧打出文字，這才意識到雷切斯特本人就站在樓梯上，而畫面上的噴火龍也同時回覆。

〔噴火龍〕雷切斯特：伽伊安，午安，我是雷切斯特。請問你有聯絡艾爾洛司洛的方法嗎？沒有的話叫普多涅幫你用通訊魔法，叫他們不要再罵神族了，這樣下去他們可能統統會被變成小孩子。

「什麼小孩子？」伽伊安對著樓梯上的雷切斯特問，樓梯上的雷切斯特卻完全沒有理他，手機又開始兀自震動。

〔噴火龍〕雷切斯特：我現在有點忙，抱歉。

〔噴火龍〕雷切斯特：你們今天扮演琳的朋友，妮莉他們就絕對不會傷害你們了，而有幸遇到艾沙特，更能避免多數角色找麻煩，所以我覺得你先待在艾沙特會比較好。

〔黑鯊魚〕藍伊：什

〔黑鯊魚〕藍伊：你不能用說的嗎？？

伽伊安不耐煩地用文字逼問，即使他打出來的字句都像白痴，但雷切斯特似乎能讀懂，並且立刻展現出強烈的恐慌。

〔噴火龍〕雷切斯特：你想要我用通訊魔法跟你說話？為什麼？你不方便用手機？你比較不喜歡文字嗎？

距離這麼近還要求用通訊魔法，伽伊安已經不知道該從哪裡開始吐槽了，明明幾個月前雷切斯特也對他當面說過話啊……伽伊安又看一眼樓梯上的雷切斯特，對方還是不肯轉過來，即使如此卻能用手機同步傳達文字？伽伊安真不知道這個怪人是怎麼做到的。

〔黑鯊魚〕藍伊：算了，你剛說艾爾洛司洛什麼小孩怎樣？？

〔噴火龍〕雷切斯特：這邊的神族設定上是創造其它物種的種族，天生就有操控所有種族生理結構、狀態的能力，不知道你曉不曉得？

〔黑鯊魚〕藍伊：不

〔噴火龍〕雷切斯特：在地球世界（作者那邊）流行的小說，有不少讀者喜歡看我們角色被變成小孩、轉換性別、長出野獸的尾巴耳朵等等……故事節的時候，神族常常會以慶祝為目的恣意改變我們的身體狀態。

伽伊安感覺耶洛好像在推自己，不過他忙著讀手機上的字，沒心思抵抗，只能順勢往前走。

〔噴火龍〕雷切斯特：比方說你附近如果有個我，那不是我，小普剛才有跟你說明了嗎？

〔黑鯊魚〕藍伊：什麼？

〔噴火龍〕雷切斯特：呃，目前使用我身體的人應該是我國的術法部長普多涅，他的靈魂從他自己的身體裡被抽取出來，放進我的身體了，而我目前也在其他人的身體裡面。這種使用他人身體的狀況就叫做「靈魂交換」，是地球那邊很流行的狀況。

光是這段說明就讓伽伊安毛骨悚然，雷切斯特卻陸續傳來更多解說。

〔噴火龍〕雷切斯特：改變年紀叫做「年齡操作」，長出動物特徵叫做「獸化」，男的變成女的叫做「性別轉換」，這些似乎都是地球世界（作者那邊）很多人會想看我們角色發生的事情。

〔黑鯊魚〕藍伊：為什麼？？

〔黑鯊魚〕藍伊：那你是

〔黑鯊魚〕藍伊：你身體是怎樣？

〔噴火龍〕雷切斯特：我目前在我國騎士長的身體裡面，現在還好，只有一點點問題。

〔噴火龍〕雷切斯特：其實我之前有傳給你其他想說的事情，你是不是最近又沒有開手機？

〔黑鯊魚〕藍伊：我放愛珞伊

〔噴火龍〕雷切斯特：在愛珞伊的話不知道可不可以拿回來，等我一下喔。

伽伊安被耶洛推著往上爬了好幾格階梯，面前突然出現一團懸空的陰影。

〔噴火龍〕雷切斯特：如果有看到黑色的東西，想像一下那是你的手機。

伽伊安望著不吉利的影子，陰影很快就往下墜落，化為伽伊安至今已經丟掉無數次的長方形儀器，伽伊安一撈起來就看到螢幕上有隻白蛇抗議似的猛吐蛇信，而噴火龍也帶著森林背景轟然降落。

〔噴火龍〕雷切斯特：你的手機都沒有設成別人不可以動的狀態，如果你會在意，最好改一下設定，讓其他人都不能動比較好喔。

〔噴火龍〕雷切斯特：你先看手機右上角有一個方塊。

什麼鬼啦……

這人剛才是不是自稱身體被別人的靈魂佔據了？這種狀況還在教人用手機，伽伊安真心覺得雷切斯特有毛病，某個疑問也隨著對方過於明顯的態度湧現。

〔小白蛇〕伽伊安：你幹嘛對我好？

結果，一直到伽伊安被耶洛推到樓上，雷切斯特都沒有再傳半個字過來了，對話斷在這裡實在讓伽伊安覺得莫名其妙……伽伊安有那麼點在意雷切斯特的意圖，卻意識到自己已經被推著跟同事們踏進了陌生的二樓。

鐵梯頂端連接的二樓是個梯形的大房間，乍看之下就好像民宅的客廳一樣，地板鋪著厚厚的亞麻地毯，沿著牆壁擺設著櫥櫃等傢俱，牆上掛著一副非常大的水藍色旗幟，旗幟上繡著一隻環抱水滴的飛龍。對面有三扇造型類似的房門，日落方位還設有一扇對外凸出的圓形大窗子，能看見外頭的陽台種植著橘黃色的花海。

客廳右邊的空間顯然是飯廳、衛浴與廚房，兩個銅鍋正在爐火上發出咕嚕聲，讓滿室充斥著水果的酸味，突然闖進這麼具有生活感的空間，實在讓伽伊安感到惶恐，而昳套上一雙銀黑色室內拖，越過飯廳跑去敲浴室的門。

「萊亞，他們說要一起吃飯！」

誰要吃飯了？伽伊安正回頭想叫耶洛別推他，前方的雷切斯特卻搶先開口。

「我待會可以借浴室嗎？黎酩各陛下命令我趁現在去洗澡。」

「咦，他叫你洗阿雷？這是阿雷的身體耶，他沒有要自己過來洗喔？難道他們吵到現在都沒有和好？」

從藍伊八卦的聲音，伽伊安推測面前的雷切斯特還真的可能不是雷切斯特，而漾拖著異常華麗的裙擺走向廚房，挖了一匙鍋子裡的東西逼近昳的嘴巴，在昳極力推拒的時候，藍伊已經很有行動力地朝餐桌伸出雙手了。

「如果你們一定要煮還是拿泡麵練習啦，我做給你們。」

「等等，別弄那麼多出來，我吃維力炸醬麵會吐。」

昳望著不停彈出長方形包裝袋的桌子，就在藍伊回嘴「結果你知道這是什麼嘛」的時候，萊亞也從浴室出來了，他看到一堆人卡在樓梯口顯然非常無言。

「什麼情況？」

「不是，因為他們不會煮，我想說送一點泡麵給他們平常可以練習……」藍伊說著突然眼睛一亮，「還是你要吃麥當勞？」

「東西帶走。」萊亞簡短回應，隨後將視線落到雷切斯特的身上，臉色一瞬間就變得不太友善。

「我是普多涅。」雷切斯特再度高舉雙手澄清，「可以借浴室嗎？我洗個澡就會把他們都帶走。」

萊亞沒有回話，而是用一副想揍人的表情緩緩轉向昳，昳擺著長長的袖子，似乎在拼命掩飾自己覺得很有趣的臉色。

「你聽我解釋，他們大概在外面發生了一些魔法意外，那個金髮雞掰人裡面現在裝著別人的靈魂，我想說金髮雞掰人難得變得不雞掰就帶上來給你看了，後面那些都是他們國家剛任用的新職員喔，我覺得艾沙特可以繼續跟他們國家高層推廣旅遊活動，假如他們願意用官方名目宣傳水龍國的沙灘渡假行程，艾沙特的國民所得一定會隨著觀光客增加而上升——」

「你管太多了，那種事交給外交部。」

「可是我們艾沙特的出口品只有麻布和貝殼耶，那麼廢還不利用海岸線發展觀光，我想這一定是國家傾頹的主因。」昳振振有詞。

「國家傾頹的主因是你。我說過幾次了，不認識的陌生人別讓他們進家裡，你跟漾……」

「萊亞。」漾抓準時機介入昳和萊亞之間，把湯匙舉到萊亞的嘴巴前面，「啊——」

看起來挺會訓人的萊亞停頓片刻，居然張開嘴巴吃了，這下伽伊安更覺得《巫月》真的都是奇怪的人，但是耶洛顯然比他更樂觀，依循貴族禮儀上前按著胸口向萊亞鞠了個十五度的躬。

「您好，剛才簡單地打過招呼，我聽您的同伴說，您們願意收留不想在這個節日遇到危險的人……假如這裡是公認的安全地區，可以的話是否能借個角落休息呢？」耶洛說完又自然地補上，「當然，錢不是問題。」

「我沒有要收錢。」萊亞冷冷回應。

「抱歉，但我們真的很害怕，我只是想表示我願意付出合理的代價。」

耶洛說著往旁邊一比，手勢掠過伽伊安、榭韋爾，最後移向畢夫特，視線在他身上停了幾秒。

「如果你們被誰騷擾可以留下來，但是去樓下。」

「不行啦。」昳又有意見，「萊亞，他們已經被不好的觀念洗腦了，剛剛都在說小說的事，大家聽了會不爽吧？而且裡面還有個靈魂交換的金色雞掰人。」

「所以為什麼靈魂會換？這又是他們搞出來的？」萊亞看起來很煩躁。

「應該是吧，我覺得迪洛他們有可能跟神族提一些企劃，畢竟他們今天還把一堆人變成小孩子耶。」

「小孩子？」

「對啊迪洛剛剛公布今年的活動主題是年齡操作。」

萊亞似乎越聽越受不了，而昳挖了一匙鍋子裡的東西遞到他嘴巴前面，很欠揍地學漾說了聲「啊——」，馬上被萊亞扭住手腕，在漾吃吃竊笑的聲音中，昳將湯匙丟回鍋子。

「然後，我用直覺知道他們的同事現在很危險，如果你對收留他們沒有問題，我去把他們統統帶過來囉？他們感覺真的有點慘。」

「你要出去？」

「對，鍋子裡的東西你幫漾處理一下。」

昳說著跑向大圓窗，背後突然竄生出一對長滿茂密羽毛的黑色大翅膀——那乍看之下就像是天使族翅膀的漆黑版本，但是翅膀根部卻沒有連接著昳的身體，昳翻上窗檯，非常熟練地振翅從圓窗飛出去，萊亞在他掀起的風壓中回頭望著在桌上做出第三盒雞蛋的藍伊。

「我叫你把東西收起來。」

「可是泡麵加蛋才好吃啊。」藍伊堅持，「今天而已沒關係啦，他長翅膀你都沒說什麼了。」

「翅膀是他本來就有的東西。」萊亞說。

「是喔，可是他那個什麼直覺那麼強你也不說什麼嗎？他剛才上樓之前都在滑手機耶。」

「東西收起來。」萊亞再次強調，旁邊的漾卻笑著緩頰。

「沒關係啦，萊亞，我想吃吃看平常吃不到的食物，而且剛才他們好像說有一個人很會煮飯，可以叫他幫我煮，這樣子我就不用收廚房了，東西好多喔，我不想收。」

「我來收，沒關係。」

萊亞絲毫沒有責難漾擺爛發言的意思，伽伊安一直到現場好幾個人回頭看自己，才意識到漾口中「很會煮飯的人」是在說他。開什麼玩笑，就算這些人收留了凱瑟還間接讓他們找到貓，憑什麼他要幫陌生人煮飯啊？而且昳說要去找他們的同事是怎樣？雷切斯特剛才傳的訊息也提到了艾爾洛司洛，艾爾洛司洛會不會發生了什麼緊急的事情？一堆東西都搞不清楚最好有空煮飯啦。

「那你煮這個，很好吃。」

在伽伊安思考一堆事情的狀況下，藍伊忽然拿起一個寫著「滿漢大餐」的橘紅色包裝袋湊過來，這讓伽伊安的思緒瞬間停住了，他半是狐疑、半是驚恐地望著藍伊。

「你要吃……要吃這個？」

「對啊我好餓喔，我跟你說，我在故事裡面被寫成常常不吃飯只喝水，我本來想說今年挑戰一下那個模式的，可是看到泡麵忽然就好想吃，你去煮吧。」

「我……」伽伊安面臨了今天最讓他恐慌的情況：藍伊突然命令他煮怪東西，「這是什麼？」

對，這個長方形又很鮮豔的玩意究竟是什麼啊，看起來根本不像是食物啊，它好硬，應該不是肉吧？外面這層滑溜溜的鮮豔東西既然不是紙袋，所以可以吃？會是史萊姆皮的加工產物嗎？等等，聞起來又不像史萊姆皮，難道是需要用火烤的東西？

「有些泡麵背後有寫煮法的樣子。」藍伊看著伽伊安認真聞包裝袋的模樣，「啊不然你煮一鍋水，拆開全部丟下去然後加一堆蛋就好了。」

「你真的要我煮這個？」判斷不出這到底是啥的伽伊安再三確認。

「對啊，你看起來一點都不想出去繼續玩英雄跟壞人的遊戲，昳也說要帶你的同事過來了，既然你們怕成這樣，艾沙特又願意留你們，你就在這邊吃飯睡覺過一天啊，等你們的人過來之後我也要走了。」

「什……」

「還不是阿雷不想讓你死掉。」藍伊大概是懶得再東扯西扯找理由了，「可是我今天還有很多事情要做，你們在這邊的話阿雷應該就放心了吧，小普現在也來了，自己跟雷切斯特報平安啦！我等下出去再幫你跟妮莉講，說你一點都不想跟他們玩今天這場遊戲就好了。」

漾

綠利基斯・艾沙特・水龍族・女

弱氣　病嬌　腹黑　M　斯德哥爾摩

水龍國艾沙特的女王，外表和氣質都顯得異常脆弱，似乎很容易被其他人的言語影響。年幼時曾經被母親忽視並受到官員施虐，十五歲時遇見進入王宮的昳，覺得昳能夠理解自己的內心世界而非常喜歡他，登基以後將他拔擢為祭禮部長帶在身邊。

被昳冷淡對待的時候就會找萊亞陪伴自己，雖然表面上會對萊亞道歉，其實並不覺得自己有什麼問題。

歡迎光臨科爾諾瓦

雖然會害怕，
但我還是想要說實話

第一章

連自己都要用演的，
真的不是她寫錯了嗎？
已讀3

第二章

要的東西說不要，不就只是溝通障礙嗎？
已讀55

第三章

作者忘了我們，我們也可以忘掉作者
已讀105

第四章

如果有一把槍，我就要殺人
已讀147

約莫半個星辰時以後敞開的圓窗吹進了輕柔的風，伴隨被旋風掃進來的葉子與花瓣，映收起長滿黑色羽毛的翅膀翻進窗檯。

「我叫那些人從樓下……為什麼桌上多了這麼多東西？」

「因為藍伊要吃泡麵。」伽伊安愣愣地回答。

在擺著沙發與巨大書櫃的廳堂那一端，漾端著精緻的茶具和耶洛、鑲霜一起喝茶聊天，藍伊躺在旁邊的沙發吃餅乾，自稱「普多涅」的雷切斯特則是沖完澡之後就完全忘記要帶人離開的承諾，披著濕漉漉的頭髮，跪坐在書櫃旁認真翻閱一本《星相之下的魔力變化》。在靠近廚房的這一側，餐桌則被好幾個碗盤徹底佔據。

彩虹螺、白螺、龍頭蝦、馬蹄蟹、巴掌大的生牡蠣以及切好的蒜頭、牛肉、史萊姆肝、鱷魚肉，各式各樣的食材與包裝很迷幻的泡麵擺在一起，伽伊安站在最中央舉著叉子，用已經混亂整整半個星辰時的心情嘗試思考：這個黑頭髮的人怎麼會從窗子爬進來？他叫什麼名字？完全想不起來……算了，他讀得懂「泡麵」背後的字，已經弄懂外面是不能吃的包裝袋而裡面是乾燥的麵，沒事的，他可以駕馭泡麵，可以用這個從來沒碰過的食材煮出讓藍伊覺得好吃的東西，如果不好吃，藍伊是不是又會殺人——

「不舒服你去休息，我們昨天有買食物，漾只是想做菜。」

這已經是萊亞第二次走到廚房替漾熱紅茶，順便看不下去似的沉著聲音對伽伊安說話了，但是伽伊安無法順利解讀句子的意思，最後只是抓著叉子，繼續從調味粉裡面把綠色的蔥挑出來。樹韋爾見狀滿臉受不了地關掉洗貝殼的水，拉著溼答答的袖子大喊「耶洛你過來陪副副部好不好啦，他真的一直在抖耶？」

與樹韋爾呈現對比似的，站在角落的畢夫特倒是動也不會動了，自從他說要幫忙伽伊安以後就一直望著水槽裡面的馬蹄椒發呆，瀰漫半個房間的詭異的氣氛在幾分鐘後才終於隨著倉促的腳步聲被打破。

「哇，都是食物的味道，樹韋爾剛剛跟我說副副部在煮飯我真的是不懂……靠，副副部你還真的在煮飯！為什麼啊？」

「因為藍伊說他要吃泡麵。」

伽伊安再度抓著叉子回答，一看到徹牧音爬上樓梯，他忽然覺得強烈的虛脫感襲來，似乎不太明白自己整個早上都經歷了些什麼，更無暇顧及稍早對徹牧音生氣的事

「哪裡有藍伊啦，樓下那個抱著椅子在吐的人是不是凱瑟……等一下。」徹牧音的視線掃了陌生的環境一圈，停在藍伊身上，接著快步衝向伽伊安把他拉到自己背後，「喂人魚你怎麼又在糾纏副副部啊！」

繼徹牧音之後陸續有好多人也爬上階梯，蘭手裡牽著一個陌生的小女孩，茜一邊嚷著「我沒看到貓啊」一邊追上哥哥的步伐，接著相偕上樓的是艾爾洛司洛與蕨葉。大黑貓原本趴在漾的紅茶盤旁邊，一看到蕨葉就慵懶地側躺下來翻肚子，露出粉紅色的腳掌，蕨葉倒抽一口氣，快步奔向茶几。

「弟弟，你沒事——」

在蕨葉跪下來摟住貓的時候黑貓踹了一下他的頭，但是蕨葉並沒有鬆手，而是抱著黑貓起身，用恐懼的表情盯著耶洛拚命往後退，這讓耶洛拿著杯子的手頓時懸在半空中不會動了。

「那不是你弟吧，你弟在那邊……」藍伊慵懶地坐起來看蕨葉，視線卻立刻被艾爾洛司洛擋住。

「藍伊先生，我可以請問這段時間又發生了什麼事嗎？為什麼一見面您又在騷擾伽伊安先生呢？這次還逼迫他替您煮食物？」

「騷……我沒有，我在幫阿雷顧他好不好！」藍伊把餅乾的包裝袋放下來，「就說你們這樣子很奇怪了，我剛剛跟他說他不會煮我自己弄就好，是他自己開始想一堆螃蟹出來的耶，我躺在這邊吃餅乾也有問題嗎？」

「伽伊安。」徹牧音按住伽伊安的肩膀，「告訴我，藍伊對你做了什麼？」

「他說我以後都不可以大便……」伽伊安愣愣地回答，這讓藍伊瞬間跳起來用力拍了一下茶几，漾端著茶杯發出有點愉悅的「哇噢」聲。

「幹，哪個不講講這個，你根本是故意的！」

交錯在徹牧音「故意個屁，我這次直接電死你啦」的恫嚇裡，藍伊又抗議了好幾句，眼看這群人突然在家裡開罵，昳笑得可開心了，但是萊亞顯然一點都不高興。

「人太多了，除了真的需要幫忙的以外。」萊亞直接明指了伽伊安與畢夫特，「其他人都去樓下。」

「萊亞，放輕鬆，今天好歹也是節慶，而且我剛才說啦，他們怪怪的，絕對會跟樓下的大家吵起來。」昳把圓窗關上，背後的翅膀奇蹟般同時消失在空氣中。

「一開始就不應該聚集這麼多人。」萊亞試著在藍伊變大的音量裡面與昳交談。

「沒辦法嘛，大家都信賴你才會在今天過來啊，而且我把在街上遇到壞事的人帶了這麼多回來，我今年算不算又做了很多好事啊？」

萊亞沉默地瞪著昳，表情就像是不知道該不該誇獎把松鼠不停叼回家的笨狗一樣，而艾爾洛司洛似乎在罵過藍伊後猛然意識到萊亞等人的存在，先退回來對他們尷尬地問好，徹牧音卻完全不顧場合，指著伽伊安面前那一小碗泡麵調味粉繼續飆罵。

「好啊，現在的妖魔還會精神折磨是吧？你是不是逼他用叉子把這個綠色的東西從一大堆粉裡面挑出來？這種霸凌人的方法以為我沒看過──」

「不是，我根本不知道他剛剛在幹嘛，就說了我躺在那邊吃餅乾！」藍伊把當廢物的行程說得義正詞嚴，氣沖沖地走向廚房，「伽伊安你到底在幹什麼啦？煮個泡麵最好是這麼難──」

「我把蔥挑出來。」伽伊安茫然地回應，「這好像是蔥，我記得你不吃蔥……？」

「泡麵的蔥才不是蔥咧，而且你怎麼知道我不吃蔥？」

「因為我喜歡你。」

直接了當的告白似乎讓藍伊呆住了，徹牧音倒是早已習慣的樣子，唸著「副副部你不要都在別人救你的時候告白啦」將伽伊安手中的叉子一把抽掉，丟向藍伊，接著按住伽伊安的肩膀把他推到看似比較安全的角落，出手一揮，煉金部的黑沙發「磅！」地當場摔下來。

「徹牧音……」

艾爾洛司洛似乎想阻止朋友在陌生人房子裡爆走的舉動，但是也同樣覺得需要把伽伊安放在那張黑色沙發上，因此陷入了短暫的兩難，最後決定先阻止榭韋爾用過大的音量對畢夫特八卦「他真的喜歡那個人魚喔？」。艾爾洛司洛請同事們安靜，又非常會看臉色地分辨出萊亞大概是這個區域的負責人，對著萊亞再度致歉。

「冒昧打擾了，真不好意思，我剛才收到雷切斯特殿下……呃，彌爾安親王殿下的通知，他告訴我們煉金部的同伴稍早接受了您們的幫助，而您們很好心地派人來帶領我們會合，在這種時候給各位造成困擾，真是萬分抱歉。」

「人不是我帶上樓的。」萊亞的視線落在徹牧音擅自搞出來的黑沙發，看到伽伊安終於被壓著坐下，似乎在猶豫過後決定先不管，視線又回到艾爾洛司洛身上，「這裡不是什麼避難所，我想你們誤會了。」

「呃，我們沒有這麼厚顏無恥的念頭，只是聽雷切斯特殿下說可以在附近尋找比較安全的場所……」

「不能外出或者受傷的人可以在樓下休息，空間還夠的話無所謂，但是我們也不會提供特別的物資，樓下本來就只是空地。」

「萊亞先生……」蘭或許是從昳那裡打聽到了萊亞的名號，從樓梯口往前踏了一步，「那我想問，被變成這樣子怎麼辦？」

伽伊安太少聽見蘭主動說話了，因此就算為了煮泡麵心力交瘁，還是注意到蘭手上牽著的那個小女孩。陌生的小女孩留著一頭綠色長髮，頭髮末端黏著許多圓圓亮亮的小東西，她的眼睛是很鮮豔的粉紫色，脖子上還圍著一條布，布往上拉到鼻樑，蓋住了她半張臉，仔細看的話，會發現那塊布正在蠕動。

「她是我們的同事……原本不是這樣子。」蘭的說明能力似乎不太好。

「她叫作碧薇嫒兒啦。」徹牧音把茜也拉到旁邊，替蘭補上詳細的敘述，「她被一些長翅膀的傢伙搞成這樣，還有個翅膀超多的女人好像認識我們的部長，帶我們的部長突然跑掉……唉唷其實我們也不清楚，結果就是我們的部長被帶走，同事突然變小，這種狀況在這個地方很常見嗎？你們知道什麼嗎？」

「不知道。」萊亞的視線落在小女孩的圍巾上，「她是花妖……？」

「咦，你知道花妖？」徹牧音訝異。

「知道，我國鄰近的森林區域有許多這個物種。」

「那你是不是比我們更知道該怎麼辦啊？我們認識她的時候她超普通的，沒什麼妖的感覺，可是變成小鬼之後她吸我們那棟房子的木頭吸到地板爛掉耶，後來蘭拿布把她的嘴巴纏起來她才聽話的！」

在徹牧音跟萊亞交談的期間，伽伊安也跟著觀察那個詭異的小女孩，總覺得除了綠頭髮，臉型一點都不像碧薇嫚兒。他正打算好好對徹牧音解釋藍伊沒有逼他煮飯，突然又想起忘了把藍伊的手機還回去，趕緊從口袋把兩支手機都掏出來，卻意外發現自己的畫面上出現了好多字。

〔噴火龍〕雷切斯特：這樣說很突然，不過，你之前是不是跟作者討論過一些事情？比方說你覺得如果被當作角色寫出來是我們要過得不好的理由，她寫的東西就應該要成功之類的？再加上據說你之後表示不喜歡被亂寫，所以會要求內容……老實說我跟你有很像的想法。也沒什麼啦，就跟你說一下。

伽伊安盯著畫面，把整句話刪掉兩次總算打出了比較正常的字。

〔小白蛇〕伽伊安：為什麼你知道

〔噴火龍〕雷切斯特：咦？

〔小白蛇〕伽伊安：我沒跟人說

﹝噴火龍﹞雷切斯特：呃，在王宮裡發生的事，麻雀跟壁虎都會告訴我啊。

什麼意思，難道因為御獸使能跟動物對話，雷切斯特就叫所有生物對他通風報信？這也太不尊重其他人的隱私了吧，變態！在伽伊安用不熟悉的儀器一句一句傳髒話給雷切斯特時，萊亞和艾爾洛司洛似乎已經對現狀協調完畢了，包括喊著「那我要走囉」的藍伊，沒有外傷的人統統被帶到樓下，連畢夫特也在大夥下樓的時候快步追上去了。結果等伽伊安用手機罵完御獸使，只有蕨葉抱著黑貓跑來自己身旁的沙發坐下，另外還留在樓上的就是一直看書的假雷切斯特、站在樓梯口牽著碧薇嫚兒的蘭、以及停在樓梯最上層的徹牧音。

「這隻花妖吃了有毒的植物嗎？」萊亞已經在碧薇嫚兒面前單膝跪下。

「剛才有一些扇藤……」徹牧音一邊回答一邊打量著萊亞。

萊亞朝碧薇嫚兒伸出右手，翠綠色的森屬性在他的手心滾出一顆色澤溫潤的魔力球，接著他用另一隻手拉下碧薇嫚兒捆住臉龐的布，那瞬間，徹牧音緊張地「喂」了一聲。

小碧薇嫚兒的鼻子底下是一張把臉橫向劈開的誇張嘴巴，鋸齒狀的嘴角一路撕裂到耳垂，她一張嘴，二十幾根紫色和綠色的濕黏觸手就從喉嚨噴出來纏住萊亞凝聚著魔力的手。

「不要讓幼年花妖接近有毒的植物。」萊亞說：「如果你們沒辦法供應活體植物讓她治療自己，也要盡快阻止她吸收附近的死亡植物比較好。」

「你這樣——她在咬你耶？你沒事嗎？」徹牧音似乎不知道該不該衝上去把碧薇嫚兒拉開。

「沒事，我是森龍。如果讓我處理不放心，你可以找森屬性的人跟我交換，一般而言只要供應森屬性魔力十五分鐘左右就能讓幼年的花妖停止攻擊行為。」

「你是龍族喔？龍族持續放魔力會很累吧？」

「嗯。」萊亞沒有否認，卻也沒擺出什麼特別在意的臉色，只是任憑綠色和紫色的藤蔓繼續纏著自己的右手啃咬，「你會擔心也可以在旁邊看，十五分鐘之後帶她下去。」

徹牧音聞言還真的叫蘭下樓跟大家會合，自己堵在樓梯口盯著萊亞了，伽伊安遠遠望著那個小碧薇嫚兒，再怎麼看，頂多也只能浮現「花妖小時候長那樣啊」的冷淡感想……反正，死掉都可以活起來了，被變小一定也有方法恢復吧？伽伊安發現自己好像沒有同事們那麼不安。

死過太多次的伽伊安似乎對這個世界已經建立了異常的認知，這種「身上發生什麼應該都可以恢復」的心情，讓他覺得自己好像會慢慢喪失生而為人的感覺，為了讓自己不要在這種心情上停留太久，他把視線移向坐在旁邊的哥哥，蕨葉一手緊摟著扭動身體抗議的大黑貓，一手快速按著白色的手機。

「你在跟誰說話？」伽伊安已經能分辨打字的動作了。

「伊安啊，我問她到底去哪裡……對了弟弟謝謝你幫我找貓啊，你沒事吧？我剛才跟你講話你好像都沒聽到耶。」

「我沒事。」

那隻黑貓發出響亮的喵聲，拼命踹著蕨葉的肚子，眼看似乎因為不滿受到箝制就要咬人了，雖然伽伊安認為放開黑貓讓他活動也沒關係，但蕨葉似乎寧願被踢死也不想讓貓在不安全的地方到處亂走，伽伊安索性拉開哥哥的手，把掙扎的貓抱起來放到膝蓋上幫忙固定。

「所以羊羊被誰帶走了？」伽伊安搔搔黑貓的下巴。

「咦，不知道，看起來是一個綠頭髮的女人……背後長了超誇張的大翅膀喔，總共有三對翅膀！那時候還有更多長翅膀的人在天上飛來飛去，真的都像怪物一樣……」

「如果羊羊是主動跟他們過去的，應該是她認識的吧。」

「弟弟認識那種翅膀怪物嗎？」蕨葉詫異地看過來。

「不認識。」搔癢似乎成功讓黑貓停止扭動，「不過羊羊會認識也不奇怪，她本來就知道很多我不知道的事情、認識我不認識的人，她應該過一下子就會回來了，不用管她。」

「弟弟你都不擔心喔？」

「不擔心。」伽伊安頓了一下，「她比我強。」

從小到大，伽伊安已經被伊安救了不下十次，變成角色以後，伊安也多次展現出自己的強悍，還反覆表現出不需要伽伊安囉嗦的態度，伽伊安仔細想想也覺得自己真的沒看過能把伊安打趴的生物，就算伊安平常再安靜，顯然不是什麼會被胡亂傷害的軟弱綿羊，所以他已經決定輪不到自己去擔心了。

蕨葉不置可否地點頭，又低頭繼續按手機，而畋在徹牧音找萊亞攀談的聲音中走進廚房，拆開泡麵包裝，先往鍋子倒進調味粉和乾麵塊，再隨便亂抓一把貝殼扔進去，伽伊安望著這個陌生人開始煮泡麵，發現手機震了震，畫面上居然游進了眼熟的鯊魚，這讓他趕快把手機拿起來。

〔黑鯊魚〕藍伊：你不要罵阿雷是變態啦，他很難過耶！

藍伊難得傳訊息過來，居然是說雷切斯特的事？伽伊安瞪著這句話片刻，猛戳手機試著叫出那隻噴火龍繼續罵，但是他顯然點錯了東西，不知怎麼從角落彈出一頁藍綠色的畫面。

▼點播者／珧

▼艾維斯卡／葛森泰兒／綠海

熱情的弦樂從伽伊安的手機響起，配合樂聲，似乎有個女人在吟唱不知名的快速語言，伽伊安嚇了一跳，按了好幾下畫面卻都沒有反應，這音樂明明挺大聲的，房裡卻只有萊亞和蕨葉各自掃了他一眼。

〔黑天馬〕格爾特：迪洛，你這個徽章根本做壞了

〔黑鯊魚〕藍伊：所以我是說從城牆那邊刷出去刷回來，明明就比冰還要快

〔小雪怪〕妮莉：妮莉才比較快

〔黑鯊魚〕藍伊：而且水魔法也比較帥！

〔花幽靈〕米安諾：真的都沒人要去救雷切斯特？

畫面上有這麼多人的名字是怎樣，音樂該怎麼關掉？伽伊安想靠自己解決，貓弟弟偏偏又在這時候想衝下他的膝蓋，這讓伽伊安更煩躁地在畫面上亂戳一通。

〔小白蛇〕伽伊安：去
〔水晶鼬〕符蘿蒂卡：？
〔小雪怪〕妮莉：去
〔霜天鳥〕迪洛：去
〔月牙龍〕珖：去
〔黑鯊魚〕藍伊：去屁啊垃圾
〔霜天鳥〕迪洛：我猜猜看，伽伊安應該是不小心點進來的吧？畢竟這是他很值得紀念的第一次社團發言呢

伽伊安雖然不太懂自己做了什麼，但總覺得更羞恥了，值得慶幸的是弦樂原本似乎就

已經唱到尾聲，顯然很快要結束演奏。

〔霜天鳥〕迪洛：所以伽伊安真的要留在艾沙特？

〔黑鯊魚〕藍伊：對啊我剛走，他想在那邊睡覺不想跟你們玩的樣子

▼點播者／迪洛

▼地球／五月天／離開地球表面

一瞬間，手機爆出的音量讓伽伊安嚇得差點把它扔掉，黑貓也颼地爆衝到地面，蕨葉立刻跳起來抓貓，宛如爆炸的不知名音樂大聲到伽伊安覺得把手機放開絕對會爆炸，而畫面上的字還在動。

〔花幽靈〕米安諾：**白癡天使**

〔花幽靈〕米安諾：**你真的智障**

「這是你喜歡的歌嗎？跟我認識的人常聽的一樣耶。」昳倒是一臉稀鬆平常地把麵撈

到裝著醬料的碗裡用力攪拌。

「不是。」

在伽伊安回頭找哥哥求助的時候，赫然發現徹牧音也跑過來幫蕨葉圍捕貓咪了，漾似乎很感興趣地看著他們抓貓，在快節奏的音樂中，昳手上那碗麵才一下子就被攪成打結的塊狀物，昳顯然不在乎沒打開的貝殼是怎麼與麵條糾纏的，將蛋從盒子裡面取出來想敲進鍋子，可惜他一出手就把整顆蛋在鍋子上面捏成碎片，想敲第二顆蛋時又很壯麗地整顆碎在碗的邊緣。

「萊亞。」昳捧著碗和整盒蛋衝向萊亞，「幫我。」

右手被花妖纏住的萊亞在震耳欲聾的音樂中冷冷看著他，「現在？」

「對啊你看我連打蛋都不會，我很爛吧。」

「我也很爛喔，水槽裡面也有一顆蛋是我弄破的。」

漾插嘴的語氣聽起來挺歡愉的，萊亞無言地看了昳幾秒，示意他蹲下來，靠左手打了兩顆蛋到碗裡面，這讓昳很愉快地哼著「沒有萊亞真不知道我們該怎麼辦呢」回頭將蛋花倒進鍋子裡，他又起麵試著吃一口，旋即用手背壓住嘴陷入漫長的沉默。

「我記得有一個可以調聲音的……」

而蕨葉終於抱起貓回頭拯救弟弟的手機，當徹牧音也靠過來說「我看看」的時候，伽伊安又注意到了畫面上的字。

〔霜天鳥〕迪洛：回到正題，在我們這邊的書籍，從未流行過「讓書裡的角色退化為小孩」的橋段，然而就像去年我們研究的「性別轉換」一樣，地球人倒是很喜歡看我們退化成小孩，如果能了解他們究竟想從中得到什麼，我覺得或許又能更貼近地球人的想法一點呢

〔蠍尾貓〕提安琪拉：沒必要貼近

〔蠍尾貓〕提安琪拉：本來就是不同種族

〔霜天鳥〕迪洛：是嗎？既然地球人是創造出我們的物種，我覺得全方位了解他們挺不錯的，地球人都會說：知己知彼百戰百勝

這天使真的很怪，伽伊安想要贊成「提安琪拉」的想法，視線卻不由得停在那句「創造出我們的物種」，所以……迪洛難道是想藉著這個節日研究什麼嗎？也牽連太多人了吧，神經病。

「我幫你把聲音關掉啦！」徹牧音按了好幾下伽伊安手機側邊的小按鈕，然後光明正大地偷看伽伊安的畫面，「副副部你在跟別人聊天？雖然跨出邊緣人的生活滿好的，可是社會上壞人很多，你不要被騙喔。」

「我沒有在聊天，我知道，還給我。」

蕨葉抱著又開始尖叫的黑貓嘗試安撫，伽伊安則拿著不再發出音樂的手機回到沙發坐下，瞪著畫面上的字跡快速滾動。

〔霜天鳥〕迪洛：比方說了解他們那邊對小說的喜好，其實就能看出地球人期待我們的表現，知道這些才能產生類似「對作者表明喜歡的對象，要有彼此的雙親會因此成為世仇」的覺悟呢

〔星角鹿〕茵絲：舉了我們國家最血淋淋的例子，實在無法反駁

〔黑鯊魚〕藍伊：你們有空嗆阿雷快點救他啦，我已經到新城堡了

〔露珠鳥〕琳：反正迪洛說今天投降或死掉的都會變成小孩子喔！旁邊的人照顧之後，晚上再一起分享照顧小孩能得到什麼開心的感覺！亞絲已經變成小孩子了，好可愛

〔青梅獾〕卡夏得：你們家烈爾又死得很快耶？

〔水晶鼬〕符蘿蒂卡：既然是他們拉大家下來玩的，當然所有人都想看他們被自己搞的遊戲玩死吧

〔露珠鳥〕琳：迪洛小時候也很可愛！

〔霜天鳥〕迪洛：公主請不要詛咒我

伽伊安光從文字實在看不出這群人在做什麼，只是……感覺很熱鬧，而且藍伊似乎在跟他們玩。剎那間，伽伊安有點弄不懂自己幹嘛湧現一股羨慕的感覺，而手機畫面在他想著這些事情時又輕輕一震，飄出閃爍的煙塵，煙塵繚繞著在伽伊安的鼻尖前方拼湊出他曾經看過的文字。

〔黑鯊魚〕藍伊邀請您加入『珖大人的音樂教室』

這是……是之前被藍伊邀請過卻沒有按到的東西！剎那間伽伊安完全不管螢幕上出現了多少自己不想與之為伍的名字，迅速用雷切斯特教過的方式接受了邀約。

〔小白蛇〕伽伊安加入社團！
〔黑鯊魚〕藍伊：白癡喔我邀請你你要拒絕啦，這樣我徽章才會變成金色的啊！
〔地獄犬〕黑爾沙：傲嬌
〔黑天狗〕格爾特：我們打字的內容有在算分數嗎？算的話所有人的徽章早就變成泥巴色了吧？
〔霜天鳥〕迪洛：沒有呢，明年算進去比較好？
〔花幽靈〕米安諾：傲嬌
〔花幽靈〕米安諾：幫ＱＱ

▼**點播者／米安諾**
▼**地球／S.H.E ／愛我的資格**

〔水晶鼬〕符蘿蒂卡：這首歌跟傲嬌有關係嗎？不是說今天只能點快歌？確定打架放這個？
〔月牙龍〕珧：我知道有些人很喜歡地球的老歌，但今天的主題是快節奏音樂喔？

原來藍伊希望自己拒絕，可惡！伽伊安把手機翻來翻去也找不到重新拒絕的方法，只發現畫面底下出現了一個「點播」的全新銀色框框，對話文字再滾動過好幾句眾人不著邊際的閒聊，接著伽伊安的螢幕突然吹進壯麗的雪花，所有字串瞬間消失，化作冰天雪地的背景，吹雪的場面中卻也不見有任何動物冒出來。

〔霜天鳥〕迪洛：音樂關得掉嗎？看你打錯字還加進來，需不需要我從這邊技術幫忙？

是那個天使……！伽伊安瞪著螢幕，非常戒備地移動手指。

〔小白蛇〕伽伊安：不要

〔霜天鳥〕迪洛：你打開社團，名字左邊有一個符號，點兩下就可以離開社團了

伽伊安不信任天使，即使拿著他給的儀器，他也不想照做，所以乾脆去戳「雷切斯特」的紅色圈圈希望能跳開與迪洛的對話，可是趴在地上的頹喪噴火龍才剛出現，白色的暴風雪又吹進畫面，伽伊安詫異地看到噴火龍用尾巴掃雪。

〔霜天鳥〕迪洛：摸一下手機右邊最下面，有一個按鈕，如果你嫌聲音太吵，一直按它就可以讓聲音關掉，你好像直到現在還不太會用我們的手機，真可惜，是覺得哪裡不方便嗎？

〔霜天鳥〕迪洛：如果有希望增加的功能隨時告訴我

希望增加的功能……伽伊安倒是覺得這個儀器功能太多了，所以才顯得很可怕！如果它不會噴大海的畫面出來、不會跑出差點溺死的人，伽伊安才不會這麼抗拒使用呢。他打了一點點類似的想法又馬上刪掉，他才不要告訴迪洛這種事，搞屁啊，又不是什麼替他測試儀器的貨色。

〔霜天鳥〕迪洛：還有，你們真的決定留在艾沙特？明明一早來報名公主的朋友，就這麼消失公主很沮喪呢，這麼不喜歡過故事節嗎？

伽伊安不想跟迪洛對話，這次試著去戳藍伊的圈圈。

〔霜天鳥〕迪洛：還是說，你跟艾沙特人一樣討厭書？

〔小白蛇〕伽伊安：我才沒有討厭書！

伽伊安從很久以前就喜歡看書了，實在無法忍受被這樣質疑，即使成為書裡面的角色，他也沒有產生過不想再看到書的念頭，有空的時候反而還去下城區的書店翻了很多書本，思考他們如果真的成為一本書會擺在什麼地方。

〔霜天鳥〕迪洛：真是太好了，我以為你們都想要加入艾沙特的邪教組織，往後會高喊小說是騙人的東西呢

〔霜天鳥〕迪洛：怎麼樣，今年艾沙特也很多人嗎？明明環境變成這樣了，他們還是認為無論小說怎麼寫都不會影響自己嗎？是不是周遭都被來自地球的文化包圍了也不會改變呢？

〔小白蛇〕伽伊安：你是不是討厭他們

如果迪洛回答「討厭」，伽伊安總覺得繼續待在這裡好像比想像中安全，但是在昳慢

慢吃了第三口麵並突然宣告「欸我還是不行」轉身衝向廁所的時候，畫面上的雪一瞬間全部都消失了。

徹牧音穿過飯廳主動關心嘔吐的昳以後，漾似乎決定接手昳製造的混亂，提著裙擺走進廚房，拿起另一顆蛋敲向鍋子，蛋的上半部當場連同蛋殼一起噴進了鍋底。

「萊亞。」漾才一下子就放棄了，「幫我關火吧，我不會弄。」

右手還被花妖纏著的萊亞沉默片刻，抱起碧薇嫚兒讓她坐到餐桌上，用左手替漾關掉爐火，把漾的手拉進水槽，打開水替她仔細地把手沖洗乾淨，這種過度關照的舉動讓昳擦著嘴走出衛浴時立刻開始笑。

「怎麼一下子就左擁右抱啊？連年紀那麼小的花妖都不放過呢，真不愧是費洛蒙騎士長嘖嘖嘖嘖……」

「把毛巾掛回去。」萊亞用冷峻的臉色命令把毛巾拋到餐桌上的昳。

「幫我掛，我不會。」昳似乎是在模仿漾，又轉身對徹牧音眨眼，「小心一點喔，你們不管男的女的都別被萊亞這樣抱來抱去，他很厲害的。」

伽伊安接著從昳對徹牧音八卦的廢話中聽說：這個萊亞好像因為長得帥，在他們的國家很受歡迎，是類似萬人迷的角色，常常被搭訕，這讓伽伊安重新審視了萊亞的外表。冷靜評斷之下，萊亞的輪廓的確很深，但並不是伽伊安喜歡的類型，所以沒有產生什麼驚豔的感覺……伽伊安才剛想起帕西諾那張超好看的臉，碧薇嫒兒突然把觸手從萊亞手上收回來了。

坐在餐桌上的碧薇嫒兒闔起橫跨半張臉的鋸齒狀嘴巴，髮梢那些球體一飄一飄地躍動，飄得比較高的冒出了很像多肉植物的小葉子，底下則有不少像是枯萎的氣根垂散下來，她抬著頭，一瞬不瞬地盯著萊亞的臉孔。

「你再注意她的情況。」萊亞示意徹牧音可以把碧薇嫒兒抱走，「這種年紀的花妖應該寄生在樹上。」

「樹？等一下，我們都沒遇過花妖耶，寄生是啥？」

徹牧音好像已經在簡短的交談以後決定相信萊亞了，開口諮詢同事的生態。

「找到成年的樹讓她待在上面就好，花妖應該在樹上生長。」

「那這附近有樹嗎……欸副部長，上來一下！」

徹牧音朝樓下大喊，接著好幾個同事都陸續上來關心碧薇嫒兒的情況，只是即使蘭把碧薇嫒兒抱起來，不會說話的碧薇嫒兒卻執拗地揪著萊亞的披風不肯放手，眼看這群人使盡各種方法才把碧薇嫒兒從萊亞身邊拔開，昳湊到漾身旁，肩並肩用大家都能聽見的音量粗鄙地耳語什麼「哇他再這樣真的哪天會得性病……」，伽伊安完全不想聽這種話題，卻也察覺這三個人的關係非常親密，他們自稱是女王、騎士長和祭禮部長，難道是像自己和煉金部的關係一樣，成為角色以後彼此照顧的同事嗎？自己和煉金部的人，會不會哪一天也變成這樣？

〔霜天鳥〕迪洛：關係很好的角色，原本是敵人或死對頭的比例大概佔了六到八成，我想那是因為地球人對「反差」非常著迷吧，作者在潛意識裡上似乎傾向希望我們這樣子活動

伽伊安打算把手機塞回口袋，卻忍不住又窺探了螢幕，只見冰天雪地的畫面已經褪回藍綠色，最新發言的名字卻又是「迪洛」，這讓伽伊安立刻拿起來把句子讀完。他雖然討厭天使，卻無法否認自己很在意他剛才提到「創造物種」的話題，他說的話，絕不是伽伊安身邊的人會跟他討論的事情。

〔霜天鳥〕迪洛：另外在地球人的英雄小說裡面，主角登場以後似乎都會讓他立刻做出「順手救了貓」、「幫助弱者」之類的事，如此一來，地球的讀者好像比較容易在開場認同主角，進而開始對主角產生感情

〔水晶鼬〕符蘿蒂卡：所以藍伊剛剛才說他要去找貓？

〔黑鯊魚〕藍伊：不是啦可是我也知道那個

〔黑鯊魚〕藍伊：如果有一把槍，我就要殺人

〔霜天鳥〕迪洛：我知道你在說什麼，但是你的理解完全不對呢（笑）

伽伊安看不太懂迪洛打出來的句子，卻隱約知道他們在討論小說的事，這讓他遲遲無法把手機放下來。

〔霜天鳥〕迪洛：說話的方式也有區別，雖然像我們這樣的閒聊很隨便，但是地球人說話比我們更沒有重點喔，他們似乎會使用比我們更大量的無意義語助詞，即使偶

爾認真說話也無法像我們有效率地溝通，我想我們的說話方式，大概被他們的期望影響了很多吧

〔花幽靈〕米安諾：是因為這樣，小藍藍才會一直喊音樂劇台詞然後自以為他很帥嗎？

〔星角鹿〕茵絲：是因為這樣，我看我們家國王跟御獸使吵架才常常有在看好戲的感覺嗎？

〔水晶鼬〕符蘿蒂卡：是吧，地球人就喜歡這種誇張的態度吧？你們有看《環珠格格》嗎？零司戮超愛那個的，據說在地球很紅耶？他們會不會就想讓我們的人生變成那個樣子？

〔黑天馬〕格爾特：不管啦，真好

〔黑天馬〕格爾特：一出生就有冰箱冷氣什麼的

〔茵爪虎〕娜卡莎：那為什麼作者不把我們寫成他們的現代小說呢？明明置身在很好的文明裡面，卻連一點都不肯寫進書裡給我們使用，能自己洗衣服的旋轉儀器、在地下開的馬車，還有會自己上下樓的房間，我的國家統統都沒有

〔茵爪虎〕娜卡莎：我們還要去河邊打水耶？

這個娜卡莎，難道是常常在廣播裡說話的娜卡莎嗎？伽伊安詫異地望著畫面，突然有

種遇見熟人的感受。

〔茵爪虎〕娜卡莎：出生在那種優渥的環境然後寫書，再讓書裡面的人全部活在彷彿他們國家文明退化一千年以上的爛世界，真是太過分了，擁有叫做網路的好東西也都不讓我們用，原本我們的娛樂活動只有看書、跳舞跟音樂劇

〔茵爪虎〕娜卡莎：政治組織也設計得很糟，作者自己活在那什麼民主國家，王都可以用選的，我第一次聽說的時候真的很生氣

〔霜天鳥〕迪洛：畢竟我們大多數的文化都是那邊所謂的中世紀魔法加上ＲＰＧ遊戲的產物呢，在劍與魔法的冒險故事中，如果王子打架出現機關槍或許很困擾吧

〔蠍尾貓〕提安琪拉：不困擾

〔蠍尾貓〕提安琪拉：黑魔法手榴彈都能贏

〔茵爪虎〕娜卡莎：反正，已經以娛樂他們為目的被創造出來了，日常生活還要過得比他們更無聊更狼狽，真是太討厭了，所以迪洛你能把手機還有電腦什麼的統統幹過來用真是太好了！

〔黑天馬〕格爾特：對啊，至少讓我們玩他們的電子雞

〔霜天鳥〕迪洛：我們這邊畢竟是由他們文化延伸出來的概念，不只娛樂，歷史和許多文明細節果然是他們的文化比較充實呢。不過，地球人都是沒有魔法的，作者似乎覺得魔法比他們的文明更帥喔，讓我們為了魔法與劍術得意一下吧

〔水魔羯〕雪蓉：騙人，我不信她真的不會魔法

〔水魔羯〕雪蓉：沒有魔法怎麼會寫出魔法？

〔青梅獾〕卡夏得：沒魔法那個飛機到底要怎麼飛？

〔黑鯊魚〕藍伊：飛機是龍啊

〔月牙龍〕珗：對啊，我們龍族都知道

〔噴火龍〕雷切斯特：飛機不是龍

畫面上突然彈出雷切斯特長達五百字有關「飛機」的介紹，伽伊安不曉得飛機是什麼，只是在雷切斯特發言之後，有一大堆人回他「就是龍啦」、「還會噴火」，爭論著讓伽伊安都覺得有點混亂了，但他還是繼續讀下去，因為這些真的都是不會出現在他與煉金部同伴之間的新奇話題。

伽伊安窩在沙發上，就這麼看了很久陌生人閒聊「因為是故事節來聊故事的話題！」，

而後迪洛甚至提起「你們有看作者最近放在圖書館的書嗎？」，說到作者最近讀了不少創作小說的書籍……從他們的交談裡，伽伊安得知作者看完的書似乎都會出現在一個他們稱之為「圖書館」的地方。但是創作小說的書又是什麼玩意？小說本身就是書，難道還有書用來教地球人要怎樣寫書嗎……？雖然伽伊安從小就喜歡看書，卻一次也沒在自己的國家見過類似的讀物，這讓他忍不住覺得：所謂地球人，或許真的都很熱衷寫書、每天都靠著寫書來創造大量生命體吧，那麼……

身為被創造出來的那一方，了解創造他們的「地球人」，說不定是有點重要。

伽伊安看了好久的手機，又旁觀打起精神的昳和漾聯手逼萊亞喝湯，總算開始覺得自己坐在別人家裡面很奇怪，眼看蕨葉一副不想再搬動黑貓的樣子，假雷切斯特也在角落看書看得渾然忘我，伽伊安決定跟哥哥先說一聲，下樓找同事。

樓下的石廳裡銀色火光依然明亮，煉金部成員在角落圍成一個圈，似乎在討論什麼很嚴肅的事情，遠遠看過去，只有徹牧音在跟落單的凱瑟講話。

「伽伊安先生。」艾爾洛司洛在伽伊安扶著扶手小心下樓時就注意到他了，「我們剛才問了一些人，據說只要等到黃昏，所有人身上被加諸的異狀都能恢復，碧薇嫚兒小姐的狀態也是。」

「嗯。」伽伊安的眼神飛快移到被蘭抱在懷中的碧薇嫚兒，所以，果然又能輕鬆解決了？這個世界還的沒有永遠無法恢復的東西，「你們……應該也都沒有人死掉？」

「是啊。」

艾爾洛司洛的聲音依舊很有禮貌，卻在伽伊安走近時突然抓起他的手腕，伽伊安愣了一下才發現艾爾洛司洛盯著他手上的魔力反射器。艾爾洛司洛輕聲說著「失禮了」，用拇指按住反射器的表面，細碎的紅寶石旋即投射出好幾層巴掌大小、佈滿花紋的半透明圖樣，艾爾洛司洛用指尖在圖樣上劃了劃，閃爍的絲線牽著圖樣開始移動。

伽伊安看過魔道具匠師工作，依稀知道這東西叫做「構築版」，是用來調整魔道具內嵌魔法的東西，但是伽伊安沒有相關知識，根本看不懂艾爾洛司洛在幹什麼。

「您遇上了不少冰魔法呢。」

圖樣變化的速度快得像一本瘋狂翻頁的書，艾爾洛司洛卻僅是帶著擔憂的臉色沉吟，然後也沒有多作解釋，手一收就關掉構築版，再掏出一個銀環往伽伊安的手腕扣上去。

咦……怎麼又被戴上了一個新的東西？伽伊安注意到榭韋爾也在看他，忍不住指著魔力反射器。

「這個是不是要先還給你？」

「假如您不習慣配戴魔道具，那麼改成胸針形式……抱歉，我都不清楚您平常習慣配戴什麼樣的飾品。」

「不是戴在哪邊的問題，我是說，這個不用先還給你嗎？」

艾爾洛司洛聞言停頓片刻，「如果可以，其實不只是今天，我建議您日後也隨時配戴魔力反射器比較安全，當然，假如您覺得活動不方便，想取下來也沒有問題的，這邊有收納用的盒子。」

可能是因為伽伊安曾經跟艾爾洛司洛吵架吵到快要殺人吧，他覺得自己翻譯艾爾洛司洛用語的技術其實挺好的。

「你要送給我？」

艾爾洛司洛在那一瞬間似乎想用習慣的拐彎抹角方式回應，但是他看著伽伊安的表情，卻忽然改變了平常的態度。

「是啊，我想送給您。」

屏除花錢如流水的耶洛，伽伊安第一次收到這種鑲著寶石的高級禮物，他還沒想好該怎麼道謝，徹牧音就唉聲嘆氣地擠過來。

「為什麼副副部一下樓氣氛就這麼奇怪啊，我真的很擔心哪天被作者看到你們這種樣子耶。」

「那──那我也要送東西給你。」伽伊安決定無視徹牧音。

「謝謝，您有這份心意我就很高興了。」艾爾洛司洛說著輕輕瞪了徹牧音一眼，這讓徹牧音更誇張地聳肩。

「不要怪我沒有提醒你們喔，我都已經會背整本光塵教經文了，我看副部長你根本沒有在背！」

「畢竟雷切斯特殿下說要教學，實際上很快就因為私事離開彌爾安了呢。」艾爾洛司洛用單手支著下巴望向徹牧音，「再來，我也告訴過你，其實背寶石譜就可以了。」

「寶石譜比經文難背一百倍耶，你怎麼會想要去背那個？」

「沒有背過寶石譜，你怎麼好意思說自己是魔道具匠師？」

就在徹牧音跟艾爾洛司洛開始抬槓的時候，伽伊安注意到尾隨徹牧音移過來的視線，待在遠方的凱瑟即使遭受了兩次攻擊，看上去卻沒有放棄瞪視他們，正一臉兇惡地盯著艾爾洛司洛的背，徹牧音顯然也注意到了，用手肘頂了一下艾爾洛司洛。

「欸，你快點去跟他說話啦。」

「這種情況，怎麼不是他過來呢？」艾爾洛司洛挑眉。

「好了啦，你是副部長耶，不要再幼稚了，就是這種情況你才應該成熟一點啊。」

「我年僅十歲不夠成熟，這不正是某人說過的嗎？而且某人都已經辭職了，依照我的身份，應該沒有對部門以外的人指手畫腳的權力吧？我想，既然我還是上司的時候說的話他都不肯聽，現在也不必奢望他會聽我解釋。」

艾爾洛司洛這種語氣真是太欠揍了……讓伽伊安猛然想起他過去酸人的時候到底能有多討厭，而徹牧音面對艾爾洛司洛這種態度居然也不氣餒，更努力地諄諄勸導。

「現在是多一個朋友、少一個敵人的好機會耶，你看，他一個人，坐在這種人生地不熟的地方……」

「地不熟或許是種不可抗力，但是人生的部分，他怎麼都不自己想辦法？」

「不要再酸他了啦，你都可以對副副部這麼好了，說不定你過去關心一下，他也會被你感化，變成第二個副副部啊！」

伽伊安還沒有對徹牧音糟糕的舉例抗議，艾爾洛司洛就斂起微笑，非常嚴肅地糾正。

「請不要拿伽伊安先生和無業遊民相比，你都不覺得失禮嗎？」

「你才失禮咧，你現在超級沒有禮貌的，我真的想知道為什麼副副部可以凱瑟就不行啊？」徹牧音轉向伽伊安，「副副部，你以前挑釁副部長的次數也不輸給凱瑟大叔，難道你變成角色之後看到副部長都對他好聲好氣的、沒有兇過副部長嗎？」

「沒有。」伽伊安非常誠實。

「伽伊安先生很有禮貌，你不必問他這種問題。」

艾爾洛司洛用責難的神情望著徹牧音，旁邊的謝韋爾低聲對耶洛抱怨「找到人就找到了，到底要吵多久啊……」，伽伊安搞不懂自己下樓以前這群人又發生了什麼事，艾爾洛司洛卻在碧薇嫚兒開始抓蘭頭髮的時候妥協了。

「那我自己過去，不要跟過來。」

艾爾洛司洛看起來只是想敷衍徹牧音而已，伽伊安望著他掉頭走向凱瑟時翻起來的披風以及又露出來的一小截翅膀，猶豫片刻才選擇先跟徹牧音確認情況。

「你叫艾爾洛司洛跟他說什麼？他看起來很不想過去。」

「副副部你不要擔心，他們兩個很複雜的啦。」徹牧音回頭制止茜徒手跟花妖玩的舉動，再繼續對伽伊安解釋：「副部長嘴上說凱瑟都不聽他的話，明明自己也知道凱瑟只可能聽他的，在這行混了四十年的魔道具匠師，要承認實際年齡只有十歲的蟲族是自己的上司好像一直都有心裡障礙吧，但是我們其他人在那個大叔眼裡就真的連十歲小孩都不如啦！要讓大叔冷靜點聽進去書跟角色的狀況，只有副部長有可能辦得到吧，雖然凱瑟剛出現的時候副部長是跟他解釋過了……可是現在這種情況下，我想大叔才有可能聽進去。一個人啥都不知道逃離煉金部那麼久，再繼續搞不懂身邊發生了什麼事，以後的日子不曉得他要怎麼過啊。」

「所以比起凱瑟，你比較討厭我。」伽伊安說。

「啊？」徹牧音似乎無法理解伽伊安怎麼會這樣作結。

「你逼艾爾洛司洛跟他說話，可是我那個時候，你都叫艾爾洛司洛不要理我。」

徹牧音顯然花了一點時間才反應過來伽伊安在翻舊帳。

「不是，副副部，說服自己這一切全都是在作夢的時候，跟體悟到不是夢以後的心境不一樣嘛……」

「所以你在夢裡都對我很壞。」

伽伊安偏頭去守望艾爾洛司洛。他一直都在魔道具匠師的圈子之外，應該有些交涉不方便插手，但是如果那個凱瑟敢動手動腳，他絕對要第一個衝過去打人。

「副副部，不要生氣啦，俗話說夢跟現實是相反的嘛。」

「才不會相反。」伽伊安看也不看徹牧音。

「咦，副副部是夢跟現實差不多的類型啊，那你做的夢都開心嗎？」

「不開心。」

艾爾洛司洛在離凱瑟五公尺的距離停下來了，看起來不像是要打架，所以，他跟凱瑟到底都是怎麼吵起來的？伽伊安很少進去魔道具匠師的工作間，實在沒有親眼見識過。

「副副部，」徹牧音居然還在煩他，「上次你脖子痛，我說過可以跟樹韋爾拿護符嘛，其實我也會做基礎的護符喔，有一種護符可以讓人比較容易夢到好夢，回去以後我做一個給你好不好？」

「好。」伽伊安真的很受不了徹牧音濫用問題的頻率，「你幹嘛送我那個？」

「因為我沒送你生日禮物啊。」

「你要送我生日禮物？」

這下伽伊安忍不住回頭了，在彌爾安的傳統上，贈送不能吃的生日禮物通常是雙方交情到了一定程度才會做的事情，雖然不拘小節和來自其他國家的人或許不會甩這條規矩，但是伽伊安一看到徹牧音的表情，就知道他很清楚這件事——包括送出去的禮物，代表贈禮者預估自己在收禮者心中的地位這條爛傳統。

「艾爾洛司洛給你禮物你都收下了，不要拒收我的啦。」

「這又不是生日禮物。」伽伊安看看掛著魔力反射器的手腕。

「我告訴你，那就是生日禮物，他做了又因為紅寶石太貴不知道可不可以送你，後來才改做餅乾的，就是你生日的時候桌上唯一能吃的那盤餅乾啊。」

「那個餅乾，是艾爾洛司洛做的？」這下伽伊安的注意力完全無法停在凱瑟身上了。

「對啊。」

「是他親手做的？」

「嗯，他說他只會做餅乾跟小蛋糕，你好像已經吃過蛋糕了？」

「那個餅乾——」伽伊安不禁罵了髒話，「幹，我沒有吃，我都在吃我哥的果醬炒麵……！」

旁邊的耶洛望著他們，用優雅的語氣評論「兩位的互動讓作者看到也會令人擔心呢」，當伽伊安再次把注意力放到凱瑟身上的時候，赫然發現凱瑟居然用很快的速度跟艾爾洛司洛結束交談了，倒是待在石廳另一側的陌生人好幾個都趨向凱瑟，正在對著凱瑟和艾爾洛司洛說話，伽伊安明明與他們身處同一個空間，卻完全聽不到那些人的聲音。

艾爾洛司洛似乎沒有在凱瑟身邊久留的意願，很快就轉身走回來了，伽伊安希望自己能擠出一兩句關心，然而憑著他的社交技巧，一時之間連個像樣的句子都想不出來。

「怎樣啦副部長？該不會被大叔罵兩句就氣得跑回來了吧？」徹牧音倒是很輕鬆。

「不是，那邊的人對我們的情況有不一樣的解釋……」

艾爾洛司洛冷靜地示意還在對凱瑟說話的陌生群眾，那群人就在石廳另一側，說話聲卻連一點都沒有傳過來，連看似在回話的凱瑟好像也是在無聲嚷嚷某些唇語罷了。

「是用了隔音結咒嗎……」耶洛喃喃推論，艾爾洛司洛搖搖頭，停頓片刻又突然轉向徹牧音。

「你剛才過去和那些人說過話，他們有對你說什麼嗎？」

「咦？有些人問我有沒有東西吃、有人問我是哪個國家來的難民……」徹牧音顯然已經在極短的時間內四處溜搭過一圈了，「對了，他們還說今天的魔法干擾結束以後有準備傳送陣，問我知不知道我的故鄉要怎麼回去，我跟他們說有個叫做部長的惡魔應該會來帶我們，然後聽他們瞎聊了一下惡魔好危險之類的……欸我知道部長不危險啦，怎麼了？」

「沒事。」

徹牧音聞言當場對艾爾洛司洛翻白眼，「我懶得聽你說沒事喔，你想好到底要說什麼之後再叫我。」

他說完就衝到蘭旁邊，嚴肅阻止開始猛扯蘭衣服的碧薇嫚兒了，伽伊安旁聽到蘭輕聲細語的幾個單字，依稀辨認出他們在討論安眠香算不算是乾燥的安全藥草、可不可以拿給碧薇嫚兒讓她安分，直到此時，伽伊安才想起蘭和徹牧音之前好像在吵架……完全不知道他們後來怎麼了，看這個樣子是和好了嗎？如果想建立人際關係，他是不是應該早一點主動關心？伽伊安對此完全沒有頭緒。

不過，他很清楚自己想關心艾爾洛司洛。眼看艾爾洛司洛一手抱著手臂、一手支著下巴，伽伊安總覺得他真的遇到了某種煩惱，畢竟以往他只會在煉金部材料盤點出錯時表現出這種樣子。

「你喜歡吃什麼？」伽伊安鼓起勇氣。

「唔？」正在想事情的艾爾洛司洛很明顯被他打斷了。

「你剛才送我東西……」伽伊安忍住沒問生日禮物的事，「我也想要送你東西，你喜歡吃什麼？」

伽伊安很快就明白自己沒有開啟話題的天賦，還好艾爾洛司洛跟之前一樣體貼，勉強反應過來了。

「要說的話，應該是大芽花的花蜜吧……」對喔，艾爾洛司洛是風蟲，他根本不能吃太複雜的料理，問這個幹什麼啊！「謝謝您，伽伊安先生願意使用魔道具我已經很榮幸了。」

伽伊安又糾結了半分鐘，發現根本無法自然地問出「那你還好嗎」，只好再度衝上樓找哥哥緩解尷尬感，沒想到一心關注貓咪的蕨葉居然不怕死，在樓上吃起了看起來很可怕的蛋殼泡麵！伽伊安為此深深傻眼，跟蕨葉吵了好幾句「不要亂吃東西」、「你最好也下來」、「貓才不會跑掉」又非常疲憊地重新踱步下樓，這次，他小心翼翼走下樓梯時明顯感受到手機的震動，因為已經知道這儀器運作的方式，他又手賤地拿起來看了。

畫面右上角出現了個用雷切斯特名字繞成的紅圈圈，伽伊安已經明白點開這種紅圈圈，別人傳給自己的文字就會跑出來，伽伊安不喜歡看到紅色的數字一直增加，打算把它按掉再放下手機。

只是他一戳雷切斯特的名字，居然展開了落落長的「有關我一直都會聽城堡裡的動物對我傳遞消息……」道歉訊息，伽伊安望著出現在畫面上的噴火龍無精打采垂著尾巴，此生中第二次懷疑打出這些字的雷切斯特到底是不是他見過的囂張雷切斯特？冗長的文字一開始很嚴謹，透露出濃厚的歉意，撰文者似乎越寫越難過，中後段開始自暴自棄地陷入沮喪，結果又像是突然意識到自己太過偏離主題，重新開始致歉，最後，又猶如覺得這段文字是場災難，多撂下一句「對不起，很困擾的話請你假裝沒看到」。

一般人看到這個，應該會覺得雷切斯特是個神經病。

伽伊安看完之後也覺得雷切斯特神經病，不過比起生氣或者噁心，這次湧上來的心情居然是無言，某方面來說，他覺得自己突然有點能同理雷切斯特是什麼狀況了，雖然他並不想要這種同理心。

雷切斯特，大概也會突然問別人喜歡吃什麼，應該也是做人失敗的傢伙吧？

〔小白蛇〕伽伊安：他們說黃昏的時候被變成小孩也會恢復，真的嗎？

伽伊安緩緩打出這句話，他覺得只要有所回應，雷切斯特等一下就不會繼續傳令人尷尬的道歉過來了，當他重新打量噴火龍的時候，甚至開始思考要不要乾脆把儀器上面的雷切斯特當成另一個人來相處……

〔噴火龍〕雷切斯特：往年故事節傍晚的確都會在科爾諾瓦（這座城鎮）的廣場會舉行聚

會，今年也有喔，日落以後身體出現異常的角色都會恢復沒有錯，你們如果有被變成小孩子的家人，等到那個時候就安全了。

〔噴火龍〕雷切斯特：如果沒有恢復，你可以告訴我。

回話的速度好快！眼看雷切斯特似乎沒膽去提上面那段道歉訊息，道歉的最後一句又剛好掛在螢幕最頂端，伽伊安乾脆再多打一句話把它洗掉。

〔小白蛇〕伽伊安：告訴你有用？

〔噴火龍〕雷切斯特：我會盡力幫你們處理。對了，黃昏在廣場的聚會是個類似頒布獎勵的活動，一起聊誰最符合設定出來的角色形象、今天的表演等等……雖然有吃的喝的，但是也有危險的人，我建議你還是先不要參加。

〔小白蛇〕伽伊安：幹嘛獎勵

〔小白蛇〕伽伊安：他們都在玩什麼

〔小白蛇〕伽伊安：今天藍伊在幹嘛我都不知道

〔小白蛇〕伽伊安：他都比較想跟別人講話

道歉的訊息已經被洗掉了，伽伊安卻連連抱怨了幾句，一定是因為雷切斯特對自己來說無關緊要，才可以抓著他亂罵吧，而存在於這個儀器上的雷切斯特依然像是截然不同的生物一般給予認真的回應。

〔噴火龍〕雷切斯特：我剛開始就算參加了一整天也不知道喔，你才來這裡幾個月，不用太在意。今天的活動多半都是學著故事裡面的劇情表演而已，不曉得你知不知道……如果今天表演得很像故事裡的人物設定，會被其他參與活動的角色認為非常厲害，平均表現最符合設定的故事，還有權力在接下來的一整年命令表演最差的故事之類的。

〔噴火龍〕雷切斯特：不過，第一年大家真的不會針對你們，我也不認為你的表現很差，如果想要參加，明年再開始擔心就好了，其實這個活動最大的壓力其實也只是人際壓力

雷切斯特用文字溝通的時候好像都會加上完整的標點符號，伽伊安望著唯一沒有上到標點的「人際壓力」，決定問更難懂的問題。

〔小白蛇〕伽伊安：這邊有很多講話聽不到聲音的人，艾爾洛司洛跟他們說過話就怪怪的，你知不知道是誰？

〔噴火龍〕雷切斯特：如果是聚集在艾沙特的角色，我想大概是萊亞的追隨者吧，雖然你現在跟他們待在一起很安全，可是他們說的話聽聽就好了，你可以告訴艾爾洛司洛別放在心上。

〔小白蛇〕伽伊安：什麼意思

〔噴火龍〕雷切斯特：當我們作為角色出現以後，前一個故事的人都會告知我們世界是一本書、教我們如何使用想像力對吧？

好像有這麼一回事，雖然你沒做好。伽伊安忍住了沒嗆雷切斯特，反正再招來一堆道歉他也懶得看。

〔噴火龍〕雷切斯特：一部分角色不願意相信這個說明，抱著逃避心態對這些現象視而不見，有些對於各種現象解釋為「神族入侵了各個世界，創造出異變」、或者用邏輯不通的魔法概念解釋一堆，另外也有一部分的角色，雖然經過漫長的歲月已經理解了世界是一本書，卻假裝什麼都不知道，待在下界和下界人混居在一起。

〔噴火龍〕雷切斯特：這些脫離小說的角色遇到強制被移動過來的節慶似乎都會不知所措，而艾沙特逐漸吸收了他們，雖然詳細是怎麼集結在一起的我不清楚……不過，據說黑頭髮的天使會在路上撿陷入恐慌的角色回去，我不明白艾沙特最終的目的到底是什麼，長期觀察下來，或許真的只是照顧驚慌的群眾罷了。

〔噴火龍〕雷切斯特：但艾沙特的理念是「不要理會小說，盡量照著小說出現以前的方法過日子」，跟我不合。他們並不喜歡我，所以我今天才沒有帶你們過去，是我擅自誤以為跟我、藍伊或妮莉有關係他們就不會想理你們的，抱歉。

伽伊安覺得不想跟雷切斯特、妮莉和藍伊扯上關係的團體聽起來還真的滿可靠的，但他看了一下凱瑟那邊，又把視線匆匆移回來。

〔小白蛇〕伽伊安：你是說他們不相信小說？

〔噴火龍〕雷切斯特：對，他們有一套對於小說現象的解釋，雖然沒有科學根據，但是如果想要逃避現實，聽到那種解釋的人好像就會相信吧，還有些比較激進的人覺得我們這些自稱是角色的都是壞人，是我們破壞了他們原本的生活呢。

〔小白蛇〕伽伊安：他們沒看過作者？

〔噴火龍〕雷切斯特：不是所有人都看過作者喔，也有些角色雖然看過，卻覺得那是別的東西。

〔小白蛇〕伽伊安：至少看過書？

〔噴火龍〕雷切斯特：看過之後也覺得是假的吧？其實我真的不太能理解那些笨蛋呢，跟他們列出一百種科學證據證明這不是神蹟也無關魔法，依然不肯開放心胸接納新事物，只能說笨了。

〔小白蛇〕伽伊安：黎酪各也說你用的都是移動魔法，他好像也不相信小說

〔噴火龍〕雷切斯特：酪酪很可愛吧？

亂七八糟。伽伊安稍作停頓，突然驚覺自己好像在跟雷切斯特聊天……！對話是怎麼進展到這邊的他完全搞不懂，往上滑也沒看到突兀的地方，怎麼關心艾爾洛司洛只敢斟酌著說兩句話，跟這個神經病可以講這麼長？伽伊安趕緊打了一句「我先忙」把對話結束掉，

但是當他把手機塞進口袋，又意識到根本不用對雷切斯特說明，這感覺不就好像他忙完還願意繼續聊下去嗎？

有空拿手機來看代表現狀很和平，但這樣子等黃昏其實挺無聊的，沒多久，榭韋爾就號召同事開始玩猜元素精靈的遊戲了，伽伊安並沒有加入他們，而是跟艾爾洛司洛一樣在旁邊陷入思考。

雷切斯特說了「明年再參加」，到了明年，這樣的節日非得再面對一次嗎？伽伊安想了又想，果然還是覺得奇怪，他走到牆邊瞪著鑲在牆上的銀色火光。

「在嗎？」他並不知道聯絡作者的正確方法，只能試嘗試自言自語。

「咦，是伽子嗎？」

結果不到一秒，伽伊安耳邊就傳來久違的女性聲音，這麼隨便就能聯絡作者讓伽伊安非常驚訝，倒是新月的聲音聽起來一點都不意外。

「伽伽伽，你找我的時間剛好耶，你要不要喝咖啡？」

「妳不要那樣叫我。」

無論新月跟他溝通的原理是什麼，她的問題還是沒有觸發伽伊安的回答，轉眼間，伽伊安的手邊也喀噠落下了一座擺著熱拿鐵的高腳木茶几，伽伊安很難不注意到同事們為此投過來的詫異視線。

「不要突然丟東西過來。我問妳，今天的節日是妳弄的嗎？」

「端午節還沒到吧？你喜歡粽子嗎？」

「端午節？」

「對啊，就是叫龍族讓大家騎，大家在河上面尬龍的日子。」

伽伊安聽了一陣子尬龍的描述，總覺得作者描述的跟他今天見識到的不太一樣，等他嘗試提起「故事節」三個字，新月近在耳邊的聲音也才終於恍然大悟。

「你們在過故事節？哇，我好感動！那已經是我很久以前寫的惡搞文了耶，我知道妮莉還有找大家玩過幾次，可是都過多久了？你居然也在玩喔……」

「我沒有玩。可是我聽說這個日子是妳要求的，為什麼要叫我們配合妳的設定？如果妳在記錄我們的事，明明就是妳應該配合我們。」

「嗯？」

「藍伊會打人。」伽伊安經歷了一連串混亂的事情，最想指出的就是這件事，「他會打人，妳為什麼要在故事裡面把他寫得那麼軟弱？妳是不是逼他演那種軟弱的樣子，弄節日來慶祝，叫他跟其他人都去演戲？」

人魚是海上最兇的妖魔，他們會用魅惑歌誘惑人類，撕開人類的頸部飲血作樂，流有一半血統的藍伊因此無論走到哪裡都被敵視，又因為他與實力不符的軟弱個性不斷被一些壞傢伙剝削。伽伊安扒了藍伊的鱗片那麼多年，最初一聽到這個節日就忍不住在猜：該不會是作者要求藍伊去配合什麼爛設定，才會在書裡面、在他的記憶裡那麼軟弱吧？

「伽子，等一下喔。」或許是因為談到攸關藍伊人生的問題，新月的聲音突然變得很嚴肅，「你會這樣問……比起欺負藍伊，你是不是比較想要被藍伊欺負啊？其實我寫著寫著也覺得：你該不會並不是S，而是個M吧？」

「什麼是M？」

伽伊安聽不懂這個術語，而新月的聲音很快就開始解釋名詞的意義，她認真的語氣讓伽伊安認為這肯定是重要的問題，但一隻手卻重重拍了一下擺著熱咖啡的茶几。

「副副部。」伽伊安抬頭只見徹牧音正對自己做出「趕快掛斷通訊」的手勢，剛剛在玩聯誼小遊戲的同事們也都驚疑不定地望著這邊，伽伊安愣了愣，決定先不要管他們。

「我沒有喜歡被打。我找妳只是想說：藍伊真的樣子是怎樣，妳應該改妳的人物設定，不是叫他去演還弄這種節日。」

「你要我把零司戮那麼吵的樣子寫出來？可是書都已經寫一半了，我會很困擾……」伽伊安剛剛明明是說「藍伊」，新月不知怎麼卻提起零司戮的名字，還用很快的語調繼續說下去：「其實我以前也試過照著你們的個性改設定啦！可是故事都會變得很奇怪啊，一直改設定我也會寫不完。」

「為什麼？」

「為什麼喔……」新月的聲音停頓了一下子，「這樣說好了，如果我已經想好一本書的劇情，裡面的人卻跟我想好的不一樣，那樣大家做的事情就會不一樣了吧？先不要說改來改去還能不能寫得好看，如果無條件順著所有人的意見去寫，還會有很多事情在寫的時候一直改變喔，最後，故事就會變成不是故事的東西啦，因為你們私下發生的事很容易跟故事越差越多嘛，你聽得懂嗎？」

「不懂。」伽伊安回答。

「就是，我雖然想要聽意見，但是也想要保留一些不會改變故事的設定！」

「妳的意思是，妳之前問過我關於書的意見，其實根本不想要聽，我們的意見對妳來說很煩？」

「欸我才不是那個意思！」

「那妳是什麼意思？」

伽伊安拍掉徹牧音叫他停下來的手勢，轉過去專心跟新月對話。

「之前妳說過，妳寫書都要問過我再寫，可是妳後來都沒有來找我，妳是不是根本不想聽我的意見？」

「伽子……你是不是很怕寂寞啊？」新月不知道是怎麼誤解的。

「我沒有！我是希望妳不要把我們亂寫，我之前就跟妳解釋過了，妳是不是都沒有在聽？」

「呃……」新月這下又遲疑好幾秒，「好啦，那我跟你說，伽伊安，我覺得你本人實在是太可愛了。」

「什麼？」伽伊安沒想過會聽到這種話。

「你本人比我的設定可愛太多啦，光是現在會問我這種事就一點也不機車吧，但是我現在在寫的地方必須表現出你超級討人厭的感覺，如果都問過你再寫，我覺得我一定會把你寫得太可愛。等到需要寫你討人喜歡的段落我會再叫你的，不要擔心，我絕對沒有覺得你煩喔。」

什……可愛……她是不是在隨便找理由呼攏自己？慢著，什麼叫做「會再叫你」？這個混帳作者，難道又背著他偷偷寫他的事情了嗎！

「我的個性從以前就是這樣，我又沒有變！什麼叫做因為我本人太可愛所以妳都不問我的意見？妳這種自己決定我應該怎麼樣然後如果我表現不對就自己亂寫的做法，就是我叫妳改掉的事情！」

「哇，伽子一口氣說了好長的話！」

為什麼要驚訝這個，她是不是真的不想聽？伽伊安之前還覺得作者救了哥哥是個大恩人，現在卻覺得好生氣。他的視線瞥向一旁又露出古怪表情的徹牧音，即使在陰暗處，徹牧音脖子上那道黑色的疤還是很顯眼，回想起徹牧音差點死掉的那天，救活徹牧音的也不是他，是作者設計好的「伽伊安」，那感覺就好像真正的伽伊安根本不重要，好像作者其實只需要理想中的「伽伊安」一樣。

他變成書裡面的角色，結果逼他離開生活圈的書籍卻記錄著假的他，沒關係嗎？今天在外面將街道亂炸一通的角色統統認為這樣沒關係？為什麼要有今天這種「稱讚符合設定的角色」的節日？這樣子明明就很奇怪！

伽伊安不知道能找誰抒發這些想法，他的同事看似都比他更不想接觸這類事情，一瞬間，他的腦中竟然閃過了雷切斯特的名字，幸好他很快就甩掉了荒唐的念頭。

「我不覺得妳寫假的我沒關係。」伽伊安希望作者能理解他說出來的話，「妳也不可以寫假的藍伊。」

「咦，我沒有寫假的魚魚喔，藍伊現在跟故事裡面看起來是不像啦，可是他都已經活了這麼多年……」

新月的聲音越來越小，伽伊安隱約聽得見她在咕噥些什麼，卻再也無法聽清楚完整的句子。不是透過儀器也不是魔法，這樣的溝通方式或許本來就不穩定，但很可能也是作者懶得理他，想要放棄對話吧？伽伊安嘗試喊了幾聲「喂」一直都沒有聽見回音，只好轉向徹牧音。

「她沒有說什麼。」伽伊安率先聲明。

「哪裡沒什麼，我聽到了滿刺激的發言喔，什麼你不喜歡被打之類的。」徹牧音掃視著周遭，彷彿認為作者就潛藏在某片陰影裡一樣，「她不在了嗎？」

「嗯。」

「副副部你別這樣啦，除了她主動聯絡你以外，不要自己找她啊，很危險耶！她是個變態，可能隨便一個念頭就能讓你記憶消失還是腦袋怪怪的。」

「可是我有想跟她說的話……」

「她是變態，你離她遠一點，以後不准再這樣找她說話了，知道嗎？」

「不知道。」

真不知道徹牧音是站在什麼立場訓斥伽伊安的，但是伽伊安竟然也不覺得被他唸有哪裡不對勁，他望著徹牧音懷有切身之痛的臉色，突然對一件事情感到好奇。

「所以你現在還喜歡艾爾洛司洛嗎？」

「副部長你也管管他好不好啊？」徹牧音似乎花了一點力氣才忍住打伽伊安的衝動，艾爾洛司洛卻涼涼地掃他一眼。

「就叫你去背寶石譜。」

幾乎在艾爾洛司洛做出評論的下一秒，厚達千頁的典籍便往徹牧音的後腦杓拍下去，蘭把不知從哪抽出來的《國際標準寶石譜》塞進徹牧音手中，單手抱著碧薇嫚兒、單手扯住徹牧音的衣領，沉默地將他拖向一旁，即使暴力是不對的，徹牧音也沒有抵抗，伽伊安旁觀著忍不住開始思考：新月說世界上有被伴侶打會高興的人，會不會徹牧音就是那個叫做M的族群？

「雖然我也認為伽伊安先生與作者聯絡有風險，不過您當然有言論的自由……」艾爾洛司洛語帶保留地開口，這讓伽伊安立刻把注意力都轉移到他身上，「只是，您下次或許可以先告訴我們想傳達的事情，讓我們陪您討論，再決定怎麼向作者傳達比較安全。畢竟我和徹牧音與那位作者對話了比較久的時間，或許有一點值得參考的經驗。」

「你會想聽我說？」伽伊安很意外。

「是啊，伽伊安先生如果有想說的事情，我當然隨時都願意聽您說。」

如果今天發生的事能換到艾爾洛司洛這抹微笑，伽伊安覺得重來一次也無所謂了，艾爾洛司洛為什麼總是這麼溫柔？

「唉，這種溫柔分一點給凱瑟有多好，你看他都寂寞得在讓怪怪的人聽他講話了。」榭韋爾也不知道是真的沒注意到畢夫特臉色很差還是怎樣，持續對他評論著垃圾話，而艾爾洛司洛走近伽伊安，仔細審視作者扔過來的茶几與咖啡，又拉起伽伊安的手腕瞄了一下魔力反射器，接著才切入正題。

「不好意思，我剛才旁聽到您對作者小姐說話，伽伊安先生好像很在乎小說的事。」

「對。」伽伊安認為經歷過這些的人都會在乎，艾爾洛司洛接下來的發言卻超乎他的想像。

「其實我認為……理解這個世界的架構以後，或許別去在乎書籍的內容比較不會有壓力，她的任性讓您一直產生負面的感覺，這實在太不值得了。」

「什麼？」

「《歿月北之國》或許是我們沒辦法控制的物品，世界的環境與故事發展其實完全操控在她的手中，為了她書寫的內容氣憤、不安、想要反駁，這些心情我能夠理解，但那些事或許我們原本就無法干涉吧。正因為無法干涉，雷切斯特殿下、零司戮先生才會有『讓自己忽視書籍干擾』的各種祕方……我是這麼想的。」艾爾洛司洛輕輕摸著下巴，慢慢說：「比起親自找作者討論、不確定是否會因為失言引起難以收拾的後果，這個世界似乎有許多人都在分享避免被書籍干擾的做法，我最近也在想：不再閱讀她所寫的文字，是否對精神比較健康。」

艾爾洛司洛說的事情跟伽伊安抗議的內容有著微妙的差距，而他看到伽伊安錯愕的表情，微笑裡又帶上了一絲無奈。

「請不要誤會，我很清楚那本書裡記錄著我們的過往，是不容忽視的重要文字，只是我們的未來作者小姐似乎也已經安排好了。在我們理解自己是角色以後，能像這樣跳脫出來看待整篇『故事』，自然不會想進行她安排好的悲劇吧，如此一來就會想抗議，但是抗議並沒有用處，我確認過，作者小姐是打算堅持安排寫下去的，那麼，隨著她書寫的內容讓心情起伏就很不值得。往後我或許也會盡量不再參與任何寫作書籍的場合。」伽伊安從沒想到會在此時聽見這種宣言，但艾爾洛司洛看起來可是認真的，「其實原本就沒有必要每次都過去讓她描寫……畢竟被叫去寫故事的時候，站著不動她也會寫好的。」

這番話讓伽伊安回想起自己第一次被拉進場景的大晴天，那時候，身為死對頭的艾爾洛司洛就悄聲對自己說了「不需要動沒關係」，艾爾洛司洛的這種想法，是不是從那時候就開始逐漸萌芽的呢？

「可是如果你再也不去——如果你再也不想去寫東西，小說裡面的你可能會越來越不像你，因為她平常都亂寫……」伽伊安不曉得自己突然在慌什麼。

「或許吧，但打從我們能跳出故事的那一刻起，其實就不會是故事裡面的我們了，畢竟面對的目標與威脅都不一樣。」

艾爾洛司洛說得很簡略，伽伊安卻能理解：是啊，知道自己是角色以後，的確很難保有和原本一樣的慾望和恐懼，畢竟什麼想賺錢還是想做藥都不再是優先了嘛，艾爾洛司洛原本是被全世界捕殺的風蟲族，感慨可能比伽伊安還要深，只是……

「如果你再也不一起寫東西，看我們的書的人，就不能認識真的你。」

「唔，先不論什麼是真的……我們根本沒辦法和『讀者』交談，在雙方並不認識的情況下，陌生人讀的書裡紀載著什麼樣的我們，其實也不是太嚴重的事，您像這樣子放在心上……」

「可以寫信。」伽伊安不知道哪來的念頭，但他忽然想到：像雷切斯特那樣的人都能用文字交流了，說不定地球人也可以，「書裡面都會看到留言，既然他們可以寫字過來，說不定我們也能寫回去，如果有一天他們寄信過來我們再回信，那就算是說到話了，那樣——」

「伽伊安先生……」艾爾洛司洛有些欲言又止，最後居然望著伽伊安笑了出來，「我知道了，只要您很在意這些事，我還是願意為了您出現在寫東西的地方喔，我只是希望這番話能讓您的心情輕鬆一點，希望沒有讓您感到不舒服。」

不應該只是這樣。

艾爾洛司洛會說「抗議」、會說「知道那種感覺」，就是他也在意書籍的證據，伽伊安曾經接觸過艾爾洛司洛很兇的一面，也看過艾爾洛司洛生氣時表現出來的自尊心，一開始對他介紹書本的艾爾洛司洛，更沒有露出《歿月北之國》隨便怎麼寫都好的態度。是陸續發生的事情磨損了他的耐心嗎？「再也不關心書」，就雷切斯特所言，大廳另一端現在也有一票人是這樣想的，可是要是心底知道把自己創造出來的小說一直在亂寫自己的事，明明還是讓人很生氣！

沒有誰可以亂寫他們，這是基本的尊重，作者說做不到，怎麼可能？無論個性是不是跟她預測的不同，全部寫下來不也會變成一篇故事嗎？到底什麼叫故事不像故事，搞不懂啊。可惡，自己不擅長說話，下次跟作者溝通的時候必需具備反駁那個作者的知識和能力，到底要怎麼糾正這些不合理的角色文化還有他們的處境……

伽伊安忽然意識到：煉金部都沒有按時工作，其實他現在很閒。

不必賺錢，甚至不必吃飯，雖然常常想睡覺，但據說不睡也能活下去。既然如此，看看大家生活如此混亂的原因，最應該去鑽研的知識只有一個！

「我也要寫小說。」

伽伊安拿起作者做出來的熱咖啡，將裡面的液體全部撤掉，盯著杯底，自己就著空的杯殼做出了嶄新的一杯。

第三集・完

昳

綠利基斯・艾沙特・水龍混血天使・男

奸臣　病切　自殘　厭食

水龍族與天使族的混血兒，因為艾沙特捕殺天使的命令，父母都被艾沙特的騎士軍殺害，為了活下去而割掉自己的天使族翅膀，偽裝成純血的水龍，拚盡一切進入王宮並成為祭禮部長，計謀從中央顛覆艾沙特。

在心理層面控制著女王漾，是艾沙特王宮中的奸臣頭頭，因為總是強迫自己跟一些惡劣的水龍往來，心理壓力非常大，私底下有傷害自己的傾向。

番外篇

巫月

黃昏的獅子花

已讀211

我聽見禮拜堂的鐘聲，從庭院站起來，黃昏的艾沙特瀰漫著深紅色的霧靄，越過君臨高處的王宮庭院，高低有序的建築物猶如墓碑一路延伸到海岸。我穿過在黃昏盛開的獅子花海，走向設立在騎士營旁邊的禮拜堂，當萊亞抬起頭瞪我時，侵蝕艾沙特的紅霧似乎一下子又變得更濃了。

我的名字是昳，出生在水龍族的國都：艾沙特。我是水龍與天使族所生下來的混血兒，當艾沙特女王被天使族的情人拋棄並陷入瘋狂，下令軍隊在全國捕捉天使時，我才四歲，因此根本不記得天使族的父親有著怎樣的臉孔，父親被軍人帶走以後，母親用衣物裹住我背上的翅膀，抱著我開始逃亡。

「你很幸運，你有龍的臉。」母親用衣物藏住我背上雛鳥似的羽毛，對我的眼睛施以法術，將之幻化為水龍族的天藍色，「我們要趕快離開。」

母親一路上都用手壓著我的背，我也懵懵懂懂地不敢亂動，但不曉得是誰對軍隊洩漏我們的事情，最後母親驚恐地把我拋在一輛貨車上，我從疾馳的車上看著母親被艾沙特的騎士軍拖走……

之後我經歷更多事，幾經轉折後割掉了自己的天使族翅膀，讓自己的外貌像是純血的水龍，混進艾沙特的國民裡生活。

我的名字是昳，這不是我本來的名字，然而我不肯用母親給我的名字度過往後難堪的日夜。我持續對自己的眼睛施以幻術，將之蓋上水龍族的天藍色，遮掩著背上的疤，做了所有愛護尊嚴的龍不會做的勾當只為了進入王宮，我花了十幾年從門僮當到隨從，從隨從當到車衛，直到我能親眼看到水龍族的女王。

那時候女王已經老態龍鍾，這麼多年瘋狂的行為不僅讓水龍與天使族爆發多起衝突，也大大削弱艾沙特的國力，我站在開滿獅子花的宮廷，看見女王的繼位者：女王的獨生女有著和她一樣的水藍色長髮，一舉一動都讓我覺得好噁心。

公主的名字是漾，我為了接近女王嘗試討好她，按照我的身分，這原本不可能成功，然而漾每次都很友善地停下來，對瞪著獅子花的我聊獅子花、聊艾沙特季節性的紅霧、聊她從來沒有去過的遠方城市。當我因為女王又病又老、沒有太多時間讓我策劃復仇而焦慮時，漾時常不顧位階地來到我身邊，說若有困難可以找她。

漾對我異常友善，這讓我覺得……她似乎比較容易被傷害？女王逝世，漾登上王位，在我心裡的仇恨幾乎毫無窒礙地轉移到漾身上，我為自己又有了年輕的報復對象感到欣喜。我計誘漾讓我當上祭禮部長，研究所有她渴望的事，完成它們又讓她備感挫敗，我一步步讓她相信自己非常愚笨，沒有我在旁邊盯著就不行。漾很聽話，天生還有那麼一點喜歡屈服於人的個性，最重要的是她簡直毫無道理地喜歡著我。

我花了很久的時間把漾折磨得滿臉病容，到最後她甚至都不曉得自己在做什麼了。

她也嘗試過離開我，那個受封為騎士長的森龍好幾次惱怒地將她從我身旁拉開，只是漾最後總是會回到我面前，對我說她愛我，而那個騎士長一次次焦慮地規勸漾，最後似乎也累了，只會在艾沙特的霧靄裡支著劍，用彷彿想將我千刀萬剮的視線狠狠盯著我——

「所以女王每天不是哭著從祭禮部長的懷裡跑掉、就是哭著從騎士長懷裡跑掉，我們這樣搞三角戀首都卻還滿繁華的，人民跟其他官員真厲害啊。」

我抓了一把 M&M's 巧克力，躺在雲朵軟墊上吐槽書頁中史詩級的玫瑰色往事，這種矯情的八點檔大爛戲現在連我自己看著都覺得丟臉了。

「要是真的能出書，書名乾脆變成純情女王俏部長——」

「萊亞呢？」正在打槍戰遊戲的迪洛輕輕動著純白的翅膀。

「他一定不想出現在那種書上面，在副標寫個小小的『還有帥騎士』就好啦。」

「你覺得他帥嗎？」迪洛沒有回頭。

「萊亞本來就很帥。」

我把彩色的巧克力倒進嘴巴，伸手想偷迪洛的花生，他卻「嘖」一聲從槍林彈雨中抽出手將花生碗擺到另一側。小氣鬼，這種東西不是想一下就有了嗎？妮莉拿他的花生吃就從來沒看他生氣過，這隻花生鳥。

我想翻開《巫月》的下一頁，放在口袋的通訊儀器卻震了兩下——是漾打來的，這表示萊亞就快要從艾沙特回來了！不好，要是讓他發現我又來找迪洛他肯定會生氣，我隨手抓了一堆巧克力塞進口袋，拿起一顆花生殼想丟迪洛，卻反而被他用遊戲搖桿揍了兩下，純血的琦迦卡天使動作就是快，真可惡。

我戴著黑色耳機一路聽維爾鈦廣播走到我們家附近，再把耳機連著塞在口袋的手機拿出來捲在一起弄不見，每次在外面讀地球的新聞，看到什麼小孩子在家裡被斷網，我都覺得跟自己的處境有點像……不過，跟那些設法抵抗父母的小孩子不同，我才不會去抵抗萊亞。

我跳上白石搭蓋的彎曲階梯，推開爬滿燈芯草的木門，依照漾的要求大聲打招呼。

「我回來了！」

漾也捧著一本《巫月》縮在藤織椅子上，只是她顯然又把遊戲模式打開了，正在玩經營龍族國家的模擬遊戲，我湊過去建議她趁半獸人入侵訓練龍騎兵，不出半分鐘玄關便傳來開門聲，漾趕緊把書本翻頁，裝出正在閱讀的認真架式。

「我回來了。」萊亞重複了我剛才打過的招呼，手上提著兩個大紙袋，「你們在幹什麼……」

「我在想，把我們的戀愛史放到艾沙特圖書館，其他官員會不會去看呢？」

萊亞照常對我的胡說八道大翻白眼，而我則趁他去房間脫鎧甲時偷偷把巧克力遞給漾，對她比了一個「噓」。穿著家居服出來的萊亞陸續從紙袋裡拿出艾沙特外帶的宮廷美食：裹著焦糖的焦炭起司捲、蜂巢半熟蛋、艾瑞蟲蟲膏……

「是油炸的獅子花！」漾笑著說。

「吃吧。」萊亞替我們點燃餐桌上陳舊的紅色燭台。

我和漾聽話地吃起萊亞帶回來的食物，而萊亞則從另一個紙袋取出艾沙特的公文，即使我和漾都知心知肚明：不看這些東西，艾沙特也會一直在那個海岸線保持國家該有的樣子，然而我們卻都乖乖在萊亞面前翻開屬於「女王」和「祭禮部」的文件，假裝自己很認真。

我原本以為，等到我和漾停止傷害自己，萊亞就會離開，畢竟從常識來看這樣真的很奇怪。但是或許就像迪洛所說的：我們會變成這種關係，就科爾諾瓦人的行為來看一點都不讓人意外，甚至非常「科爾諾瓦」。

「——喂。」

我叼起獅子花，油炸花朵的焦香味彷彿讓我回到了十年前濕冷的黃昏。

「醒來，你不要一直躺在這裡！」

——我用力睜開雙眼，大量的獅子花正在我身邊隨風搖曳，艾沙特的騎士長萊亞單膝跪在地上，鬈曲的棕髮被黃昏鍍上了鐵鏽般的深紅色，他板著臉，把在城裡買的星雀肉糰子塞進我的手心，我光是意識到食物的存在就覺得喉嚨好痛。

這東西我是絕對吞不下去的，五個月以來我已經被自己餓死在這裡四次了，要把自己餓死聽起來很困難，但是如果什麼都吃不了，會餓死也是理所當然的……我好累，連一根手指都不想動了，我原本就對自己的人生厭倦透頂，五個月多前，又有人對我說世界是一本書、是什麼「小說」，翻過那本文筆極差的書本以後我開始對周遭的一切都感到茫然。

對啊，怎麼會有公主愛上進宮復仇的小夥子，還在當上女王以後為了他神魂顛倒，我們這樣亂搞都沒人要把我們做掉，天使族軍隊也是好幾年都拖著要打不打的很奇怪……戰爭不像戰爭，許多事情用邏輯思考都能發現嚴重的漏洞，這好像是因為——這是一本不到十五歲的小孩寫出來的書？我究竟該用怎樣的心情面對這件事？

超現實的情況與一個一個證明這些異相的例證，讓我原本就不妙的心理狀態被壓垮了，很久以前，我就容易在進食的時候覺得反胃，讀過那本書好幾次之後，這個症狀快速惡化，我無論將任何食物放進嘴巴都覺得噁心，並且會在我試圖吞嚥的時候引起劇烈的嘔吐，我沒有去找醫官，我只是……覺得好累。長年混進我討厭的水龍族王宮，每天都詛咒著全國的水龍去死，看著天空思考「好想飛飛看」，時不時產生全世界只有我一個天使混血兒的感覺……我沒有研究怎麼讓自己好起來，包括復仇在內，我對一切幾乎失去了興趣。

有一陣子我昏睡了很長的時間，但終究還是醒了。

醒來以後，我覺得身上的虛弱感似乎恢復了，然而我還是無法吞下東西，衰弱隨著持續性的厭食重新降臨，再度絕食十六天以後，我又陷入昏睡，這次醒來時我察覺了一件事。

我覺得……我好像把自己餓死了，但我好像死不掉。

這不是開玩笑，我在進宮以前就想過許多不一樣的自殺計畫，而且平常我就有一點點喜歡傷害自己的身體……所以別鬧了，現在到底是怎樣啊……

「坐起來！」然後這個他媽的被寫成三角戀砲灰男的騎士長，居然還每天設法把躺在獅子花叢裡的我抓起來罵，「你成天躺這裡到底想幹嘛——」

沒幹嘛，我不想動，而且我喜歡獅子花，不行嗎？我知道漾最近也對女王的工作撒手不幹了，雖然她的精神狀況比我好很多，但她也已經兩個月沒跟我講話、沒有外出……

我用祭禮部的黑色袖子蒙住頭，衛兵們對我的行為視若無睹，這讓我覺得更好笑了。在我持續厭食的這五個月，我因為心情崩潰而發狂似的揍過萊亞（馬上被他用騎士軍捉犯人的方式制伏在地上）、對他用了魔法（他受了一點輕傷之後用劍鞘把我拍暈）、搶他的劍想要砍他（我根本碰不到他的劍）、拿王宮的雕像砸他（丟得不夠遠，而且我搬了兩座以後還痛苦得蹲下來休息）……最後，我發現我他媽的超級弱，而這個萊亞超級強，這更讓我火大了——你一個騎士長想救漾幹嘛不一刀把我刺死，其他人為什麼也都不用物理的方法把我除掉啊？該死的艾沙特，王宮裡面都養著一堆智障！

「坐起來，你快點吃東西。」

黃昏已經要沉下去了，我回想了這麼多，萊亞居然還沒走，他惱怒的聲音聽起來簡直在指責我這種行為令國家蒙羞……所以，即使你從騎士軍上下班都會經過禮拜堂，也該試著別管我了吧？我討厭艾沙特，討厭漾，討厭在黃昏以後就會凋謝，卻又努力在早晨重新擠出花苞的獅子花，只為了在黃昏盛開，第二天又重來，為此連續開花二十次就會耗盡養分而死的國花簡直就是自虐的代表！獅子花的葉梗不斷拍打在我身上，我又從眼角餘光看見了天空——隨著年紀增長，我像其他天使族一樣越來越渴望飛翔，看見艾沙特的天空，背後的疤似乎都會痛，這個爛身體要是永遠死不掉，我該怎麼辦？

「起來！」

萊亞將我扛起來，拖到靠近中庭的走廊上，我頭暈眼花地從嘴角嚐到了一絲血腥味。沒多久，他居然把癱軟的漾也扛過來了，身旁還跟著另外一個人影……那是我許久之前見過的天使……我記得是隨火龍國公主一起來訪的……萊亞似乎在跟白色的天使說什麼，他聽起來很不高興。

漾望著倒在地上的我，而我一直迴避著她的視線。

變得死不掉了，無論有沒有成功折磨水龍族都要活下去，我才不要。

「這裡叫作科爾諾瓦，是作者為了我們角色搭建的城鎮，據說只要是小說的角色都能自由居住在……」

「別提到那個詞。」

萊亞滿臉厭惡地制止白色天使，我不曉得他們在聊什麼，只知道我們剛才好像被一個瞬間移動的魔法搬到陌生的房屋裡面了，萊亞焦慮地走來走去，表現得就像剛剛得知遭遇伏擊的騎士，而我完全不在乎這是哪，滿腦子都在想無關緊要的事情。

聽說萊亞的部下都超級崇拜他的，為什麼他掌握了不少軍力就是沒想過要造反呢？不想傷害漾的話，讓部下保護她不行嗎？漾那種人云亦云的個性一點都不適合治理國家嘛，還有，我最近才開始覺得……龍族有騎士未免也太奇怪了吧？即使能夠全龍化的龍已經非常稀少，但大多數的龍吃了呤礦石都能從嘴巴噴火，幹嘛非要學人類拿劍亂揮呢？純血的水龍是不是憑臂力就能把騎士劍折斷啊？

在我神遊的時候，萊亞似乎又與天使商量了很多，最後那個白色天使在房裡裝設了我沒看過的長方形物品。

「來玩遊戲吧！我們國家的公主就是玩這個精神變好的，短暫的逃避現實應該會對他們有所幫助。」

男天使用過來人的神態溫言勸導萊亞，即使我的精神狀況不正常，卻也能看出萊亞根本不打算聽他的話。待天使離開以後，萊亞突然轉過來，對我義務性地簡短告知：漾要求離開艾沙特。

我好像是因為這個理由被順道帶過來的，我不曉得他帶我過來幹嘛，只聽說漾要求「離艾沙特越遠越好」，接下來好幾天，我們真的沒有回到王宮。

這房子是間三房一廳的白色建築物，似乎位在二樓，屋裡有幾套簡單的毛巾、被褥、純色的衣物和餐具，雖然居住不成問題，感覺卻有點奇妙，透過客廳的圓窗能看見外面有更多造型各異的白色建築物，這裡的天空很藍，白晝總是能看見一朵朵巨大的積雨雲，空氣的味道也和艾沙特完全不一樣，感覺離艾沙特有一大段距離。

漾待在最左邊的房間，而我毫不抵抗地倒臥在中央的房間，最初幾天我根本不在乎我們在幹什麼，即使萊亞突然拿劍進來砍我，我想我也不會抵抗——我思考著這種陰鬱的事過了整整五天，發現萊亞似乎決定把我和漾放在這裡。

萊亞天剛亮就會出門，傍晚回來，他總是先敲門請漾用餐，再進來我的房間擺一壺水和食物在桌上。萊亞沒有再對我說過任何話，而我從他身上替換的鎧甲猜測：他是用某種方式每天從這個地方通勤到艾沙特上班……堂堂騎士長在想什麼、又打算做什麼呢？把精神萎靡的漾隔離起來照顧就算了，將情敵也帶過來關在同一間房子裡面，難道他有什麼特殊癖好？說真的，能喜歡跟我藕斷絲連的漾這麼久，難道他就是喜歡三人行？

繼續十五天不吃東西的我再次面臨龍族混血兒的體力盡頭，虛弱的腦海緩緩浮現趁萊亞出門和漾蹭在一起，看他回來會不會發飆的邪惡計畫，然而，這個計畫最後還是因為我完全不想爬出房間而作罷。即使我繼續倒在地上餓死，「復活」以後身體應該又會恢復健康吧？我透過窗戶的反射瞪著自己的紫色眼睛，覺得自己的臉好像怪物。自從第一次注意到自己餓死以後，我就懶得保持改變眼睛顏色的幻術了，這張臉讓我越看越討厭……我花了很久的時間才注意到有個人影靠近門口。

漾在門邊屈膝坐著，透過一段距離和我一起望著晴朗如夏的天空。

「能夠離開艾沙特太好了。」她輕聲說。

我這才記起自己很久沒有聽見她的聲音了。

漾開始會和萊亞說一點話了，假如對話超過五句就算是聊天，那麼我偶爾會聽見他們在聊天。我在他們沒看到的時候把自己餓死了第五次，真的很痛苦，我不覺得自己會習慣……但是重新用健全身體在原地甦醒的我，依然只能在極度口渴的時候吞下一點水，無論把什麼食物放進嘴巴，我還是會吐。

能夠離開艾沙特太好了……我比漾更有資格說這句話吧？體認到自己可以在這個陌生的地方什麼都不管的時候，我心底有種總算被放出牢獄的感受，但這還是沒讓我湧現振作的念頭，甚至只是在萊亞某天開門蹲下來對我用治癒術的時候突然又想起艾沙特。

那個彷彿總是瀰漫著死亡氣息的王宮。

夜裡總會點起暗紅色的燭火。

聖甲蟲爬滿獅子花，禮拜堂刺耳的鐘聲，從海上吹向陸地的紅霧，沉重濕冷的空氣……還有艾沙特那片我從未有幸翱翔的水藍色天空。

治癒術對飢餓沒有用，也不會對絕望有所助益，但萊亞不僅對我用了治癒術，還義務性地持續擺食物在我的房間，明明每天盤子上的食物都沒有少，他還真是鍥而不捨到讓人匪夷所思的地步……我幾乎能肯定他是為了漾才照顧我的，愛一頭母龍到這種地步，他也真傻，想到這裡，我忽然記起：對喔，受封為騎士長的龍好像都要在儀式上對著王叩角。

我們龍族和魅魔一樣都有角，只不過龍維持人形的時候角都會藏在額頭兩側的皮膚底下。魅魔們會用角互相敲擊來標記伴侶，而龍族的叩角代表著更單方面、更強烈的臣服意識。

據說龍族只要在有意識的狀態下用角主動磨蹭他人，往後就會變得極為崇敬對方，一旦叩角了，無論是多冷漠的龍都會變成對主人猛搖尾巴的大狗狗……因為那是個不可逆的行為，年輕的龍甚至倡導終生不叩角是保護自己的最佳方式。

因為國家儀式對女王叩了角，經年累月愛上女王的騎士長真是悽慘……我幸災樂禍到一半，突然記起漾也曾經說要對我叩角，我那時候為什麼要拒絕她呢……漾明明一直為了人民憂心，心情低落的時候看起來卻完全不像女王，在充滿負面情緒的我們兩個之間，時間有時候會是靜止的，我們總是對彼此說一些非常過份的話然後相擁而眠，偶爾也會像現在這樣好幾個月迴避接觸，然而她又總是在我能輕易看見的地方活著，這麼痛苦的時候，我既想見她，又很不想見到她……

喀嚓，房門被打開，在我身後傳來萊亞把新的食物與飲水擺到桌上的聲音。僵硬的身體又瘦又痛，等我真正擠出力氣回頭時萊亞已經離開了，我只好把視線緩緩移向今天的食物，接著因為餐盤上的東西瞪大眼睛。

是獅子花。

油炸的獅子花跟烤菊苣一起躺在盤子裡面，橘黃相間的花瓣帶著搶眼的黑色斑點，雖然旁邊的嘛古拉飯應該才是主食，然而我卻著魔似的盯著花朵看。我恨透了艾沙特……然而，我的腦海此刻卻清晰地浮現盛開在黃昏的獅子花海。

獅子花是艾沙特的國花，長大以後會連續開花二十次，接著因為耗盡養分立刻枯死，艾沙特王宮把有餘力替換一批批盛開的獅子花當作權勢的象徵，自從知道這件事，我就常常在王宮望著黃昏裡的獅子花。

「你喜歡這種花嗎？」漾與我的對話最初也是從那裡開始的。

「獅子花就算死掉，只要花朵有成功授粉，落地以後就會結成種子，在原地重新長出新的獅子花喔。」

當年還是公主的漾健康又美麗，年輕的我聽了卻滿腦子憤怒：然後呢？等幼苗成熟，再瘋狂開花二十次把自己弄死嗎？搞不懂這種植物有什麼毛病，一定很痛苦。

我或許是哪根筋不對，從房間的地板爬起來，拿起獅子花放進嘴巴，這是睽違多時我重新從嘴裡感覺到味道，因為太久沒咬住東西了，我就這樣叼著獅子花很久才敢開始咀嚼，雖然不覺得好吃，但是也不覺得噁心，對我而言是種很新奇的感受，當花瓣堵在喉嚨，我幾乎都要忘記怎麼吞嚥了。

但我最後還是成功地把獅子花吞下去。

只吃獅子花肯定會營養不良，但萊亞注意到獅子花被我吃掉以後，給我的食物盤上就塞著越來越多獅子花，同時，他跟漾也更常說話了，我在房間時常能聽見他們模糊的交談聲。

假如我不在，忠誠的騎士長和女王一定能過得很開心吧，他們會不會哪天一起回去艾沙特呢？而我……

我不曉得這又是什麼意思。

黃昏時分，萊亞在桌上擺了一盆活生生的獅子花，帶有棕色花托的獅子花好像完全不知道自己被連根遷移，挺著枝幹待在王宮花器裡面，它今天的花朵已經枯了，但是明天早晨應該會再結出全新的花苞吧。

萊亞在桌上放下食物與獅子花就走，我搞不懂他又想幹什麼，卻還是著魔似的盯著獅子花看。那一天，我難得完全沒有因為惡夢而在夜裡驚醒，再次睜開雙眼的時候已經是非常晴朗的白天了。

豔陽照耀著世界，獅子花一早就擠出了小小的花苞，我照常躺在地上，不知怎麼居然逐漸覺得很無聊……我花了很久的時間傾聽房門外的動靜，聽到萊亞出門，開始思考騎士軍上班都在幹什麼。

我慢慢爬起來。

缺乏活動的身體到處都痛，然而我不愧擁有一半的龍族血統，想走路還是能撐的，我毫無目的地踏出房間，推開應該是玄關的灰色木門，走下歪斜的階梯，往四周隨意看了一圈。

我很快就發現兩件事：第一，附近沒有其他居民的聲音。第二，周圍的白色建築物真是稀奇古怪，無聲展示著我從沒見過的各種風格。我不清楚這座城鎮的地理位置，總之在走得開始累了的時候一個人默默踏上階梯，重新倒臥在有著獅子花的房間。

第二天我也自己出門，再隔天我還是出門亂晃，雖然說不上自己在做什麼，但我很快就記住了附近的路，還找到一條河。那條河很寬，水很淺，河底鋪滿鵝卵石，擁有水龍血統的我不由得在河邊待了很久，覺得漾也會喜歡這裡。

我不曉得萊亞有沒有注意到我開始出門，畢竟我只挑在他上班的時間溜出去，但是漾顯然有發現這件事，她好幾次都默默地目送我出門。漾沒有問我「去哪裡」、「做什麼」，默不作聲的臉色就像以前不知道該怎麼與我相處時一樣，但我總覺得……她好像比以前好一點了，為什麼會覺得好，我完全不知道，我應該討厭漾吧？

獅子花開的第八天，我沿著河流發現了一座白色的大橋，獅子花開的第十天，我在鎮上找到一座很高的鐘塔，花開第十二天，我初次在外面遇見其它人。

「我沒見過你。」戴著大帽子，留著棕色長髮的青年迎上前向我打招呼，「你好啊，我是珧！」

我毫無跟陌生人糾纏的力氣，對方卻劈哩啪啦地問了「你是哪本書？」之類的話，之後兩三天，我在鐘塔附近遇到了更多人，他們……他們都很怪，用理所當然的態度說著讓我完全摸不著頭緒的話。

「他是新來的，是《巫月》的喔。」珧拉著我到處打招呼，「你會不會做東西？在這邊只要努力想像一件事情，它就會變成真的。」

努力想像就會變成真的……我看著珧在地上弄出一大窪水，稍微搞懂了他的意思。原來如此，好像厲害的魔術一樣呢，雖然理智上覺得是了不起的技巧，但我死寂的情緒還是無法隨之起伏，而珧又開始跟我介紹這是哪個遙遠湖泊的湖水，說什麼湖裡的青苔很好喝……

珗自稱也是龍，卻是我從沒聽說過的「艾維斯卡月牙龍」，他給我看了他全龍化的樣子，還說他的頭髮全部都是龍鬃。就我所知，水龍族並沒有那種長長的身體，更沒有鬃毛，因此我能肯定這裡是個離艾沙特很遠的地區，既然萊亞有能耐帶我們來這裡，難道他也認識珗？

我就這樣每天出門亂晃，直到獅子花開的第十八天，我才想起它就要死了。

我不清楚萊亞帶它回來的時候它是不是第一次開花，但是想想它也該瀕臨生命的盡頭，我已經看它開花了十八天，所以最快不出兩天，這朵獅子花一定就會死。這不是什麼重要的事，即使我每天出門之前都會幫它澆水，睡前也會盯著它一直看，然而，這真的不是什麼很重要的事。

獅子花快要死了，第十九天我看它開了花，第二十天它或許不會開花了吧，也許當晚它就會死，然後，這朵獅子花開了第二十次，我坐在旁邊看著它在這個白色城鎮的黃昏裡面開花，明明好一陣子沒有被餓死了，卻覺得自己好像又死掉了一次。

明天它不會開花，獅子花會在夜晚的哪個時刻死去呢？我好想知道，我坐著看著獅子花，想起這些日子與遙遠的記憶，有時候，我覺得自己的理智好像快要回來了，然而這朵花要是死了，不知道為什麼，明天我好像又不想出門了，它明明就不重要，它跟漾還有我自己一樣一點都不重要。

我坐起來，把手放在花上面，我開始想：我希望它明天會開花。

我希望它是第一朵能開二十一次的獅子花。

隔天黃昏，萊亞提著一盆花進來。

那看起來就跟我的獅子花一樣，我坐在令人目眩神迷的黃昏之中，面前擺著第二十一次盛開的、我的獅子花。萊亞似乎沒預料到它還活著，臉上逐漸浮現懷疑自己記錯日期的表情。

原來他知道獅子花過二十天就會死，原來他會在第二十一天為我帶來新的花，我盯著萊亞，支離破碎的思緒好像終於回到腦袋裡正確的位置，卻又和以前有一點點不一樣了。

我總是想著不好的事、很負面的事，我很難跟漾以外的人相處，幾乎一次都沒有試著跟某個人不帶心機地往來過。

萊亞應該就能跟很多人相處，他看起來有夠普通的。

萊亞的表情逐漸變得像是確信自己記錯了日期，板著臉把獅子花和晚餐都放到桌上，好好笑，其實我一點都不喜歡堅果餅，可以不要因為漾喜歡就三天兩頭擺一堆在桌上嗎？

如果真的要吃獅子花以外的東西……我想想看，我應該會想要吃鹿肉。我試著在萊亞走出房間以前提出這個要求，然而將近半年沒有使用聲帶，要開口真的好難，但我總覺得多試幾次我就會成功了，反正他之後應該還會再替我帶獅子花過來，想要的話，明天我跟漾還有他也能夠見到面，就跟我們都在王宮吵成一團的時候一樣。

我把第二盆獅子花放在第一盆的旁邊，它們看起來還不錯。

我想，這個地方的黃昏或許變得比艾沙特好一點了。

「——從今以後，艾沙特就拜託你保護了，請把頭抬起來吧，萊亞。」

我不時會在夢裡聽到漾輕柔的聲音，在朝陽閃耀的艾沙特禮拜堂，她的姿態是那麼脆弱，隨後我總是會因為夢境中飄起來的紅霧而驚醒，紅霧在夢境裡完全遮住了漾的臉龐。

無論我的身邊睡著誰，每一個早晨都像是那樣，永遠不會改變。

我的名字是萊亞，出生在水龍國艾沙特的首都，因為父母雙方都流有森龍族的血統，所以我並不像周圍的水龍一樣擁有天藍或者黑色的頭髮。我的輪廓比朋友深，個子也高，據說母親那方甚至混過精靈的血統，這或許能解釋我為什麼常常被說「容貌和雕刻出來的一樣完美」吧。

拜森龍族良好的形象所賜，從小我就很受歡迎，水龍族似乎覺得高挑的森龍特別帥氣，就像他們集體歧視著天使族一樣。

在我還小的時候，整條街的水龍都敵視天使族，許多長輩說天使族骯髒、邪惡、侮辱了我們的國家，由於地理位置，艾沙特在我父母那一代似乎有不少天使族的移民，但是我五歲的時候就已經無法在街上看見任何天使了，年紀漸長的我逐漸明白這種社會現象只是因為女王與天使族的私仇，水龍們對天使的厭惡有了王室的各種造謠助長，越燒越烈。

成年後，我考上維護秩序的騎士軍，聽聞女王之所以行為偏激都是因為身邊有不少惡龍在搧風點火，某群水龍似乎趁女王被仇恨蒙蔽大發國難財……我想改變這種情況，又不可能憑一介騎士的身份動搖整個國家，只好繼續往上爬。我花了好幾年從小隊長當到分隊長，從分隊長當到宮廷騎士，再從宮廷騎士來到騎士長的總選拔……

當我跪在禮拜堂受封為艾沙特騎士長的時候，年邁的女王已經退位，她的獨生女漾登上了王座。

我初次見到漾的時候實在很懷疑她的能耐，然而也很快就意識到漾有多麼天真善良，只是她身邊有著一群唯恐天下不亂的奸臣在作亂罷了。名為昳的祭禮部長完全沒有良心！他率領著舊時代的臣子在宮裡呼風喚雨，罔顧人民死活的行徑總是讓我恨個半死，他們那群水龍看上去全都不懂民間疾苦，想必當年舉國捕殺天使、煽動人民恐慌的時候也不以為意吧，難道他們不知道這樣亂搞遲早會給艾沙特招來報應嗎？

我想讓漾離開昳，漾卻被他迷得團團轉，無論我提出多少證據，漾總是會一臉為難地偏袒昳，傾頹的國事讓我越來越煩躁，遂而開始勾搭因為容貌與地位接近我的許多對象……或許，我是對自己的努力完全沒有用處感到太絕望了，我不懂為什麼在漾的眼中我總是會輸給昳？我一直都對她很忠心，像昳那種沒有擔當的龍，哪裡好！

「世界是一本書」這種事遠遠超過了我的容忍範圍。

我最初聽見這消息的時候完全不打算放在心上，只覺得是個瘋癲的傳言，然而怪事卻與日俱增：遠道而來的火龍族行為詭異，不少異國人會來我們王宮「參觀」，以及……那本書。

那本名為《巫月》的書籍裡記載了我和漾的私事，初次看見時我震驚極了，完全搞不懂是誰在記錄女王的隱私。漾已經很可憐了，為什麼要這樣騷擾她！我四處搜查可疑的罪人，第一號嫌疑犯卻突然死在地上。

當我在艾沙特王宮看見昳躺著不動的時候，我花了很久才確認他看起來不對勁。我叫來醫官，而醫官告知我他因為久未進食，魔力崩潰，已經瀕臨休克。

這是……沒良心的官員自己鬥爭，用計想把帶頭的害死嗎？那為什麼是「久未進食」？我完全搞不清楚狀況，即使問醫官怎麼處理，他們也沒有回答。該死，看起來似乎有某種精神魔法蔓延到全體醫官身上了，他們的反應才會這麼不正常。我冷著臉明確指示醫官治療昳，醫官這才紛紛開始動作，只是他們一替昳灌輸魔力，那傢伙居然爬起來想要揍我！

我反手一扭把昳按在地上，這種敗類，被同伴鬥下來也是罪有應得！只是看他虛弱的樣子，我終究鬆開了手，約莫十天以後昳卻又重新倒在花叢。

到底搞什麼東西……不對，這次他沒有呼吸了？我在確認昳完全失去心跳與呼吸以後，滿腹的不耐煩都在一瞬間轉為錯愕，最先閃過的念頭竟不是艾沙特終於少了個孽臣，而是漾一定會非常難過。正當我試著叫醫官過來確認情況時，昳突然翻身坐起來，伸手就對我扔了一記闇屬性的魔法攻擊。

我用劍鞘將他拍暈，但是……我很確定他剛才的確失去生命跡象了，即使是身強體壯的龍族，失去心跳與呼吸整整一分鐘應該也不是常見的事情吧，他到底怎麼回事？

之後一個月，昳每天都躺在艾沙特的花叢裡，全宮上下都沒有人為他脫序的行為做出反應，祭禮部照常上班，奸臣們照樣鬼祟，而到了月底，漾也不做事了。

雖然他們兩個本來就混……再怎麼說，以前也不會這樣放任公務啊？漾不問政，所有公事居然能勉強運作，而且都沒有人在談論他們異常的舉止，我找來騎士軍的部下問話，大家卻都神情呆滯地迴避相關問題，假如這不是昳在搞鬼，又會是誰企圖危害這座王宮？

逼不得已，我召來偶爾會忽然到宮裡閒逛的冰之女妮莉，我們在國家的公務上曾經見過面，有一點交情，我知道她正巧隨著火龍公主旅行，妮莉的魔法技巧很精湛，或許對這些怪事會有頭緒。

「這個不是魔法啦～萊亞你要不要看《巫月》？是我們的書喔，你想一下就可以做出來！」

妮莉拉著不自然的高亢聲音將那本罪該萬死的書遞給我，我設法盤問妮莉更多細節，她卻蹦蹦跳跳地回答什麼「我們可以用想像力做東西」、「世界變成這樣妮莉超幸福的」……看來她是終於在莫里安的壓力底下發狂了，我只好自己繼續調查。

我將名為《巫月》的書帶回王宮騎士營，上面的陌生字體很複雜，然而或許是加了意識透析的魔法，一眼看過去我全部都讀得懂，只是書籍的內容幼稚又雜亂，我對閱讀本來就沒耐心，看幾頁就心煩意亂。我拿著書本走到騎士營門口，遠遠又看到昳躺在花叢，他今天也穿著祭禮部的黑色制服，仰躺著望著天空，依照這個月的經驗，即使我走到他身邊他也完全不會理我，我總覺得他一定是中了邪術，不禁一邊揣測他的狀況一邊低頭翻開書。

這一次，書頁上突然浮現出我從沒料想過的內容。

昳（天使族與水龍族混血）

生於水龍國艾沙特的混血兒，年幼時父母皆被艾沙特的騎士軍殺害，為了活下去而割掉自己的天使族翅膀，偽裝成純血的水龍進入王宮，計謀從中央顛覆艾沙特。

昳的父親是擁有黑色翅膀的「墨洛西安天使」，骨子裡擁有天使族向善的性格，復仇讓他的身心長期都陷於焦慮狀態。昳相當渴望飛翔，在女王退位以後對著繼位者漾……

我呆滯了好一會才把書頁猛然闔上，即使知道這本書有問題，卻無法克制腦中迴盪「天使」這個字眼，再次翻開書時，那種文字也沒有消失，反而糾結成一團。

天使族

居住在艾沙特北方浮空都市的有翼種族，依照特性分有好幾個不同的族類，生性溫和又懶惰，見證和平能帶給他們無上的快樂。他們多半都很喜歡飛翔……

我曾經見過天使。

小時候，我時常在街上與水龍族的朋友玩，那天在鄰近廣場的街角，我們看見一名水龍族女人挽著長髮，抱著黑頭髮的小孩子。那個孩子披覆全身的長袍因為女人抱姿的改變而掀起來了，我們恰好能看見一截長滿羽毛的黑色翅膀。

「你去跟騎士軍說啦。」「不要，我不敢……」

同伴在身邊拉拉扯扯，而七歲的我目瞪口呆，不曉得這種怪物為什麼有資格出現在陽光底下。天使都是邪惡的，他們正在迫害我們的國家，雖然我不知道他們到底做了什麼壞事，但是爸爸媽媽親戚叔叔全部都這樣說，街上的公告、教會也都頻頻宣導天使是壞人，一看到就必須通報騎士軍，假如同伴們沒有勇氣，我覺得我應該做出正確的事情。

於是我從同伴身邊跑開，告訴街口的騎士這件事，同伴們用崇拜的表情遠遠望著我，這讓我感到很驕傲，但是等到騎士走向那個女人，從小就圍繞著我的溫暖空氣似乎突然改變了。

「不要……只有這裡還有飛行港，我們會馬上離開這個國家……」

女人發出我從沒聽過的恐懼聲音，某種不適感隨之流進我的胸口，我應該是在做正確的事情吧，為什麼感覺這麼奇怪？水龍族來來往往，另外有三個騎士快步趕到，女人驚慌地抱著孩子轉身奔逃，我遠遠看見一輛馬車上有人打開窗，向女人比了個我從沒看過的手勢，女人用扭曲的表情把懷中的孩子一口氣扔向車尾的乾草堆。

「媽媽！」那個孩子短促地尖叫。

騎士上前圍住女人，很快就看不清楚狀況了，而那輛馬車以驚人的速度甩過街尾，四處都有聲音在嚷嚷，一直到騷動告一段落我才看見地面上有一條長長的血跡從騎士軍腳下流出來。

「小朋友，謝謝你啊。」

水龍族的騎士塞給我三枚銅幣，我的朋友們直到聽見這句話才像是解除了某種禁錮魔法，戰戰兢兢地走向我，其中和我交情最好的朋友用手肘頂了我一下。

「哇，他給你錢耶，走啦，去吃冰！」

結果，我們完全沒膽回頭確認那灘血跡的盡頭連接著什麼，頭也不回地跑開，將騎士軍給我的錢全部花在街尾的牧草冰上，即使我沒有食慾還是吃了兩支，錢幣冰冷的觸感卻一直殘留在手心，回家以後再怎麼洗都洗不掉。

之後我逐漸知道艾沙特對天使族做了什麼，對自己的行為大感震驚，為了做出真正「對的事情」，我考了騎士，我想做出改變，想讓王宮知道這樣子迫害天使遲早會有報應……一點點也好，我想阻止艾沙特再發生類似的事情……

——昳是「失去太陽」的意思，表示他在艾沙特被剝奪了站在陽光底下的權利，昳是艾沙特的反派，他就是艾沙特的報應。

不可能。

我拋下書本走向中庭，那傢伙依然仰躺在搖曳的獅子花裡，我一心想把他抓起來問話，卻又猛然打住。我記得昳的眼睛以往都是很普通的顏色——普通水龍族的天藍色，然而他現在的眼睛——

天使族的眼睛全部都是紫色的。

「坐起來，你快點吃東西。」

今天，我依然試著把放棄求生的祭禮部長從花叢裡面挖起來，然而他還是盯著天空死不理我。為什麼先前各種行事都走極端，自殺卻要挑「躺到餓死」這種路線？煩死人了！上週我硬灌昳東西吃，他居然想要搶我的劍，還搬雕像想要扔我……看他掙扎到虛脫的樣子，又讓我有種欺負人的罪惡感，雖然，我或許是該對他抱有罪惡感沒錯。

昳翻身用祭禮部的袖子矇住頭，都幾歲了做出這種舉動？無論有什麼苦衷，真是莫名其妙！今天，漾說著「好想離開艾沙特」，在王宮謁見廳大哭大鬧，她都那個樣子了衛兵們居然動也不動，整個世界簡直都瘋了……或者說，發瘋的是我？

我真的好累。

安撫漾、驅逐出現在王宮的各種怪人、叫祭禮部長吃飯，我這麼做已經又默默度過了兩個月，但是跟我過往的人生一樣，我的努力什麼都無法改變，做了多少似乎總是徒勞無功。

昳不肯起來，我覺得他好像又快要把自己弄死了，因為王宮騎士營就在禮拜堂旁邊，我不時到窗邊察看之下，前前後後已經目睹他死亡三次了，每次都是貨真價實的失去心跳與呼吸，卻也每一次他都會再度甦醒，這種怪事持續發生，我越來越搞不懂艾沙特究竟中了什麼邪……調查那本怪書沒有收穫，妮莉最近也沒再來過，倒是偶爾有個背後長著白色翅膀的男天使會跑來見我。

「您好，我是迪洛，火龍國炙策沙的侍衛，曾經在故事裡隨著炙策沙的二公主到訪貴國，不曉得您是否記得琳公主？」

迪洛跟其它會在王宮用瞬間移動方式出現的陌生人不一樣，是依照呈報程序乖乖申請到騎士營見我的，他看起來非常年輕，背後還有一對令我很難不在意的萎縮白色翅膀。

「我想跟您推薦一個地方，有個名叫科爾諾瓦的城鎮天空滿乾淨的，對我這樣的天使來說很舒服，需要去看看的話，我隨時都能任您差遣喔。」

可是鄰國的侍衛怎麼會跑來任艾沙特騎士長差遣？而且他之後又開始對我解釋什麼小說的……我不曉得幹嘛每個人都對我扯同樣的謊，但是他們說謊總該有一點邏輯基礎吧，散播的消息統統有夠莫名其妙！

「起來！」

我把昳扔到走廊上，走向王座廳，拿出通訊儀器聯絡那個迪洛，當我把哭個不停的漾從王座廳拖出來時，他居然已經站在門口等我了，我為這種超常的速度感到噁心，迪洛倒是想向我示好似的說著什麼「不會有事啦，我們公主去年也很崩潰呢，請您放心，我們會幫您的」。

一副跟這種情況有深沉淵源的樣子，那就給我出面解決啊——

那個叫科爾諾瓦的地方是座雪白的城鎮，老實說，一被迪洛帶過去我就後悔了，我覺得自己就算過得再累也不能讓漾涉險，只是漾卻氣若游絲地對我說「謝謝，這邊感覺比較好……」，昳也完全不掙扎地倒在地板上。

「雖然直接移動就可以，但是一開始實在很難突破內心的界線呢，這是可以導出魔力的符咒，扔在地上就會產生自己正在使用傳送魔法的錯覺喔。想著目的地再丟這個，很容易就能讓自己移動成功，我們公主都做得到，您一定可以的。」

迪洛給了我一大疊「移動符咒」，仔細說明我們該如何用這個往返艾沙特，之後黑夜來臨，必須給漾帶食物、必須回去騎士軍交接的壓力之下，我硬著頭皮用了……真的能順利回到艾沙特王宮，但這個符紙上的花紋我就連一次都沒見過，到底又是哪來的鬼東西？

當漾跟我說了「這個地方很安靜，我很喜歡」以後，我迫於無奈，開始每天從這個古怪的地方前往艾沙特上班，途中不知懊悔了多少次自己的衝動。我與暌、漾原本就有超乎公務的感情糾葛，讓他們兩個待在同一個屋簷下我真的非常不滿！然而暌那種狀態，把他單獨抓起來再扔回艾沙特似乎更是畜生不如的行為……反正漾最後總是會選擇暌吧，這麼多次結果都一樣，只要漾這次能別再哭了就好了吧……

漾開始會說多一點點話了，而暌忽然吃掉了獅子花。

炸獅子花在艾沙特算是權貴才能碰的食物，味道很淡，幾乎是吃氣氛的，但是既然那個混帳會吃，我也只能拿，漾一臉昏沉地從我這邊打聽到暌的情況以後，突然比前些時候更有精神地抓住我的雙手。

「拜託你。」聽漾的語氣，我就知道這是個連她自己都覺得超過的要求，「他很喜歡獅子花……你可不可以帶一朵活的獅子花回來？」

要求喜歡自己的人幫情敵拿東西，全天下我就只認識漾敢這樣說話，但是他們兩個這些年吵來吵去分分合合，中間把我當白癡要也不是一天兩天的事了，唉，我……到底喜歡漾什麼地方呢……

我從王宮宴會廳拿了最小的陳列花器，問過園藝官，在新送進宮的獅子花裡隨便挑了一株帶回去，過了幾天，昳居然會在白天出門了。

要不是漾低聲問我「他早上也回去艾沙特嗎？」我還真沒能那麼快注意到……鐵定又在幹壞事吧，但他如果對艾沙特不利，每天去騎士營上班的我應該會發現才對啊？材質不明的移動符咒都在我身上，他是怎麼回到艾沙特的？難道他會去找那個迪洛？我思考著要不要逼問昳或者迪洛，漾卻憂心忡忡地告訴我：那朵獅子花很快會凋謝。

「因為是開花二十天以後一定會死掉的花……」

我不覺得這是什麼重要的情報，漾卻拉著我解釋那是國花，還說騎士盔甲上面就有？我不太清楚漾幹嘛這麼焦慮，一朵花死不死能是什麼大事？看她稍微恢復精神了，或許我應該試著把漾帶回艾沙特，或許可以勸阻她就此放棄陰陽怪氣的昳，反正那傢伙無親無故，據說沒有家人，艾沙特除了漾誰還會擔心他啊……

「早安。」

迪洛準時在我抵達艾沙特騎士營時等在門口，他披著圍巾，好像很冷似的對著雙手哈氣。

「辛苦了，請問您下次休假是什麼時候？我想再找時間問您一些問題。」

「如果你又要問地圖的事，那就進來吧。」

這個迪洛自稱是炙策沙的侍衛，最近卻說著「公主說我可以休假」不斷跑來艾沙特亂晃，還常常拿地圖來問我艾沙特的某些地理位置與交通方式……迪洛自稱是在艾沙特觀光，這讓我覺得他腦袋簡直有問題，不過，他倒也不會讓人覺得煩。

雖然太年輕，但是很聰明，說話多半也挺有禮貌的。漾不在身邊的話，我的確也比較喜歡有個人可以講話。

我用鑰匙打開通往騎士長辦公室的大門，迪洛稍微睜大圓圓的紫色眼睛，露出微笑說「您太親切了」，背後的翅膀輕輕撲騰著，這讓我的視線又在他稀疏的羽翼上停了一下，微笑的迪洛就像隻吱吱喳喳的小鳥湊進來。

「我買了早餐喔，不知道您喜歡吃什麼，我又在廣場上隨意選了，唔，只是貴國願意賣給天使的商家果然不多呢……」

「總是被找麻煩的話不要再這樣做了。」我打開辦公室牆上的內嵌魔法。

「怎麼可以?您已經幫了我這麼多忙，今後恐怕也要麻煩您啊。」

迪洛抖開艾沙特的卷軸式大地圖，而我一邊清點早上送過來的犯罪通知書，一邊瞥見迪洛買的早餐。購買食物這個行為應該多少有摻雜個人喜好吧?他一個天使會選擇買什麼?回想起來昳已經吃了油炸的花二十天，這麼繼續吃下去他會不會又死在地上?

「你有什麼喜歡吃的東西嗎?」

自從我帶了第二朵獅子花回去，昳開始會在白天走到客廳看書了。

我不知道他從哪裡弄來的書，但他有時候看《巫月》，偶爾也會看《艾雷星象學》、《國運與方位》那種祭禮部應該好好鑽研的典籍，而且他身上開始出現我沒見過的牙刷拖鞋與各種衣服外套，偶爾我還沒出門，昳就會自己爬起來梳洗，隨著日期推進甚至越來越常比我晚歸，但是無論他有多喜歡往外面跑，我都從未在艾沙特看到昳，他也依舊沒有在我面前開口說話。

即使如此漾還是很高興，這從她日漸放鬆的臉色能看得出來。漾說她還不想回去艾沙特，而第一朵獅子花持續盛開，已經遠遠超過了最初預期的二十天，某天我回到那間屋子的時候，昳和漾都待在大廳，雖然他們沒有在交談，但是氣氛感覺非常和平。

「我不知道我做了什麼」和「我不知道我還能做什麼」的心情，再度變成令人透不過氣的想法，混濁地交織在一起，但最後我還是為了避免哪天那些該死的花統統死掉，再去跟園藝官拿了新的花回來。

經過兩次花期以後，我在桌上了放下第四朵獅子花。

這一天，昳忽然抬頭看我了，他越過其他三株盛開的獅子花起身，非常唐突地對我亮出他手中的書本。

「你的萊不一樣了。」

那瞬間我徹底因為睽違半年以上的聲音呆住了，昳卻很果斷地把書本塞給我。

「這邊。」他的手指敲著蒼白的書頁，第一行寫著「萊亞輕佻地對琳眨眼」。

「可是你的設定是這個萊。」

書本上的文字隨著他的聲音被書頁迅速吸收，墨跡重新浮現出「萊亞（森龍混血微量精靈血統）……」等等極端暴露個人隱私的字眼。仔細看這個字體，「萊」與「箂」的確有著細微的差異，但我的思緒根本無法在上面停留——他幹嘛忽然跟我說話？為什麼會講這個？他拿著這本書，難道也看得懂這種字？他對於自己被帶到這裡有沒有什麼想法？

他和漾……

「你沒關係嗎？」

昳偏著頭，一甩手居然讓整本書憑空消失，他瞇著又細又長的眼睛，一副不懷好意的臉色。

「好吧，那我想要吃鹿肉。」

「啥……」

「我想吃鹿肉，一直吃獅子花我肚子好痛，如果不麻煩，你明天可以幫我拿回來嗎？如果你肯幫我拿，我就給你一個好東西。」

他用愉快得不可思議的語氣慢慢說，無論我多懷疑自己的耳朵總算也把話聽進去了，可是……鹿肉是指什麼？這人以前該不會都用食物當暗號，跟心腹商議計謀之類的吧？

我板起嚴肅的臉色，既然能溝通了，應該先確認比較好懂的事。

「你想回去艾沙特了嗎？」

「啊？我不要。」昳連一秒都沒有遲疑。

「你不要是——你曉得這個地方是哪裡嗎？」

「好像叫做科爾諾瓦吧？」

「什麼？」

「科爾諾瓦，珗跟我說的。」

「珗是……什麼東西？」

「珗是頭髮很長的龍，他有一個不是龍的哥哥住在山坡上，還有叫做雷奇的朋友，偶爾他們會拿湖水叫我喝，你認識他們嗎？」

「我不認識。」

說真的我完全聽不懂昳在講什麼，而昳盤起手臂，一副祭禮部長突然回來上班的囂張架式。

「你怎麼會覺得我想要回去艾沙特？不就是你把我帶過來的嗎？」

這句話堵得我什麼也答不出來，捫心自問，我幾乎是因為自己沒辦法讓漾打起精神才抓昳過來陪她的，再加上讀到昳的血統……無論從哪裡開始解釋，把他帶過來純粹是出於我的個人情緒，從頭到尾沒經過深思熟慮，也沒問他的意願。

就像以前在王宮，漾要是又接近昳，我就會找公務的名義離開王宮，暗自希望漾會在我回來的時候哭著見我，看起來，我逃避的方式一點都沒有改變，越是去深思自己的作為，我越覺得自己沒用。

「你每天都去艾沙特上班嗎？」

昳斜斜地往後靠上桌子，手沿著花器摸上葉子，即使他一副想跟我聊天的態度，聽到這個聲音，過往埋下的心結全都一口氣湧現了，這讓我完全不想回答，摸摸鼻子，沉默地離開了黃昏閃耀的房間。

「你都不覺得這樣很過分嗎？」

迪洛拉開圓形鐵罐上的指環笑著說，披著絢爛色彩的小鐵罐發出蒸氣一般的嘶嘶聲，我從來沒看過這種飲品，火龍國的習慣真是令人難以恭維。王宮騎士營的休息室裡面，迪洛萎縮的翅膀輕輕拍動，看上去彷彿掛在他身後的兩團廢紙。

「我們都侍奉主人，為了主人付出一切，但是主人總是會選擇一個有什麼源遠流長命運糾葛的傢伙呢。」或許是因為我今天不太說話，迪洛就像想測量我會有什麼反應般語意模糊地抱怨，「到頭來，我們這種奉獻型的角色，該不會只是為了襯托他們的關係有多了不起而已吧？」

今天是我在騎士軍的休假日，自從我帶昳與漾去到那座城鎮，假日我一律都會回艾沙特休息，我寧願在騎士營睡覺也不想待在那個地方……明明漾在那裡，我真是越來越搞不懂自己了。

「我應該去打一個新的耳環。」

迪洛大概是注意到我沒有回應，很乖地岔開話題不談那些，而我看了看他的耳朵。需要嗎？他的左耳已經穿了三個環，就我所知由上往下分別是「與公主溜出王宮的紀念」、「與公主一起過生日的紀念」還有「公主成年禮的紀念」，現在再打一個又是要紀念什麼？

「你應該先照顧你的翅膀。」我的目光再度移向他稀疏的羽毛。

「這個？沒辦法了吧，我又沒有在用，好像不會飛羽毛就長不出來啊。」

「你可以吃一些天使該吃的東西，就我所知天使族會吃堅果保養翅膀吧？」

「之前明明還問我天使族喜歡吃什麼，你現在真的很懂天使了耶？」

我為迪洛調侃的笑容陷入無言，假如我真的懂天使，怎麼率領騎士軍這麼多年都不知到艾沙特有替混血兒割除翅膀的手術，讓那個神經病淪落到那種地步？一想到這個，我就渾身不舒服。

「欸，真的沒人跟你說過你想什麼都會寫在臉上嗎？」迪洛沒頭沒腦地盯著我的臉發問，「你們黑色的那隻最近還好吧？」

「哪隻……」

「我一直都找不到理由去看的黑色天使啊。」

說到這個，我還沒有跟昳確認過血統，這種本人隱瞞著的事，我覺得在背後討論太多也不好，但迪洛還是保持輕鬆的語氣繼續說。

「真是還好有他在，我之前才會一直過來艾沙特。」

「他跟你有關係？」

「有關係啊，那時候很多人都跟我說有個翅膀被撕掉的同族出生了呢，所以我才會來找你們講話的，他那時候是不是都躺在地上啊？」

「你說翅膀被撕掉是——」

「不要擔心啦，那是一開始的版本，聽說他原本會因為被追殺把翅膀撕掉什麼的。」迪洛澄清，「但是我跟作者說，把天使族的翅膀撕掉就跟叫人把雙手拔掉一樣，太血腥了，沒人受得了，最後她也同意改了。」

迪洛又開始用那種方式說話，這是我唯一受不了他的地方，這段日子，我聽了不少他掛在嘴上的荒唐小說觀念，但我還是連一個都無法認同。

「不要又把已經發生的事情說得好像能被改變一樣。」

「呃……你是不是到現在還覺得小說的事情都是騙你的啊？」

「當然。」

「即使在發生這些事情以後？」

「這些事一定都有合理的起因，只是我們艾沙特的騎士軍目前還沒調查清楚而已，我不認為現實真的會發生如你所說的情況，即使那本書上描寫了我們的隱私，一定也是透過某種方式製作的，龍族的生活不會被區區一本書籍控制住，你即使平常工作比較辛苦也不要被蒙蔽了。」

迪洛跨坐在桌子上，好像在認真思考什麼，最後又望著我笑了。

「嗯，可以的話我也想要這樣覺得啊。」

又是黃昏，昳拿著攤開的書本對著我的鼻子，我提著一袋燉鹿肉，實在不曉得應該先把東西放下還是怎樣。

「她把你的『萊』全部改成『策』了。」

這傢伙在我一進房間時就快步逼近，拿著書貼到我面前，要是他的動作再大一點，我恐怕就憑軍人的反射動作拔劍了。

「你連設定的地方都被改掉，早上我去問別人，他們說應該是因為你後面被寫錯太多次，她覺得反正前面只有那幾次寫了正確的萊，乾脆改掉前面的字讓你真的變成這個策——」

「等等，你後退。」

「而且他們說其實你最一開始被寫成『策雅』，米安諾還說你原本不在我們的故事，你本來是預計要出現在《自由隊伍》當藍伊的朋友的，藍伊也說他知道你——你想要回去彌爾安當騎士嗎？」

「彌爾安？」

那是食物嗎？我聽都沒聽過，昳是不是又受了什麼刺激導致情緒不穩定？是因為我之前問他要不要回去艾沙特嗎——天啊，他沒有對漾做什麼吧？

「喔，是鹿肉。」昳突然把視線放到我提著的紙袋上，「你真的帶回來了，謝啦。」

他剛才的行為與這聲道謝都讓我不知所措，我打算放下東西盡快遠離神經病，昳卻快一步伸手用力按住門，用猙獰的表情盯著我的鎧甲。

「不過，我覺得彌爾安騎士軍的盔甲比較醜。」

「你到底在說什麼？」門被他擋住了，我覺得自己不該用暴力移動他，因此暫時按耐住性子用問的，「漾在哪裡？我剛剛在外面沒有看到她。」

「她跟琳公主出去，不過她說晚餐會回來吃。」

昳擅自把我的披風掀起來看，這讓我發自內心地想揍他，但是因為他替漾交代行蹤的發言，我又受到了嚴重的打擊，將近三秒無法動彈……可惡，他們果然是在一起了……或許我該把他們都丟在這裡再也不管……可是不行，我要振作，漾是女王，艾沙特是她的國家，我身為騎士長就是該讓她保持良好的精神然後……

「我還不知道是怎麼運作的，可是假如你其實可以選擇去別的故事當藍伊的朋友，你在那邊只會是騎士，不會是騎士長，那樣你還會想要去彌爾安工作嗎？」

「我完全不知道你在說什麼。」我直白地阻止昳繼續瘋言瘋語，「所以漾沒事？你沒有對她做什麼吧？」

「沒有——啊，我跟她說，她在我面前都避開不提到你感覺很討厭，我叫她不要這樣，以後想提到你的時候就直接說。」

「你說什麼……」

「畢竟我們現在住在一起，她要是提到你都一直尷尬，你也會覺得很煩吧。」

住在一起？

從客觀的角度，我們似乎可以被這樣形容，但我從來沒有產生過這個想法，不由得為恐怖的概念震驚得說不出話。昳好像一點都不覺得哪裡噁心，盯著我的肩甲用單手輕輕摩娑著下巴。

「好吧……其實艾沙特的盔甲也滿醜的。還有，我昨天說你如果真的拿鹿肉回來，我就給你個好東西，但我好像該再考慮一下，這個樣子太突然了……」

事到如今在說什麼，他沒有意識到自己的所有言行都非常突然嗎？昳放開我的披風，再度提出更唐突的問題。

「你每天都去艾沙特上班對吧？我跟漾明天也去上班好了，雖然聽說我們丟著不管也沒有影響，不過你在上班的話應該會覺得工作量有差，祭禮部跟女王這麼久都不在，你太可憐了。」

或許我應該用暴力的方式把他從面前移開才對。

女王另當別論，祭禮部長不在的這幾個月，我的工作量可是直接砍半。雖然我也不清楚一個負責國家禮儀祭祀的部門怎麼可能搞出那麼多干擾騎士軍的事，但好像真的有很多怪事隨著昳離開而消失……

「好啦，我會上班，我什麼都不會做。」昳宛如能看穿我在想什麼，舉起雙手，「我有看了一下祭禮部應該幹什麼的書，我沒問題，現在你要吃晚餐嗎？你是不是都吃過才回來啊？」

「你……是不是發生了什麼事？你今天的精神……有點好。」我把千言萬語壓縮成一句質疑。

「是喔？」昳偏頭，「我只是想到什麼就全部說出來而已，我本來就會想很多事情啊。」

再隔天，昳和漾真的跟著我一起回到王宮了，我以為自己會被昳攻擊還是怎麼樣，沒想到整個上午只是在為徹夜沒睡的漾憂慮，漾雖然說著她可以回去艾沙特，卻一抵達王宮就很不舒服，倒是昳開完會就跑去祭禮部沒見到人了。

所有官員都沒提到他們兩個復職的事情，而當我午後第二次去探望漾，告訴她不用太勉強的時候，昳忽然抱著一箱東西走進女王的書房。

「你們果然在這裡。」

他把那箱物品放到桌上，裡面塞著成打的儲聲石和好幾個貼著祭禮部封條的銀色卷軸。

「萊亞，這是大祭司跟他私生子走私聖銀的紀錄，這是星象官跟他大嫂還有姑姑從戰船那邊挪用公款的紀錄，這是同一批戰船防護咒語全部偷工減料的證據，然後這是我們之前把艾沙特防禦塔的火魔法防護全部停掉再把魔力儲存到魔錐晶裡面再拿去賣的……」

「等一下，你在說什麼？」

我和漾呆呆地盯著他，昳卻很快就放棄了說明。

「算了，你自己看。你現在有帶著劍嗎？跟我來一下。」

「為什麼我要跟你過去？」看他一身正裝講這種話，我頓時覺得雞皮疙瘩都起來了。

「因為有些龍整個早上都纏著我超煩的，雖然我以前就覺得他們煩……總之現在我打算找個地方統一把他們監禁起來算了，可是我自己動手可能會死，我覺得你可以幫我。」

昳朝我勾勾手，露出我很久沒見到的邪魅微笑，「來啦，即使沒證據，但我能保證纏著我的龍都不是好東西，他們以前都會來參加祭禮部的星象研習會呢。」

「星象研習會，那不是祭禮部的定期會議嗎？」我試圖跟上他講話的速度。

「對啊，其實那已經變成私人集會了，裡面全都是想在漾的任期以內推翻政權的龍，我弄了一隻絕對不會好好治理艾沙特的龍讓他被其他水龍支持篡位……」

「你到底都在搞什麼東西啊！」

剛剛我還因為反應不過來而茫然，一聽見這段話我就忍不住暴怒了。篡位？漾就在這裡他講什麼沒心沒肺的話——昳卻好像完全沒被我的怒氣給嚇到，保持著同樣的語調。

「我還讓那隻蠢水龍跟政務官在互不知情的狀況中對彼此下蠱呢……唉那個之後再說，反正你現在有空嗎？你不來，我就要自己用魔法去打他們了，反正我好像不會真的死掉。」

「你……等一下！你一回來就發什麼神經，你說的這些全部都不是祭禮部長上班該做的事情啊！」

「因為我發現祭禮部有夠閒的啊？」昳氣勢洶洶地扠腰，「除了國家舉辦典禮的時候忙到翻過去，其他時間的工作只有觀測星象、占卜國運什麼的耶，就算是專門設計來讓我有空到處犯罪的職位，這個工作量也太誇張了吧？她就不能估狗多一點官員該做的事情讓我的生活充實一點嗎？我打死了十一隻聖甲蟲之後覺得這樣不行。」

我再度聽不懂昳在抱怨什麼，而漾忽然撐著頭嘆了一口長長的氣。

「我也不想做了。」漾垂著睫毛，撿起一張文件將它翻面蓋上。

「我還是看不出來做不做這些有什麼差別，反正我好像原本就不是以一個厲害的女王被設計出來的，我該做的事情就只有哭、很可憐、愛著壞男人、叫騎士長救我。我說不定就是沒辦法做好工作嘛，這些東西真的好無聊喔。」

「別找藉口，說這種話萊亞會討厭妳喔。」

昳居然比我更快反應，但他回這句話又是什麼意思？

「萊亞才不會呢，他早就對我叩角了，無論我怎麼鬧他都只會覺得我很可愛而已。」

漾嘶著嘴，而昳居然跟著露出更不服氣的表情。

「喂，我以前就這樣覺得了，妳仗著自己是女王讓人家對妳叩角然後搞曖昧根本是職權騷擾。」

「那又怎麼樣？你只因為我是我媽生的就決定恨我一輩子呢，我是女王耶，想要一個絕對會愛我的人都不行嗎？萊亞他是自願的啊！而且我媽媽還有我奶奶都跟她們的騎士長睡覺……再說，要不是你那麼在意血統什麼的，我也不用這個樣子了。」

「先在意血統的可是你們水龍族——」

「看吧，你把跟我不相關的錯統統遷怒到我身上，這跟我遷怒到萊亞身上有什麼差別？你才沒有資格批評我想要怎樣對萊亞呢！」

我聽昳說過，他要求漾不要迴避提及我，但他們兩個把我夾在中間這樣吵也太不迴避了吧？或許是從我的臉色注意到什麼，漾突然又用手指撥開水藍色的長髮，轉過來埋怨。

「萊亞也不要那個表情了，你不是跟我們一樣嗎？」

「我？」我還真不知道我有那裡跟他們兩個一樣，昳卻跟著點頭。

「喔……萊亞，我就問一次，你是真的每次被漾甩掉就去城裡到處跟一堆人睡嗎？你這樣真的不會得病嗎？」

「是真的，有一大堆女孩子，也有很多男孩子。」漾嘟噥，「以前我只要跟你比較好，萊亞就會馬上跑掉到處去搭訕，而且怎麼樣的對象都好，不管是性別還是種族他統統都沒有在挑。」

「我才沒有去搭訕。」關於這點我必須嚴正澄清，「是他們搭訕我！」

壁爐裡霹靂啪啦的柴火照耀著昳帶過來的箱子，接著漾和昳用讓我非常嫉妒的頻率同步嘆息了。

「長得帥了不起喔……」

「拜託你不要真的得什麼病然後傳染給我們喔……」

「對啊，要是性病會死，萊亞一中鏢，祭禮部長和女王就都完蛋了呢。」

「別開這種玩笑——你們——」

當事人講這種話無所謂嗎？他們不覺得尷尬嗎？這裡可是女王的書房，難道是休假太久讓他們忘記怎麼正經一點？

「但是我可以理解為什麼有那麼多人會喜歡萊亞。」漾話鋒一轉，「雖然應該有很多龍是因為臉跟地位搭訕他的，但是萊亞的確常常做出讓人心頭一緊的動作呢，即使他有點傻。」

「我好像懂。」昳又點點頭。

「而且他是好人。」

「人真的很好。」

「部下全部都喜歡他。」

「真是個費洛蒙騎士長呢。」

夠了，我不知道毀了我感情生活的情侶為何要當著我的面拼命聊這種事，費洛蒙騎士長又是什麼鬼東西？昳望著我稍作停頓，接著緩緩露出很嚇人的笑容。

「既然認清了我們三個都是只會找人發洩的渾蛋，不如就選在今天毀滅艾沙特吧？

我還是應該先去把平常圍著我打轉的那些龍處理掉。雖然我原本就有從製造業毀滅民生、用疾病污染水龍族的計畫，也有用桌上這些證據讓家族猜忌的打算，但是既然我不會死了，似乎不需要再忍耐太多權貴來確保一切不會出錯，我可以現在就讓他們付出代價──」

「我說了，這不是你上班時間該做的事情！」我幾乎都要用吼的了，「祭禮部長，謝謝你撥空前來提供情報，但是接下來這些證據都會交由騎士軍審理，從調查到移送刑司部全部都是騎士軍的工作，你不可以插手，不可以打人！」

「所以，只要我拿來的這箱東西證明王宮的某些龍犯了罪，你這個騎士長就會幫我一個一個去砍死他們嗎？哇，這麼方便……」

「不是，王法不是這樣運作的！騎士軍會把這些資料移送到刑司部，審判後讓罪犯得到合情合理的制裁。現在你得先跟我過來騎士營一趟。」

「為什麼？」昳居然還敢驚訝。

「因為你明顯有犯罪的嫌疑吧！而且你是艾沙特公民，騎士軍會對指證官員的公民進行保護，以免你在調查期間遭遇危險，聽得懂就拿著那箱不知道怎麼弄到的東西跟我出去。」

「公民……」昳面露遲疑，「我所有證件都是假的，這樣也算艾沙特的公民嗎？」

「為什麼你所有證件都是——嘖，現在來騎士營順便把證件全部重新辦一辦，偽造文書先拘役三十天。」

我明明是提最低的懲處標準，昳聽了卻滿臉不可置信。

「你已經把我綁架不只三十天了耶。」

「我沒有綁架！而且你跟桌上這些東西都有牽扯，煽動對女王的造反行為可不只拘役三十天。」

「喔，那你綁架女王要拘役幾天？」

「我也沒有綁架女王！」

「你綁架祭禮部長又綁架女王，還偷王宮花器挖中庭的花，這個跟刑司部告下去你會不會失業？」

昳好像不酸我會死一樣，因為他實在太吵了，我索性扭住他的手把他移送到騎士營進行偵辦，只是在押送的過程中他又是廢話連篇，導致我連漾興致勃勃地跟過來都沒有餘力制止。這種與女王有關的重大案件，女王親自介入調查其實很合理，但是可以的話，我還是希望漾不要碰那麼骯髒的證據……她在前往騎士營的路上擅自打開了一個儲聲石來聽，裡面一堆高官商議計謀的聲音實在讓人心寒透頂，漾在我把昳帶進審訊間時卻只是點點我的肩膀。

「萊亞……你連刑司部長的女兒都跟她睡覺嗎？這個儲聲石裡面……他們都在聊這個耶。」

我真的覺得漾不該親自接觸證物！昳卻嫌場面不夠難看一樣笑著解釋。

「這是我偷錄的，他們後面還說騎士長被女王甩掉的時候都會變得很像高級牛郎，接著討論我是不是經驗沒有騎士長豐富才沒辦法綁住女王呢。在我的地盤集會還敢亂說話，萊亞你真的要先抓我，不把他們抓來砍？」

「公事公辦。」我快要沒辦法正眼看著昳了，我怕我先砍他。

「萊亞你這樣子……我不會說你不好，我知道你都不會去強迫人家。」漾憂心地望著我，「但是對你來說，因為心情不好就找喜歡自己的人隨便在一起，說不定對方是很真心的，你不要讓太多人難過喔。」

漾大概是全世界最沒資格跟我講這種話的龍了，看她這副完全沒意識到自己說了什麼的樣子，我實在是……我……還真的只能覺得她很可愛。

我疲憊地花整個下午偵訊到晚上，昳帶來的情報太雜太多，即使找部下協助記錄也不得不叫餐點讓他們在騎士營用晚餐，而我直到聽見漾和昳的聊天內容，才知道昳不是故意把自己餓死的，而是他吃很多東西都會想吐，昳吃了一點獅子花和鹿肉，在申請資料的種族欄位洋洋灑灑寫下「墨洛西安天使與水龍族混血」。

「我會因為這個被艾沙特抓去關嗎？」

他對我說明的方式只有用筆戳一下表格。

「不會。」我捲起文件，「騎士軍會保護所有出生在艾沙特的國民。」

「喔？那你知道書上說我是你們艾沙特的報應嗎？」他笑得很欠揍。

「騎士長的職責包含處理艾沙特的報應。」

「是喔？」

昳或許是在挑釁我，把恰好是黑色的羽毛筆扔到桌上。外頭傳來禮拜堂的鐘聲。黃昏已經過了，從騎士營往外看，艾沙特深紅色的霧靄早就淡去，越過繡著水龍圖騰的旗幟，高低有序的建築物從宮廷一路延伸到海岸。

「我其實……覺得如果真的是什麼活在書本裡的人也好哦，萊亞。」

漾彷彿被鐘聲叫醒，拿著證物的卷軸。

「這段時間萊亞最辛苦……可是萊亞，我今天回來艾沙特想了一下子，我想說……

還是對不起。」漾的聲音帶著一如往常的內疚，「其實如果統治國家這件事情，可以變成只要做做樣子，我可能真的會輕鬆很多，還有，我覺得你們也會……」

漾好像在說什麼重要的話，然而她的聲音後半段卻完全進不了我的耳朵，我望著她的臉，在徹骨的寒意竄到全身之際，昳快我一步踢掉椅子跳起來，衝向漾用雙手扣住她的肩膀。

「漾？」

「嗯？」漾顯然被他嚇了一跳。

然而我不確定她是否真的看得見昳，她的眼珠在短短一瞬間失去了原有的色彩，輪番顯露出紅色、橘色與極度鮮豔的紫色，不應該出現的多種顏色掠過她的雙瞳，最後閃出一片非常嚇人的深藍，無聲中，漾原本及臀的水藍色長髮突然也只剩下一半的長度了，漾似乎直到此時才因為頭髮的重量改變，開始訝異地摸著自己的髮鬢。

「咦，咦……？」

漾困惑地撫摸著頭髮，而昳用我從來沒看過的恐慌神情緊緊扣著漾的肩膀，下一個動作居然像是求助一樣緩緩回頭看我，我完全說不出話，也只能注視著外表突然改變的漾。

這不是她原本的樣子，她原本的臉……她的眼睛是什麼顏色？為什麼我一點印象都沒有！

她是我在世界上最重視的對象。

即使總是用爛得要命的態度撒嬌，哀求我陪她一下，又說著對不起跑向是非不分的惡人，可是無論她做了多少蠢事，漾永遠是我願意掏心掏肺的女王陛下，然而，記憶中最重要的臉卻像是被硬生生撕裂似的變得模糊不清，努力回想時甚至感覺腦中閃過了很多完全不一樣的面孔。

「為什麼？」漾好像還沒有意識到眼睛的異常狀況，僅是用手抓著髮尾。

我突然想起這段時間以來聽說過的荒謬規則，什麼世界以及書、被創造出的我們、大家生活在書裡面，以及獲得自由以後可以很快樂……

艾沙特的一年都要過去了。

我們三個從來沒寫過什麼書，也沒有見過作者。

萊亞

綠利基斯・艾沙特・森龍混血精靈・男

假情聖　苦勞人　忠犬　濫好人

水龍國艾沙特的騎士長，劍術非常強，由於擁有森龍的血統而長著深受水龍喜愛的帥氣臉龐，對部下非常照顧，在城裡受到少年少女的普遍崇拜。一心一意深愛著女王漾，卻總是被女王當成備胎，被女王甩掉的時候就會自暴自棄地到處跟人搞曖昧，在艾沙特擁有花心情聖的稱號。討厭昳。

歡迎光臨科爾諾瓦

番外篇

巫月

黃昏的獅子花

已讀211

巫月

冬天的陸行鳥

已讀271

馬車顛簸搖晃，銀色的雪降落在黑色的街，迪洛望著窗外荒蕪的景色，拉著圍巾輕輕哈氣，他最近剛長出來的次級飛羽掃到了擺在座位中間的行李，沉默彷彿永無止盡地蔓延著。

「是這裡嗎？」

終於，萊亞懷著睏意打破安靜，好像他們在十分鐘之前沒有各執己見地吵起來一樣。

「沒看到，不知道。」迪洛繼續對著圍巾吐氣，「好冷。」

「我沒有休假的時候，你不要自己在艾沙特這樣跑了，至少找你們炙策沙的誰一起過來。」

「艾沙特的治安是騎士長該管好的問題吧？」

輪軸喀啦喀拉的聲音理應讓人安心，迪洛卻拱起翅膀，睜大圓圓的紫色眼睛。

「而且你要我找誰，難道我可以約公主出來嗎？」

「琳公主如果願意與你同行是最安全的，她是貴族，她可以申請艾沙特的官方保護。」

「是喔。」

迪洛很想說些聽起來比較聰明的話，怒氣卻阻礙了思路，萊亞的表情倒是沒有改變。

「別鬧了，我是真的認為你不該獨自在艾沙特行動，萬一出事聯絡我也來不及。」

怎麼會來不及呢？

「我平常都用想的去你們騎士營」、「至少能把自己移回炙策沙」，這些以小說為前提誕生的理論在迪洛的心底盤旋，最後卻都沒有從他的嘴巴吐出來。

「我會用劍。」迪洛稍微拉高圍巾，「艾沙特騎士長瞧不起炙策沙的訓練就教我幾招啊。」

「平常已經在教你了。」

「可是你帶部下都比帶我還要仔細。」

「想學的話休假再來艾沙特。」

萊亞用一副公事公辦的語調盤著雙臂閉上眼睛，迪洛感覺在心裡塞了兩個多月的問題又重新卡上喉嚨，可是如果他夠聰明，那就不該問。迪洛在重新降臨的沉默中再度轉向車窗。

想像自己不會冷就不需要用圍巾了，他又沒有說錯。

迪洛的腦海浮現琳公主附和「真的耶！」在寒冬中笑逐顏開的樣子，這個理論現在說出來，對面的笨龍卻只會用嚴肅的語氣糾正自己。對於已經被改變的世界視而不見、拒絕新知，年紀大一點的龍難道都像這樣固執嗎？迪洛非常不滿，但是最讓他生氣的，還是比起看琳公主笑道「真的耶！」，他居然比較想陪笨龍坐在這裡戴圍巾。

到底哪裡好。
每次見面都有一堆事可以吵架。
即使如此還是常常覺得好。
一切都白痴死了。

「有個天使出現在艾沙特」的消息在迪洛成為角色一年以後傳進他的耳朵，在迪洛的記憶中，「天使」和「艾沙特」都是非常引人注目的單字，他在很小的時候就為了逃離天使的紛亂被家人扔下飄浮在高空的城市，那個時候他還不太會飛，摔到地面時受了傷，而他墜落的地方就是艾沙特邊境的山區。

當時的艾沙特基於政策不斷捕殺天使族，邊境徘徊著騎士軍與天使的戰鬥部隊，雙方頻頻爆發衝突，三五年間合計也死了數百人，年幼的迪洛在那樣的戰亂區獨自生活了一年多。他記得家人把自己扔下來時吩咐他「避開其他的天使」，於是茫然地躲避陌生的天使們，乖乖等著家人飛下來，只是怎麼等，他都等不到。

那片山區被高聳的雪松林包圍，迪洛初次看見艾沙特的龍騎士死在林地時就覺得自己好像也會死，卻也因為這個念頭穿越雪地緩緩往屍體爬過去。艾沙特的騎士幾乎都是水龍，身上帶著包裝好的乾糧與藥物，披風附加了很多保護魔法，非常溫暖。

迪洛很快就學會在找不到食物的山區搜索龍族的屍體，起初他只敢靠近完整的，後來開始翻找肢體殘缺的，過程中他從來沒有哭，也沒有產生想要跑遠或大聲求救的念頭，等到迪洛學會用軍階來分辨補給兵的時候，他已經連血肉模糊的屍體都敢伸手進去挖了，只是資源越來越少，最後他不得不開始埋伏傷勢嚴重的士兵，趁他們難以行動時掠奪物資。

最後，迪洛在一場掠奪引發的意外中被火龍族的國王撿走、丟到琳公主身邊、灌輸禮儀、培養成能上檯面的龍族侍衛，那些……都是後話了。

經過這麼久的歲月，迪洛因為艾沙特出現了正式的角色再次想起那段時光，他覺得小時候的自己即使迫於情勢，對艾沙特的龍也該懷有歉意。「有機會的話想找到那個地方，祭拜死掉的龍族」，這個念頭隨著迪洛打聽艾沙特的情況逐漸明朗。或許花時間找找看那個山區也好？他想：反正成為角色以後的這一年以來，公主有了烈爾，生活起居已經不需要自己操心了。

於是迪洛帶著彷彿被主人卸下項圈的心情去了艾沙特，在這之前他從來沒有為自己做過任何事，研究地圖時數度湧現「我這樣可以嗎？」的念頭，隨後又因為想起公主不再那麼需要自己，自顧自地不斷受到打擊。

琳絕對不是不要他，相反的，當時琳看見迪洛總是興高采烈，但是在那種狀況下，說不定繼續被熱情對待才痛苦。留在炙策沙的每一天，迪洛幾乎都要為琳公主的舉止煩躁，琳本來就很習慣黏著他，舉凡摸他的翅膀趴在他身上等等都是家常便飯，迪洛明知道琳那種個性不當面拒絕她就不會懂，卻總是一邊覺得煩，一邊狡猾地裝作自己什麼感覺也沒有，然後越來越頻繁地自我厭惡。

所以當迪洛找不到印象模糊的山區、又厭惡自己的時候，他偶爾也會去探望艾沙特剛出現的新角色。那一年誕生在艾沙特的三個新角色分別是黑天使、女王與騎士長，其實迪洛原本只想要關心天使，但是黑天使和女王面對生活劇變，似乎都像琳公主與烈爾當初那樣崩潰，唯一能溝通的對象顯然就只剩下騎士長了。

經過幾次交談，迪洛確認了騎士長是條很友善的龍，他當了十幾年的侍衛，對看臉色早就有足夠的自信，因緣際會之下，迪洛甚至協助騎士長把天使與女王都送去適合角色的城鎮休養，隨後索性拿艾沙特的地圖去打聽消息，畢竟艾沙特對天使族的歧視真不是蓋的，迪洛只是在首都想問出馬車該怎麼搭就差點被水龍族集體圍毆。

「我沒有冒犯的意思，但天使族在我國容易受到歧視……」

騎士長的名字叫作萊亞，他有一張在龍族裡絕對會受歡迎的臉，五官挺立，濃眉大眼，翠綠色的雙眼還有種蓋在霧氣裡似的神秘感，在迪洛用冗長的敬語客客氣氣表明自己想要問路以後，萊亞似乎忍不住想勸退他。

「你去這些地方想要做什麼？」

「觀光。」迪洛輕易就壓抑了臉上的心虛。

「觀光？」

萊亞嘆氣，然後結結實實在地圖上標出治安不好的地區，一個一個囑咐迪洛千萬不要去，既然人家這麼幫忙，往後幾次見面，迪洛不時就會找萊亞問艾沙特的交通方式，畢竟迪洛以前都待在公主身邊，對其他地區非常陌生，艾沙特又有好多標示不清的地區，幾乎每個版本的地圖都長得有點不一樣……雖然每次迪洛跑去問路，萊亞都會質疑他「你還在觀光？」

「對啊，如果有推薦旅遊的地方也告訴我吧，您上次告訴我的地方其實有個瀑布呢！」

大概是因為照顧女王與黑天使讓萊亞很疲憊，他的臉色一直都不太好，偶爾還能看見那雙漂亮的眼睛帶著淺淺的黑眼圈。只是無論萊亞的臉有多臭，顯然也隨著時間對迪洛放下戒心，把報備著「上次那個地方沒有樹林」、「你們王宮還是好冷」、「我迷路了」的迪洛逐漸當成部下似的照顧起來，某次迪洛望著騎士營的劍端詳時，萊亞甚至主動問他是否有被艾沙特的國民騷擾，將具有公家效力的白銅牌遞了幾個過來。

「被找麻煩就出示這個，緊急情況可以用上面的通訊魔法聯絡騎士軍，你真的會用武器嗎？」

「會的，謝謝。」迪洛挑著眉把白銅牌翻過來看，「這是——我啟動上面這些通訊魔法，您會收到通知之類的東西嗎？」

「不是。」萊亞又瞥一眼迪洛的翅膀，「你有通訊儀器嗎？我把個人的資料留給你，要找我從這邊聯絡。」

「咦，這樣可以嗎？」

「可以。」

萊亞在通訊儀器上輸入資料的動作異常熟練，宛如至今已經留過數百個通訊儀器似的，迪洛望著他的動作，不經意聽見騎士營外面士兵的交談聲。每次他過來艾沙特，總是會聽見艾沙特騎士一口一個「騎士長大人好！」，這個國家的軍人似乎都很崇拜萊亞，感覺就是個受到推崇的好上司呢。

「您下午是不是要帶騎士軍的訓練啊？」迪洛脫口而出。

「是。」

「那我可以在旁邊看嗎？呃，我不會做什麼，只是好奇……」

「你好奇什麼？」

萊亞大概是因為很累才會在抬起頭時露出想睡覺的表情，迪洛在那一瞬間突然有種目睹不該看的東西的古怪心情，也驚覺自己的問題很突兀。

「不方便也沒關係，只是因為屬下平常也用劍——」他低下頭。

「哪一種劍？下次你可以帶過來。」萊亞反手把通訊儀器還給迪洛。

下一次，迪洛真的試著帶了自己常用的劍來，萊亞沒多說什麼，對迪洛指出艾沙特騎士劍的不同之處之後便仔細告訴他艾沙特常見的出劍方式，迪洛總覺得萊亞教這個好像是想預防他被艾沙特的混混幹掉……但萊亞一步步執導的聲音非常有磁性，聽了讓人心情沉著，技巧上強調的部分也很不一樣，炙萊沙的劍招講求快，艾沙特則非常平穩，雙方的劍招是有著不小的差距。

「你可以跟訓練。」萊亞花十分鐘確認了迪洛用劍的技巧以後說。

「訓練？可是我是炙策沙的……」

「你是琳公主的侍衛吧，琳公主在我國行動的時候，我們騎士軍也不希望出什麼差錯，如果有想知道的事情我都可以另外教你，對我國的劍術只要有興趣，你隨時可以過來。」

「呃，好？」

迪洛不知道萊亞這種邀請正不正常，騎士軍訓練是可以放異國人進去參加的嗎？他想了想，總覺得萊亞應該是對炙策沙的劍法也很有興趣吧！畢竟兩國長年都是鄰居，說不定是為了就近觀察才邀請他這個王宮侍衛的，琳公主原本就想幫助艾沙特，所以迪洛覺得交流一下也不算壞事。

往後迪洛只要帶劍過去，萊亞都會撥空跟他談劍術，大概是因為一路從小隊長升上來的緣故，萊亞很會教，迪洛原本就會使用劍氣，但他那種大面積掃蕩的凶險劍法是在萊亞的教導中才學會如何收斂與針對目標的，萊亞指導迪洛幾次以後便開始誇獎他理解得很快，好像對教幾分鐘迪洛就能聽懂一大堆事感到意外，往後，更像是真的遇到很有才華的部下一樣稱讚了幾次迪洛很聰明。

迪洛本來就知道自己聰明，不過被萊亞肯定的時候有種不一樣的感受，像是「好像能懂他的下屬為什麼喜歡他」、「真是個讓人有成就感的上司」、「但是誇人的時候都不會笑呢」、「講話其實很溫柔」——萊亞也斥責過迪洛，說他身為侍衛都不把劍帶在身邊太鬆懈了，所以迪洛很快就練就了把劍想像到手中的技巧，萊亞看他演示這個，卻一臉難以苟同的表情。

說什麼「不是叫你靠魔法，遇到危險要立刻出劍」？萊亞真的覺得「想像」是魔法嗎？迪洛一邊覺得好笑，一邊拎著用來感謝萊亞的早餐走向騎士營。最近，他發現萊亞休假的日子也都會待在騎士長的休息室，所以他很喜歡在萊亞的休假日跑來騎士營吵他，休假時的萊亞就會放棄教導部下，花很長的時間跟他說話。

因為萊亞總是一臉睡不好的樣子，迪洛也時常覺得好奇，把那個黑天使和女王帶去適合角色生活的城鎮以後，他們的情況難道都沒有改善嗎？

迪洛在書上讀到：艾沙特的騎士長深愛著女王，但女王和黑天使是一對情侶，萊亞是註定付出感情然後被拋棄掉的對象。

原來如此！雖然這樣想很不道德，但是迪洛讀了萊亞的資料，立刻發現他和自己的處境很像，難怪會那麼在意，他和萊亞都是犧牲奉獻還要去祝福別人的悲慘貨色呢。只是……「怕寂寞，旁邊沒有人就不行，所以被女王甩掉的時候會隨意接受搭訕，一自暴自棄就會變成超花心的騎士長」，書上這句對萊亞的描述是認真的嗎？迪洛坐在炙策沙的王宮大廳，用單手捧著書，另一手連打著按鍵讓游戲角色累積經驗值，思考萊亞那傢伙跟花心這個詞到底有多不配。

「迪洛，你在看什麼？攻略嗎？」

琳從後面趴上他的翅膀探頭湊過來，迪洛擺了一下左翼把她的手給甩掉，但今天還是沒有開口告訴公主不要亂摸。

「我不是公主呢，這種游戲不需要查攻略也能贏。」

「咦？可是你這個已經卡怪卡太久沒有耐力值了啊，他在扣血耶。」

迪洛抬頭一看，畫面上的小人的確快要死了，他拍拍羽毛稀疏的翅膀，把搖桿塞給公主。

「公主最厲害了那公主來玩吧，我累了想去睡了。」

「喔，好啊，你快點去睡覺吧！」

琳笑著拍拍迪洛的背，這讓迪洛頓時說不出話，這一年來他已經改變了態度，變得能對公主這樣亂擺臉色，但是，到頭來好像什麼都沒有變。迪洛聽著琳「你怎麼能卡這麼多怪？」、「哇我一動他們就統統跑出來了啦」的開朗笑聲，暗自思索自己對公主的心意是不是永遠都沒有盡頭呢？他可以在表面擺出距離感，用嘴巴說著不在意，可以拿公主和烈爾開玩笑，用盡全力嫌棄戀愛，然後，任憑誰也不知道的心事越來越多。

犧牲與奉獻，迪洛讀到自己就是設定來做好這件事的，還有成全與祝福，期望喜歡的人走向更好的方向云云。

但是他發現自己喜歡上一個人就會一直留有同樣的感覺，再怎麼嘗試調整表面上的互動，還是會持續湧現不該有的情緒，或許是因為這樣，烈爾偶爾才會用那種戒備的表情望著他吧。

「——您剛剛問屬下喜歡吃的……」

「對，你有沒有什麼喜歡吃的食物？」

某個風光明媚的平凡早晨，萊亞在騎士營叫住又來送早餐的迪洛，而後似乎把迪洛茫然的臉色當作不方便回答。

「或者你今天有空，等騎士軍交接以後我請你吃飯。」

「您……為什麼忽然要請我吃飯？」

「你不是都在觀光嗎？」

莫名其妙，艾沙特騎士長難道還有兼任首都的導遊？迪洛對這個異常的邀請滿頭霧水，卻也因為太過突然而不知怎麼禮貌地拒絕。結果午後他拐了好幾個彎問出這場飯局的原委，不禁又為了萊亞的行為無言透頂。

「我的情敵太偏食，喜歡的人在擔心，既然情敵有天使族的血統，我想知道其他天使族都吃什麼」——這種想法從根本上就有病吧！迪洛坐在艾沙特熱鬧的餐館，切身體悟到萊亞真是個笨蛋！但是……假如有一天烈爾死不吃飯而公主很擔心，他應該也會把烈爾的嘴巴扳開瘋狂塞麵包進去，所以，迪洛一邊覺得萊亞好笨，一邊又覺得自己完全能夠懂，然後深深為懂這種心情的自己感到悲哀不已。

唉，但萊亞平時都是個值得尊敬的騎士長，面對鄰國的高官大人也不能無禮，迪洛對著滿桌子菜強打起精神。

「恐怕不是天使族口味就會一樣……現在才說似乎太遲了，讓您費心真是不好意思。」

「是我抱歉，找你陪我。」萊亞明明心情不好，還是那副自以為迪洛都不會察覺的上司語調，「想點什麼就點吧，如果有讓你覺得好吃的料理再告訴我。」

「是……」

可是要說好不好吃，迪洛完全沒有概念，一直以來他的飯都是隨著公主吃的，從來沒有主動思索過自己想要吃什麼。迪洛拿起銀製的餐具，又發現除了食物，還有好多事情他從來沒有思考過自己到底喜不喜歡，多數喜好他也是覺得永遠跟琳一樣就行了。

可是琳又不在這裡。

「找自己小時候生活過的地方」，這種事其實迪洛也想跟琳一起做，然而他從來都沒有對公主提過這個請求，往後大概也很難開口了吧。一想到這個，迪洛就忍不住第一千多次地開始思考：琳為什麼不能對他產生戀愛的感覺呢？公主從小就常常稱讚他聰明，誇過最多次他很厲害，從操持家務打理三餐到露宿野外出生入死，迪洛統統可以為了公主做，一句怨言也沒有，琳為什麼不能喜歡上他？唉，事到如今還想這個太難看了，老是想要糾纏對方太難看了，自知鐵定離不開琳的身邊也太難看了，幸好這些心情都不會被寫出來，如果被公主看到，光想就覺得好丟臉。

「這個稍微好一點吧？」

迪洛指著堅果餅，就連隔壁桌不停竊笑的水龍族也讓他想著：公主肯定都跟烈爾膩在一起吃飯——為了壓抑如同泡沫般湧出來的負面念頭，迪洛硬是把視線移向吧台上面的瓶子。

「我可以點酒嗎？」

「可以。」萊亞先是答應，而後又遲疑地望著迪洛，「你幾歲？」

「呃，如果會長大的話我今年應該是十七歲……」

「那麼你還不到艾沙特喝酒的年齡，點別的飲料。」

「咦，你們艾沙特管這麼嚴嗎？我們公主十五歲就在喝酒了呢。」

「這裡是艾沙特，不要凡事都以你們的公主為標準。」

萊亞似乎聽膩迪洛講話總是滿嘴公主了，聽見他挑剔的瞬間，迪洛忽然覺得非常不爽。

「你有什麼資格說我啊，真不知道是誰因為女王就叫天使出來吃飯呢。」

迪洛在怨言脫口而出之後立刻被自己嚇到了，他很少對外人沒禮貌，更遑論對方是隻有位階的龍！迪洛愣了半秒不到，馬上為自己的行為低頭賠罪，但是萊亞聽他說出一連串緊張的致歉用詞，突然像是自嘲般笑了出來。

這是迪洛第一次看見他笑，總覺得有一股很不對勁的情緒隨之浮現，迪洛縮起翅膀，不安地盤算自己應該認真選出「喜歡的食物」，萊亞卻好像沒有那個興致了，接下來只是心不在焉地陪他吃飯，然而即使萊亞心不在焉，隔壁桌的笑聲卻越來越煩人，迪洛逐漸意識到那群母龍似乎想跟萊亞打招呼，當服務生過來送飲料的時候，萊亞的杯墊下顯然被夾了一張紙條，最後萊亞結帳並帶著迪洛離開餐廳時，還有隻莫名其妙的男水龍突然跑過來抱住萊亞的手臂說「萊亞你最近都沒有找我」。

這是幹嘛？迪洛在對方抽回手的時候才意識到自己好像狠狠瞪了對方，他幹嘛瞪他呢？那是一隻陌生的龍耶？但迪洛還是沒能把視線收回來，萊亞倒像是早就習慣了一樣輕輕拍一下他的肩膀，把迪洛帶出餐廳。

萊亞說要送他到附近的魔法移動站，雖然迪洛一直都是靠想像力在國家之間移動的，卻也只是閉上嘴乖乖跟在他後面，跟著跟著，迪洛不由得又因為對方的沉默開始四處張望。艾沙特的街道真的很寬敞，行人的服飾明顯比炙萊沙好看，果然是因為艾沙特比較冷，衣服種類比較多吧？對了，妮莉說那個作者也認為自己設計的服裝有問題……

「你想試試看嗎？」萊亞停下腳步，望著迪洛的視線稍微在上面停了兩秒的長袖外套。

「咦，不是……」迪洛嚇了一跳，「而且我的背後有翅膀——」

「喜歡的話買下來再請人修改就可以了。」

那一瞬間，「你不要因為心情不好亂花錢」，迪洛再怎樣也無法想出更有禮貌的說法，因此只能眼睜睜望著萊亞去結帳，為什麼那種奇怪的心情又浮現了他也搞不懂……或許是因為萊亞看起來真的很寂寞。

「你打算去的地方比較冷，記得多穿一點。」

然後還用一副自以為關心人的語氣講話，迪洛不禁覺得萊亞真的好遜。

「今後在艾沙特行動你要注意安全，有事再聯絡騎士軍。」

哇，自己要是年紀大一點官位再高一點，裝沒事的時候也會這麼狼狽嗎？迪洛的腦中盡是吐槽對方的思緒，視線卻離不開萊亞提著袋子的那隻手，一直到迪洛彬彬有禮地向萊亞致謝並返回炙策沙，才在看見公主時感到更不對勁。

琳今天也很開朗地對他打招呼，但好像沒有那麼讓人心浮氣躁，迪洛在烈爾邀請他打世紀帝國時反而不停思索：剛剛抓住萊亞的男水龍到底是誰啊？看起來一點也不像騎士軍的龍，明知道那是萊亞的私事，迪洛還是一直想，想到在世紀帝國裡面蓋出世界奇觀以後，他決定明天也抽空去騎士營一趟好了，他沒來由地想知道萊亞平常在外面吃飯都是那個樣子嗎？旁邊的母龍一直竊竊私語萊亞很帥什麼的，她們不都是艾沙特的居民？萊亞長得很好看，難道不是她們早就該知道的事情嗎？

「月夏說，迪洛如果跟烈爾交往就好了！」

妮莉笑嘻嘻地把腳跨到軟墊上，這句話成功讓畫面上的鴨子從木桶裡面滾出來宣告死亡，琳激動地握拳搥了烈爾好幾下。

「啊——你不要一直把命用掉啦，最後一條了耶！」

「因為……妳剛才說什麼？」

真是夠了，被公主這樣搥會先笑出來再去問妮莉，烈爾最近是不是有點太愛笑了呢？迪洛用橡皮擦慢慢擦著遊戲片背面的舊金屬，瞥向妮莉。

「我也想知道妳剛才說的話是什麼意思。」

「月夏說她最喜歡看男孩子跟男孩子交往了呀～所以她說我們這邊的男生設定上都有一半的機會喜歡男生喔！」妮莉用神乎其技的技術操作黑色老鼠，一路在通往遊戲城堡的台階上狂奔，「然後月夏昨天跟妮莉說，她好想要看到迪洛跟烈爾交往喔～」

「她什麼時候才會被他們國家的人抓去關？」烈爾繼續操作鴨子，很快就恢復了冷靜。

「真遺憾，在《刑法》裡面書籍算是物品呢。」迪洛附和。

「可是迪洛跟烈爾為什麼會……啊，又死掉了，迪洛來玩啦！」

琳大聲嚷嚷，把觸感平滑的遙控器塞給迪洛，迪洛接手以後很快就讓鴨子征服了畫面上的所有難題，反倒是妮莉操作的老鼠開始失誤連連。

這只是妮莉亂開玩笑的午後。迪洛想：冰之女這一年都跟作者黏得要命，常常會說出奇怪的話，只是他看著鴨子坐上熱氣球，畫面浮現滿天星空，忽然又想起那條狼狽的龍今天是不是也很難受，這個問題，他從早上起床到現在已經想了八次了。

之後又過多久才陪那條龍喝到酒，「你說我在艾沙特不能喝，那我看你喝總可以吧？」似乎也不太重要，「沒有為什麼……真要說的話，我覺得你每天心情都不好？」迪洛覺得自己從頭到尾都沒有醉，「我對騎士軍有什麼誤解？其實我們炙策沙根本沒有騎士長呢」最後，他自己弄懂了一切：倒也不是覺得他可憐。

「喂。」迪洛在嘈雜的酒館裡打開通訊儀器，「我看不懂你們艾沙特的菜單，你要不要過來？」

昨晚，萊亞在言談間透露黑天使八成又與女王重修舊好的想法，雖然迪洛當下沒什麼反應，回到炙策沙以後卻煩躁不已，或許他昨天就該拖著萊亞叫他不要回去了，照顧情敵到底是什麼爛差事？明明是這麼溫柔的龍，女王他媽的智障。

「你哪一行看不懂？」

三十分鐘後在他對面坐下的萊亞也沒有質疑迪洛召喚騎士長的理由，只是用一副累到什麼都不想管的臉色撿起菜單。

「我不知道該怎麼叫你們艾沙特的龍拿酒過來，跟他們說什麼他們都在看我的翅膀。」迪洛像挑釁一樣對隔壁桌搧著稀疏的羽毛，那堆母龍看萊亞出現全都像是被施了咒一樣興奮，白癡死了。

「我說過了，你……」萊亞今天似乎連唸他的力氣也沒有，「你未滿十八歲，你在艾沙特喝酒是違法的。」

「那我要看你喝。」

「為什麼又要看我喝？」

「反正你今天心情一定也不好。」

那一刻，迪洛覺得萊亞要是擺出騎士長的架子趕自己回去，某些事情就會到此結束，但是萊亞在短暫的停頓以後只是垂下雙眼，沉默地打開酒單，那種在疲憊中帶著一絲熟練的態度實在令迪洛完全說不出話來——他有種直覺：萊亞知道他在幹什麼，他是在知情的狀況下坐到自己面前的。

萊亞叫了酒，替他點餐，開始喝酒，也沒阻止迪洛擅自拿他的酒去喝，他們都沒有說話，但是當迪洛看見萊亞杯子底下又被亂塞紙條時，默默把紙條抽出來撕了，最後萊亞結帳的時候要了位在酒館一樓最裡面的房間，他並沒有叫迪洛「留下來」，卻也沒有阻止迪洛跟過去，在迪洛把房門關上的時候，萊亞就像在稱讚他做得很好那樣苦笑著摸摸迪洛的臉頰。

「有什麼不喜歡的嗎？」這是迪洛第二次看到他笑，看起來一樣不開心。

「沒有。」其實迪洛不知道，他甚至不曉得他應該期待什麼。

萊亞親了他，迪洛沉默片刻，抓著萊亞的手臂親回去，有些粗魯的動作讓萊亞又笑了，捧著他的臉好像在誇獎他很乖一樣，接著萊亞就像決定把今天的疲憊感都交給迪洛一樣，緩緩將頭靠在他的肩膀上。

溫度排山倒海地壓過來，讓迪洛心裡混亂的聲音都成了尖銳的念頭——事到如今才為了自己的心意驚訝似乎太晚了，但迪洛完整釐清自己的感覺，的確感到錯愕不已。萊亞的年紀比他大、體格比他壯，又都是男的，覺得他很可愛到底是不是很奇怪？但是想把他的衣服扒掉讓他在自己身上到處亂摸，這應該跟友情或崇拜沒什麼關係吧，他不可以再說這是友情或者崇拜了吧？

好……假設萊亞明天一副覺得這是場錯誤的樣子……迪洛把手伸進萊亞鬈曲的棕色髮

絲……用那套有禮貌的態度笑著說「您醉了呢請不用介意」，以後還是能過來找他問地圖跟劍術吧……他很會演戲，應該做得到？

結果萊亞隔天並不覺得這是場錯誤的樣子，似乎很習慣醒來身邊睡著從來沒睡過的傢伙，他問迪洛早餐要吃什麼，還幫他叫了客房服務。

下次迪洛約他在外面見面他也過來了，在迪洛擺臉色的時候用了不像是朋友的語氣哄他，自此以後，萊亞都沒有在他面前提過關於女王的半個字，迪洛如果有想要的東西，萊亞二話不說都會買給他，當迪洛要求他休假陪自己，萊亞也會安排休假，所以之後他們又見了好多次面，迪洛卻覺得好像在打一場不會贏的仗。

偶爾要把一些公的母的大的小的龍從萊亞旁邊拉開，叫他們滾，這種事很煩，但萊亞從來沒阻止過迪洛趕他們，所以就算了。

告訴萊亞小說的事他會反駁、也會抗拒，但這種觀念吵一吵如果都可以和好，那也就算了。

有時候萊亞好像在想什麼，迪洛知道他在想什麼。

萊亞還是和女王住在一起。

載著他們的馬車已經來到窪地，雪地前方盡是灰色的樹林，迪洛的思緒在看見挺拔的雪松時猛然回到現實，他搧動羽毛稀疏的翅膀，對座的萊亞也跟著睜開眼睛。

「你坐好。」

萊亞輕聲吩咐，掀起隔開駕駛座的車簾要車伕停下來，迪洛卻沒有等，擅自起身就想跳下車，但是因為他很高，額頭差點撞到了車門的上沿，幸好萊亞眼明手快地替他擋住。

「你留在車上睡就好了。」迪洛不滿地將他的手拍掉。

「不用。」

「外面很冷你不用下來。」

萊亞對此的回應是抓起騎士軍的厚披風蓋到迪洛身上，然後比他早一步下車，蹲下來替他放下馬車的踏階，迪洛光從萊亞的臉色就知道他根本分不清外面的荒地有哪裡特別，只是當迪洛抬頭望著雪松林，一切景物卻都和記憶逐漸疊起來了：帶著紫色的陡峭山壁，被雪松切割的傾斜天空……或許他是因為終於找到記憶中的地方起了一點情緒，但是想著是否該對萊亞道謝的時候，卻又有點搞不懂自己到底是什麼心情。

「用想的就可以移動」，迪洛早在認識萊亞之前就知道這件事了，其實迪洛也考慮過靠想像來尋找記憶中的山林，然而覺得那樣很沒意義的心情，和固執的萊亞有點像，其實他都可以懂。

迪洛也不是覺得什麼事都用想的完成就好，尤其在萊亞的旁邊，他學會很多事情不去想才能顯得珍貴。

他對著冰冷的山壁合上雙手。

半個星辰時以後萊亞帶迪洛前往最靠近的城鎮，祭拜完這一區的騎士軍公墓以後，迪洛的心情顯然比較好了，至少他主動出言阻止了萊亞再找馬車的行為。

「你很累的話今天住這裡也行啊，前面那間如何？」迪洛把行李甩到肩膀上，示意著小鎮裡面簡陋的旅店。

「不適合你的翅膀。」即使萊亞話只說一半，迪洛還是曉得他在指衛浴設施。

「不會吧？雖然你也不差搭馬車再去找高級飯店的錢，但是看你花這麼多我還是會心痛的。」

「你不用擔心錢。」

這樣說起來，自從迪洛認識萊亞，需要花錢的狀況統統都是萊亞在付帳，迪洛知道他是隻不會靠想像力賺錢的龍，所以在他旁邊每件事感覺都更有價值了。只是，迪洛也因此注意到萊亞花錢的習慣有夠糟，騎士長薪水那麼高，萊亞卻似乎每個月都會在曖昧對象身上把錢噴光，睡過一次的對象只要有想要的東西，他隨隨便便就買給人家，自暴自棄的情況真的很嚴重。

既然不會想像錢來花，就應該停止這種爛習慣，迪洛覺得他有能力幫萊亞改掉，畢竟那些睡過一次兩次三次的水龍他早就替萊亞統統趕跑了，從今以後，萊亞閒下來的時候，身邊有自己也就夠了。

這座小鎮的旅店是用粗石打造的，房間乾淨卻稍嫌狹窄，衛浴設施的確不適合清理天使族的翅膀，但迪洛還是用三言兩語草草把萊亞趕去睡覺，打開行李，憑著侍衛的職業病把房間從頭到尾先清掃過一輪。

現在還是下午，萊亞卻很快就睡著了，或許是前陣子被迪洛要求加班換來這次連假真的太累了吧？萊亞也都不願意靠想像力讓精神變好呢，一想到這個，迪洛便覺得他就連睡覺的時間好像都無比珍貴，在馬車上吵了什麼更是已經完全無所謂了。迪洛將萊亞的通訊儀器撿起來，確認那跟自己一樣是關著的，緩緩趴到萊亞的左邊。

艾沙特北部的冬天真的很冷，但迪洛什麼都沒有去想像，僅是展開翅膀把雪白的羽毛蓋在萊亞的身上，半長不短的稀疏羽毛看起來很可憐，打從跟萊亞在一起，迪洛才開始覺得自己萎縮的翅膀醜，倒也不是因為萊亞嫌棄過之類的……迪洛覺得，只是因為他開始關心自己罷了。萊亞跟迪洛在一起的時候從來就沒有把他當成什麼愚蠢的替代品，很清楚迪洛就是迪洛的樣子，被他這樣注視著、交談著、待在他的身邊，似乎都促使迪洛釐清自己是個怎樣的人。

像是他發現原來自己脾氣並不好，跟公主的喜好也有那麼多不一樣，許多原本不在意的事情，都是萊亞讓他開始在意的，只是這段從內而外不斷改變自己的關係，迪洛遲遲無法跟炙來沙的同伴們提起。

被公主拋棄再愛上鄰國的騎士長，以一個侍衛來說到底在幹什麼呢？迪洛緩緩閉上雙眼——而且還都是男的。迪洛以往對什麼性別要怎麼在一起完全沒想法，可是在他活了十七年的歲月裡，從來沒考慮過自己可以愛上同性別的個體，跟萊亞發生性關係之後他混亂得花了二十天都在想「是不是因為我們是同一個腦袋做出來的，才比較容易被彼此吸引啊」、「還是因為能當角色臉都太好看」，總之他想了許多失禮的問題，但是結果都這樣了，還是該煩惱假如哪天要介紹，到底用什麼關係跟公主介紹才好呢？迪洛知道問萊亞

「你把我當成什麼？」他應該會誠實地回答，只是那個答案，現在去問，大概不會是好的吧。

他很聰明，能夠猜得到。

閉上眼睛以後，就能輕易描繪出萊亞告訴他「你覺得不高興可以離開」的疲憊面容。

只是無論這段關係有多不穩定，也沒成功阻止迪洛放感情下去，回過神來，迪洛注意到什麼事，總是第一個想找萊亞說。

世界是本書，迪洛在這樣嶄新的現實裡獨自整理出了許多規則，比方說「仇人之間必定有誤會」、「我們的內在個性常常與表面相反」、「因為是同一個人創造出來的，價值觀和語氣大概都落在這個區間」……越是去探究理解，迪洛覺得越容易在這種處境下討生活，他總覺得只要分辨出所有事物的原委，應該就可以對各種情形坦然接受、甚至事先預測吧？

不是因為變成書裡面的角色開心，只是要有效率地分析現實，否則不承認、不理解、不試著找出生存的辦法還能怎樣呢？在迪洛為了「聽說我們外表的年紀永遠不會再增加呢」而與萊亞起了爭執的傍晚，迪洛曾經氣呼呼地表達這個概念，一邊和萊亞橫越艾沙特的王宮一邊說：

「我又沒有騙你，知道這些事情才比較好繼續過生活啊，現在這種情況就像是我當初突然被天使族丟下來，不去挖屍體還能怎麼樣？」

「之前你第一次告訴我那件事的時候，我就認為你的行動有問題。」

萊亞就算跟迪洛起衝突也一次都沒有大聲兇過，總是一副在糾正部下失誤似的討厭態度。

「或許你可以先取得物資，但是拿了物資為什麼不離開原地求助？在艾沙特的戰亂區生活一整年……我認為你對環境的變化太容易順應和接受了。」

那句評價堵得迪洛說不出話，而萊亞也很快就禮讓似地開口「抱歉，但我也不清楚你當時面對的情況」，無論他道歉是因為想起艾沙特對天使族的行徑、還是單純覺得迪洛太煩，迪洛都覺得這隻龍比所有人都更簡單地看穿了自己，就連公主，迪洛也從來沒產生過這種對方真的很懂他的感覺。

「那又怎樣？」這讓迪洛更想嘴硬了，「如果玩地球人那種上學讀書的模擬遊戲，我就是被學長勒索會乖乖跑去打工，賺超多錢變成店長心腹還學會買菸討好學長的聰明學生，我明明就很厲害。」

「我聽不懂你在說什麼。」

「而且，我當了炙策沙那麼多年的童養媳，就是很習慣應變上頭的命令，這麼懂得配合情勢真是對不起啊。」

「我說過別再用那個詞形容你自己了。」萊亞又嘆氣。

「可是我看地球的侍衛真的都沒有這樣吃飯睡覺都跟主人在一起，還可以理所當然追求主人的，我研究了一下，我真的覺得我是他們那種叫做『童養媳』的職業，只是加上砍人的用處──」

「你不是，而且你說過他們那種職業幾乎都是女的。」

萊亞顯然因為迪洛的廢話太煩，已經懶得掩飾他有記住迪洛解釋過的「地球童養媳」恐怖概念了，迪洛挑起眉。

「也對啦，我被養大之後主人都跟人家跑了呢，真是失敗──怎麼了，我提到公主你生氣了嗎？」

「沒有。」萊亞頂著無言的表情繼續往前走。

「那你要不要生氣？」迪洛搧著翅膀跟上。

「不要。」

嗯，的確沒生氣，只是懶得理他。迪洛從萊亞的臉色判斷完畢，忽然看見一頭在艾沙特當官的母水龍帶著很好辨認的臉色穿過王宮走廊，她喊了一聲「萊亞大人，請留步」便滿臉通紅地將一封信遞給萊亞，迪洛翻了個白眼，一把搶過信當著母龍的面撕個粉碎，還將之惡劣地一張張揉成球，拿來扔那頭母龍的臉。

「別這樣。」萊亞跟著停下來，看上去就像連續加班了五天那麼累。

「我才希望他們別這樣，這些下界龍看到你的內建反應煩死了，到底什麼時候才會停啊？」

「不要這樣稱呼他們。」

「要是他們不成天纏著你我當然不用討厭他們啊，但是你也不會說『不要』，每次都給我拿，再讓我看到你收一次情書或是紙條或是開好的通訊儀器或是房間鑰匙我就把你的手給剁掉，還有，我不在的時候你要是再跟他們睡一次，我剁的就不只是手了。」

「我知道，你別再丟了。」

萊亞顯然很不贊同迪洛發洩怒氣的方式，但是當迪洛扔完紙，靈機一動提出「你下次被搭訕的時候應該當場親我給他們看」的時候，卻又覺得迪洛實在很有創意似的不禁失笑，一看到萊亞因為自己笑，迪洛的心情突然又好了，徹底體現什麼叫做情緒的大起大落。

「好吧，回到我當年該不該挖屍體的話題——」

「你還要說這個？」萊亞看似已經後悔指責迪洛在戰亂區求生的經驗了。

「沒有啦，我只是想稱讚你們的乾糧很好吃，其實我很喜歡那個像餅乾的東西。」

「所以……」萊亞最大的優點，或許是他很容易注意到對方在撒嬌，「你現在要吃？」

「要。」

之後他們又是怎麼在騎士長休息室吃餅乾吃到床上去的，迪洛覺得都是因為萊亞太會哄人的關係，雖然不知道跟一隻龍相處時情緒完全被帶著走正不正常，只是在投入越來越多感情之下，迪洛知道自己很想在萊亞身上留下些什麼。假如還無法獨佔他，至少要告訴他更多只有自己知道的概念，讓萊亞看到很多東西都會想起他發表過評論、表達過想法，盡可能出現在他的記憶裡，最好可以逐漸變成他的生活。

「好吧，我還有一件事想說，你聽說過玄鳳嗎？」

「沒有。」萊亞已經擺明在嫌他吵了，迪洛卻毫不氣餒。

「那是一種鸚鵡喔，頭頂都有一撮毛會翹來，據說我就是依據全白的玄鳳鳥被寫出來的呢。你看，我頭上這撮毛一直都翹著吧？我讀了我的設定，這撮頭髮好像就是被設定成會翹起來的，這表示我們的確是被一些設定控制住……」

「你的睡相太差了。」萊亞拍拍迪洛的臉頰。

「我哪有睡相差？認真聽我說話，我真的很困擾。」

「困擾什麼？」

「證明我被人控制的東西就長在我的頭上啊。」迪洛往上指。

「喔。」萊亞將迪洛頭上的髮絲壓住，「這樣不就平了嗎？」

會覺得那抹苦笑迷人，應該是因為萊亞被設定得很帥吧？而自己可以喜歡上想都沒想過的同性，也絕對還是跟「作者希望男孩子交往」有關係吧？仇人會和解、壞人是好人，很多事情都是有理可循、應該能推定出理由的，他們是被設定出來的生物，所以迪洛覺得自己並沒有錯。

「然後你知道嗎？我發現，在故事裡面是仇人，就跟在故事裡面是朋友一樣呢。」

「你到底還有多少事想要說……」

「這個也是我打聽到的，」迪洛完全沒有停止說明，「在故事裡只要有交集的角色就算是『有緣分』，無論在故事裡面的交集是好的還是壞的，只要對話比較多，幾乎都很容易發展出一些牽扯，而你在故事裡面跟我幾乎沒有講話、沒有互動，沒有什麼過去跟未來的糾葛，我們兩個是一點緣分都沒有的角色呢。」

萊亞擺著覺得這種說法很迷信的表情，這反而讓迪洛覺得心情更好了。

「從這個理論看來，我是真的喜歡你吧？」

「不是這樣吧。」

「嗯？」

迪洛還笑著就被那隻帶有劍繭的手扣起下巴，萊亞用拇指輕輕劃過他的嘴唇。

「你不用這種事，也知道自己看著我的時候都在想什麼吧。」

「——不要戴著這個睡覺。」

迪洛在一邊的耳機被拔掉時醒在雪松林附近的冬天小鎮，他抓著白色的耳機線從床上爬起來，發現天色已經晚了，萊亞顯然去外面買了晚餐，好像還把房裡能找到的厚被子統統找出來蓋在迪洛的身上。睡夢中和醒來都掛念著同一條龍，迪洛已經很習慣這樣沒出息的自己了，他一邊抱怨「被子很臭我剛剛才把它摺起來的」一邊下床去淋浴，從浴室出來的時候一眼就看到萊亞拿在手上的東西，因此沉下了臉色。

「你為什麼要開通訊儀器？」

「呋找我。」萊亞把椅子拉開，「他回艾沙特忘記帶錢，跟我借騎士營的鑰匙。」

「哇，跟情敵相處得好融洽喔！他忘記帶錢明明都會用想的，他只是想跟你說話吧。」

迪洛在桌角坐下，「他是不是愛上你啦？最近有夠黏的。」

「我說過有一些原因。你不要老是坐桌子，下去。」

「你是說過。」迪洛沒有動，其實看到萊亞打開通訊儀器他就不可能聽話了，「所以你老實說，他對你叩角之後你是不是也跟他上床了啊？」

「沒有龍會做那麼恐怖的事。」

萊亞當著迪洛的面把通訊儀器關掉，還像是要平息他的怒火一般塞進他的手裡，但是迪洛沒有收斂砲火。

「有啊，我就認識一隻龍會那麼做，我告訴你，我完全不相信你的節操，而且——而且沒節操的龍現在還打算逼我吃我不喜歡的豆子。」

「你不應該挑食。」

萊亞頂著一副今天懶得陪他吵的臉色把青豆統統倒進盤子，迪洛實在不知道他不能挑食的原因是什麼？如果是常見的「挑食會長不高喔」，那他已經很高了，再說，如果要長高，用想像的是不是也能長高？在迪洛順著是否可以用想像力長高的話題抓住萊亞爭辯之後，萊亞明顯就快要被他煩死了，只差沒叫他「閉嘴」然後把青豆統統塞進他的嘴巴。

「你不想聊天？好吧。」迪洛吃了抹上海鮮醬料的麵包，接著把上衣脫掉。

「幹嘛？」萊亞滿臉無言地放下水杯。

「咦，都睡飽了那就來做啊？」

「……你不先吃完飯？」

「您沒有否認即將發生的事情真是讓屬下倍感欣慰，這麼看不慣我挑食你可以餵我吃。」

「如果你也對你們的國王這樣說話，那真的不會加薪。」

啊，加薪的話題是他們上星期聊到的，迪洛從桌角滑下來跨坐到萊亞的大腿上。他們聊過騎士長的薪水給多少算合理、為什麼王族侍衛都不會加薪，這種話題公主、妮莉和烈爾應該都會回以「想要錢我做給你」繼而導向「有一千個金幣可以幹什麼」吧，只有對著萊亞就能依循社會制度抱怨呢，迪洛偶爾會想：或許，五年以後依然有人會因為萊亞身邊那份充滿了現實的感覺被他吸引。

而看到他偷開通訊儀器感到不爽，連續拐兩個彎卻依然問不出「你是不是跟女王說話」的自己，或許十年以後依舊像這樣孬得無以復加。迪洛把細細的白色馬尾撩到翅膀後面，在擁抱裡吐出「戴耳機睡覺又不會怎麼樣」的話題。

「那個是有聲音的吧。」萊亞隨便迪洛亂摸一通，還很配合地用手指沿著迪洛的頸部劃向肩膀，「你喜歡被干擾睡眠？」

「不會干擾啊，我睡得很好，雖然可能是因為我昨天打聖劍傳說打到天亮。」

「那是什……算了，你不要解釋。」

「就是我上次說過的遊戲，如果符合一些條件可以在裡面看到陸行鳥，那是一種不會飛的鳥，公……烈爾他們說不會飛的鳥根本就是我，真是沒禮貌呢。」

「我記得你不喜歡被稱作鳥。」

萊亞的手掌滑過他的肩膀，依循羽毛流向撫摸翅膀內側的骨幹，迪洛覺得又麻又熱的血液隨之衝向全身，他撇撇嘴，掀起萊亞的上衣。

「欸，遊戲裡面有很多龍，你到底會不會變成龍啊？」

「你說全龍化？」萊亞或許是注意到迪洛依舊擺著不滿的臉色，溫馴地隨便這隻天使扯他衣服，「不會，現在很少龍會了吧？」

「是喔……」

迪洛還想再抱怨一次通訊儀器的事，卻在萊亞扣住他的下巴認真吻他時放棄了。唉，通訊儀器真討厭，迪洛最近光是看到萊亞拿它就不舒服，還常常妄想如果世界上流行的是另一種通訊儀器就好了。迪洛一邊咬萊亞的嘴唇一邊思索：如果有另外一種通訊儀器，完全找不到漾的資料，但是比現在的通訊儀器好用一千倍，全世界都在用，萊亞會不會因為大家捨棄了舊的通訊儀器，被迫換成那種通訊儀器呢？他還真有創意，這種想法連他自己都覺得太瘋狂了。

迪洛在綿長的親吻結束之後吸吸鼻子，拿起萊亞的杯子端詳，那裡面是紅酒。

「喂。」萊亞立刻把酒端走，「等你滿十八歲我可以請你喝，拜託別在我面前犯法。」

「哇，這感覺就像是警察局長找高中生上床再跟他說超過十二點不能待在網咖裡一樣呢。」迪洛又開始想笑了，說不定萊亞只要認真親他一次他就會醉。

「你說的話我只聽得懂兩個字。」萊亞索性把酒一口喝掉。

「讓我猜猜看，騎士長大人能聽懂的字一定是上床吧。」

最近，萊亞很常因為迪洛的廢話笑出來，這種笑容看起來就一點也不悲傷，會讓迪洛覺得自己並不是白費時間活在他身邊的。迪洛往前傾，主動把萊亞的手拉向自己的大腿，真希望自己有能力讓他多笑一點。

「好可惜喔，假如你肯陪我玩遊戲，你就能知道警察是什麼了……你一定會對他們的工作很有共鳴，你只大我八歲，可以不要搞得好像我們有代溝一樣嗎？」

「八歲的龍可以做很多事了。」萊亞解開迪洛的皮帶。

「對啦，八歲的我也挖過龍的屍體了……那你晚一點到底要不要看我玩遊戲？」

「不要。」

「還是你看我玩我可以解釋……」

「不要。」萊亞抽回手，把迪洛頭上翹翹的毛壓平，然後鏟起一匙迪洛打死不吃的豆子，「嘴巴張開。」

剛認識的時候，迪洛絕不認為萊亞適合這種行為，但實際上只要萊亞有意，好像湯匙上放什麼他都能成功餵人吃下去。迪洛稍微嘗試抵抗了幾秒。

「這看起來像蟲的蛋，我不喜歡……」

「你不喜歡我下次不會買了。」萊亞很順利地餵了一口豆子到他的嘴巴，「不要浪費食物。」

那你自己吃、或是用想像的弄掉嘛？迪洛想歸想終究沒有說出來，屈就於這條龍靠著個人魅力亂餵的情況下，他覺得自己有很大的機率還會變得喜歡青豆，這個念頭讓他覺得自己真是沒用。萊亞不在自己身邊的時候是不是也對其他人這麼溫柔？餵得這麼順手，到底對多少人好聲好氣過？

那個女王是不是會主動纏着萊亞做這種事呢？就書裡讀到的，那個女王似乎很軟弱，跟迪洛不太一樣，但其實迪洛並不知道，因為萊亞都不說，而他都沒有問，打從兩個多月前，他就完全不知道艾沙特人過得怎樣了。

迪洛想著這些事，翅膀無意識地往前伸展，飛羽一根根都像被磁鐵吸住般緊貼著萊亞的手臂——萊亞今天看起來也不打算在他面前提起女王，不肯說最近在女王身邊過得好不好，這讓迪洛又想起那行「萊亞會喜歡上其他人，但是永遠只愛著女王」的字，他討厭輸。

「我的存在能讓你不寂寞就好」，迪洛不想談那種窩囊的戀愛，他不要犧牲，也不想奉獻，他想要全部，所以，他希望能把萊亞拉向自己，希望萊亞有一天看著他會忽然覺得不甘心。

萊亞幹嘛非得一直過那種委屈的生活？

他應該不甘心，應該去抵抗，因為他是那麼好。

或許是因為這天找到了記憶中的雪松林，夜裡迪洛夢見自己蹲在高聳的雪松樹底下，靄靄白雪裡有個大坑，迪洛用白色的翅膀把自己蓋起來，望著不遠處受了傷的艾沙特士兵。

迪洛很怕冷，冰雪總是讓他想起這段難熬的時光，死亡的過程並不好看，但迪洛還是在夢裡一瞬不瞬地觀察著傷兵。

忽然有個男孩子闖進雪松林，他的腹部受了槍傷，就像是一眼就看穿迪洛躲在這裡似的，拖著蹣跚的腳步往他直直地走過來。

「跟著我離開。」男孩伸出沾滿血跡的手。

「你又不知道逃出這裡的方法。」夢裡的迪洛明明是個小孩子，卻用長大了的語氣講話。

「可是你不可以待在這裡。」

「為什麼不行？」迪洛抖抖翅膀，起身走向一瞬間就沒了氣息的士兵，他從被血水浸濕的雪裡挖出一大堆補給品，雖然不曉得為什麼能在其中找到耳機，迪洛還是憑著習慣戴上了，戴上以後，他忽然想起有個好地方。

「喂，我在森林裡面蓋了一棟房子，你要不要過來？」

男孩子沒有回答，只是用悲傷的表情望著死掉的士兵。

「到那裡就不會再下雪了，是我靠著撿東西蓋出來的房子喔，我很厲害吧？」

男孩子聞言一語不發地轉身離開，迪洛望著他走進雪松林。

「你這樣亂走會迷路……」

迪洛試圖追過去，雪松卻變成了一片半透明的麻布窗簾，陽光從外面透進來，迪洛發現自己坐在艾沙特酒館附設的那個房間，曖昧的空氣帶有冬天即將到來的涼意，他猛然想起這是第二次與萊亞在外面過夜的早晨。正在穿衣服的萊亞完全不尷尬，又叫了客房服務請他吃早餐，迪洛倒是非常尷尬，索性告訴萊亞：他覺得王宮有多少東西是參照地球文化製作出來的。

「所以，我覺得只要弄懂他們那邊一半的文化，大概就能明白我們這邊全部的事情了呢。」

「你平常都在想這種事？」萊亞把胸甲扣上。

「對啊，比方說我已經知道『卡式爐』是魔錐晶爐的概念、『小時』是星辰時的概念，如果我們真的是被寫出來的角色，應該全部都是從同一個腦袋誕生的吧？那個腦袋知道的世界是什麼樣子，或許我們就會是什麼樣子？所以我最近正在研究作者對騎士軍的概念，我覺得那能夠從妮莉給的遊戲裡面歸納出來，我們的作者很喜歡遊戲，我猜那大概會影響……」

「你如果不是覺得有趣或者想打發時間就別再碰那些東西了，這種說法好像我們比較低等一樣，我不喜歡。」

那個時候，萊亞蹲下來，替迪洛撥開蓋到他眼睛的白色髮絲。

「不要太看不起你自己了。」

迪洛醒來，夢裡和夢的外面依舊見到了同一隻龍，在時間好像被永遠凝固住的早晨，萊亞坐在窗邊望著艾沙特冬天小鎮的景色。迪洛拿起隨身聽，解開纏了好幾圈的線，將單邊的耳機戴上，坐到萊亞旁邊的窗檯。

「幹什麼？」

萊亞在迪洛替他戴上另一邊耳機時皺起眉頭，迪洛笑道：「很好聽啊」，那時候聽了還一知半解的音樂，彷彿將他們與世界之間隔出了魔法般的空隙。

「我好想跟你一起寫東西喔。」

在一首歌曲結束之前，迪洛沒頭沒腦地說。

每次迪洛回到炙萊沙的時候總是會有受到陽光直射的感覺，尤其是感覺到琳公主從背後撲向自己的衝擊力道。

「迪洛你回來啦，我要告訴你一件很帥的事情喔！」

「公主早安。」迪洛扣住琳的手腕，將她的手掌從白色的羽毛上面移開，「雖然還不知道妳要給我看什麼遊戲，但是請不要摸我的翅膀。」

「咦，為什麼今天不能摸？」

「不是今天不能摸……唉，屬下就直說了，其實我並不喜歡別人隨便碰我的翅膀呢。」

「咦，你不喜歡？可是以前都……」

「以前是以前。」迪洛放開琳公主的手。

「我還拔過你的毛耶，那你是不是很討厭！」琳大叫。

「真是一下子就跳到世界上沒有天使會不討厭的步驟呢，我說了以前是以前，以後不要亂摸就好，謝謝公主的配合。」

「喔……」琳茫然地望著迪洛，忽然又露出靈機一動的表情，「我都不知道迪洛不喜歡被摸翅膀，你都不講！那我去跟亞絲說，叫他不要摸你的翅膀，你放心，你不喜歡的話我以後絕對不會再讓別人碰你的！」

烈爾本來就不會摸他的翅膀，一大早又在說什麼鬼話——迪洛還沒來得及阻止，琳就活力充沛地跑走了。在炙策沙神殿式的宮廷中，陽光從一道道天井投射下來，走廊兩側翠綠的熱帶植物迎光舒展著枝葉，所有事物在琳身邊總是會顯得特別朝氣蓬勃，迪洛在光線裡不禁莞爾。

真是隻可愛的龍，喜歡她還是很有道理的，還好，自己似乎不必只喜歡著她度過寂寞的一輩子。迪洛在手上做出《巫月》並持續往後面翻，最近想著「萊亞的未來」能看到的劇情統統不一樣，一直改來改去，不過，結局幾乎都會導向萊亞因為槍傷慘死在女王面前——嘖，讓萊亞用劍然後死在槍口下是怎樣？這麼瞧不起冷兵器？死也要死在愛人懷裡，未免太貫徹犧牲奉獻的精神了吧？就地球的說法，就是太狗血了。

迪洛懷著嘲諷的心情持續翻書，這樣他才不會因為讀到「萊亞用沾滿血跡的手抹去女王的淚水」而感到不高興，好吧，其實他已經在不高興了，他只是想確認結局有沒有變，憑什麼這種刺眼的東西就能一直存在於書本上啊？

「不對啦迪洛我要給你看一個東西！」琳忽然又跑回來了，「咦你在看什麼，攻略嗎？」

「對。」迪洛闔上《巫月》，「公主要給我看什麼？妳終於打死巴魯霸多斯了嗎？」

「不對啦，不是遊戲，你趕快過來，亞絲也在那邊喔！」

公主真的很沒神經，加上後面那句附註，以前的自己聽了可是會心碎的。迪洛懶洋洋地想：而且就這麼拖著他的手往前走，公主都沒發現烈爾有時候看到這種畫面會露出很微妙的表情嗎……算了，既然自己吃醋那麼久，讓烈爾偶爾吃醋幾分鐘也很合理吧？迪洛決定不掙開公主，乖乖被牽著手走過去。

在明亮的宮庭後苑，鋪滿石頭的空地栽植著一大圈熱帶花卉，烈爾和妮莉似乎正在花朵前面討論什麼，琳衝到石地中央，沒好好解釋就對迪洛喊著「你看！」——下個瞬間，她的雙手竄生出黑紅色的鱗片與長爪子，身形拉長，居然幻化成了一隻半層樓高的龍！紅黑色的龍展翅飛向天空，再用公主橫衝直撞的氣勢撲回地面，碰一聲，在飛砂走石噴落的壯闊場面中，那頭龍又幻化回公主的形貌，雙頰酡紅地衝過來抓住迪洛的肩膀搖晃。

「很帥吧？我很帥吧！迪洛，我可以變成龍了，我可以全龍化了耶！好像是剛才寫出來的，我能飛了耶！」

配合公主興奮的聲音，妮莉在一旁哇啊哇啊地製造效果音，迪洛望著琳興奮的臉色，沉默片刻，吐出了此時最真切的感想。

「衣服非常不合理地完全沒有破掉呢，真是太好了。」

「對吧，我太帥了！」

琳大概沒聽清楚他在說什麼，握著拳歡呼，但烈爾聽見了，用難以置信的表情轉過來。

「你說什麼？」

「我沒說錯吧，衣服沒有破掉啊，但不保證以後不會被改成全部破掉呢，公主這樣做的時候請你記得準備好衣服在旁邊等，或是你們兩個獨處的時候再這樣玩吧？」

「迪洛，我從小就好想變成龍，但是我一直只能把鱗片翻起來──」

「還有其實戴著項鍊全龍化，常理上會被割傷。」迪洛忽視公主，繼續交代烈爾，「我知道你有送項鍊給公主，以後她要全龍化請你先替她拿下來。」

「能飛好爽喔我真的有翅膀了耶，炙箂沙從天空看好美喔迪洛，風超級大的！」

「公主妳先安靜。」迪洛試著阻止琳，可惜效果有限。

「迪洛你要不要也開始學飛，然後跟我一起飛？你最近的羽毛好像變多了──對了亞絲，你不可以摸迪洛的翅膀喔。」

「我？」

烈爾似乎正想回應迪洛的話題，又被琳引開了注意，最後被琳拖到陽光普照的地方吱吱喳喳說話，迪洛順勢退到旁邊，這才遲來地湧上一股欣慰。琳公主的確一直想要那個稱作「全龍化」的能力，她從小就希望自己能變成完整的龍，艾沙特、炙策沙的龍族多半只有年幼的時候能化為完整的龍型，長大後再怎麼努力也僅能翻出鱗片、催生出蠻力或爪子，「在成年後依然能全龍化的龍」的確很符合主角的調調，非常適合琳公主。

雖然劇情上應該又是要用來跟什麼壞蛋纏鬥，但是公主一定能贏吧，她是個英雄，肯定會擊敗世界上所有的惡意。迪洛望著烈爾替琳解開項鍊、琳又化作龍形飛上高空的景色，忽然注意到來自身旁的視線，妮莉一看到迪洛回頭立刻別開臉。

「所以迪洛……要學飛嗎？」

「嗯？」

迪洛意識到最近都沒怎麼跟妮莉說話，明明妮莉一開始都會找他說很多話的，或許是因為目睹他對公主兇了太多次，後來就不怎麼想跟他交談了吧？迪洛真心希望妮莉並沒有覺得自己難相處……妮莉的視線追著琳的尾巴一路往天空上飄。

「迪洛以前說過你是因為琳姐姐不能飛，所以你才不學飛的，琳姐姐現在會飛，那迪洛也要學飛了嗎？」

「喔。」迪洛很訝異妮莉還記得這件事，不禁露出微笑，「不，我不會去學，畢竟我現在喜歡的龍也不會飛。」

「迪洛現在……喜歡的龍？」

迪洛想了想，萊亞的事情跟公主說很低能，跟烈爾講更是尷尬得不曉得自己在幹什麼，但妮莉似乎就還好，畢竟他跟妮莉也是去年才剛認識的，對迪洛來說，這種熟悉度反而容易談心事，何況妮莉好像早就認識萊亞了。據萊亞說，他跟妮莉在一些國家事務的場合往來過，最初妮莉也邀請過自己去艾沙特逛逛，後來迪洛去找萊亞的時候，那疊鬼畫符的「移動符咒」還是妮莉特別畫給迪洛的呢，妮莉當時好像就隨口形容過「萊亞是原本就很受歡迎的龍唷」。

「妳記得萊亞嗎？艾沙特的騎士長。」

「萊亞怎麼了？」妮莉睜大形狀圓潤的冰藍色眼睛。

「我現在在追他。呃，我記得妳跟他以前就認識，妳知不知道他以前是……」

「為什麼會——」妮莉的腳下突然竄出了一步寬的冰片，讓迪洛商量的開頭瞬間打住了，妮莉露出一副僵硬的臉色，又猛地堆起燦爛的笑容，「我想要去找月夏。」

「咦？」

直覺告訴迪洛他肯定說錯了什麼，啥？難道妮莉是會覺得同性戀很噁心的那種人嗎？看起來完全不像啊，之前也是她主動開男孩子談戀愛的玩笑——等等，還是說萊亞其實碰過妮莉？妮莉才十四歲耶！嘖——但是只要認識萊亞好像就有可能，那個衣冠禽獸。迪洛拿起通訊儀器想質問沒節操的龍，妮莉卻已經拂袖離去，迪洛在通訊被接起來之後拐進王宮的迴廊逼問萊亞在幹嘛、旁邊有誰，最後決定還是等一下去揪著他問清楚。

掛掉通訊，迪洛忽然間倒是不曉得自己在幹嘛了，最近跟萊亞接觸時他越來越難掌控自己的情緒，迪洛每天都想著：真不想談委屈的戀愛，在萊亞口中的迪洛也是很聰明、很強勢的，萊亞之前還承認迪洛是他遇過反應最快、最會逗他笑的對象，所以，他到底是不是有一點點特別？

應該不是錯覺吧，迪洛覺得萊亞在他身邊的時候看上去很放鬆，睡得都比較好，望著他笑的時候也越來越多，可是如果他這麼好，萊亞為什麼遲遲不談他們的關係？因為只要談了，迪洛最多也只會是第二順位嗎？如果他受不了這樣子而當場生氣，萊亞也不會想留住他嗎？

如果夠聰明，那就不要問，保持沉默就能維持這種關係，可是只要相處的時候都能被他寵，這樣就算是不委屈了嗎？

迪洛沒有成功問到妮莉的意見，最後還是只能在午後前往艾沙特，這次他太早到了，萊亞還在帶巡邏，一星期一次的大巡邏有很多士兵會跟著他，迪洛索性就在騎士營門口等，等著等著，他忽然看到了那個昳。

上個月，迪洛來找萊亞的時候其實就見過昳了，當時昳獨自站在一片花海中想事情，他意外地記得迪洛是「把他們帶去科爾諾瓦的白色天使」，不只主動叫住迪洛，還追上來問他是不是萊亞的朋友，當迪洛用「我只是替琳公主定期來訪貴國」呼嚨過去的時候，昳看起來挺相信的，只是，迪洛可沒想過今天又會在王宮碰到他。

現在獨自爬上禮拜堂屋頂的昳看起來徹頭徹尾就是個怪人，昳爬到最頂端時背後突然出現一坨黑色的東西，那玩意展開來拍了拍，迪洛慢了一步才意識到那是天使族的翅膀。然後他記起昳是黑天使，但他是混血，翅膀應該也早就被割掉了……在陽光之下，那對豐盈的羽翼黑得發亮，隨著振翅的撲騰風聲，昳像剛開始學飛的雛鳥那樣從屋頂跳下來，頗不熟練地滑翔到地面，收翅時還差點甩到一旁的衛兵。迪洛看他笑著對衛兵說「抱歉」，總覺得這個混血天使好像也跟書裡的描述不太一樣。

「嗯？你是迪洛吧？」

昳在攏起翅膀時看到了站在騎士營門口的迪洛，滿臉意外，迪洛立刻擺出客套的態度。

「午安，我來替炙策沙的琳公主送上冬季的問候，雖然有點冒昧，但您的翅膀看起來很漂亮呢！」

如果昳原本還想對迪洛出現在這裡的目的追問幾句，聽見後面那句話時鐵定都忘掉了，他露出一副不曉得該不該把翅膀藏起來的表情，又瞄了迪洛的白色羽毛幾眼，這才輕輕展開黑色的翅膀。

「哈！從來沒有飛過，二十幾歲才學飛果然太晚了吧？」

「沒這回事，我覺得您飛得相當不錯。」

「真會說話。」昳笑的時候露出了水龍族銳利的上排牙齒，「珖說只要是角色就不會對人長翅膀感到意外，你看到我這樣也沒覺得哪裡奇怪嗎？」

「老實說我很訝異翅膀能夠長出來，不過即使能長出來，想一想好像的確也不奇怪呢。」

「喔，那你會飛嗎？」昳再度打量迪洛的翅膀，這次的表情比較友善，「會的話你教我飛？」

之後迪洛說明了自己是不會飛翔的天使，與昳站在騎士營大門口開始聊掛著翅膀生活有多不方便，又聊到昳是怎麼靠想像力把翅膀做出來的，再聊到天使族老家的傳說，甚至是炙策沙與艾沙特的宮廷八卦，就在迪洛做出一副黑色耳機與隨身聽送給昳的時候，萊亞牽領著分隊的人從王宮中心回來了，他一看到映和迪洛站在騎士營門口，表情頓時像是被拽進了什麼修羅場。

「萊亞！」映顯然非常高興能看到萊亞，把耳機收進口袋，推著迪洛迎上去，「他是迪洛，你記得嗎？炙策沙的侍衛。他說他是奉他們公主的命令來拜訪的！」

萊亞的視線在迪洛身上停了幾秒，似乎不知道該怎麼跟情敵解釋這隻天使出現在這邊的實際理由，最後先別開臉指揮小隊的人疏散休息，迪洛倒是沒有那麼困擾，把手按在胸前很有規矩地鞠躬。

「萊亞大人好久不見，屬下來替琳公主送上冬季的問候，不曉得貴國最近是否一切安好？艾沙特是我們炙策沙最重要的邦交國，如果有任何需要幫助的地方，請讓屬下轉告給琳公主。」

「上次你好像也這樣說。對了，你該不會是要找漾吧？她沒在王宮你是不是一直跑來都見不到她？」映聞言擅自推定，迪洛愣了愣。

「呃，屬下不清楚是否可以見到女王陛下……」

「不可以。」萊亞開口，「映，不要騷擾別人，如果沒有要認真上班你先回去。」

「祭禮部在午休耶。」映反駁。

「過多久了你還在午休？」

「那我回去辦公桌那邊，繼續指著一堆星星的圖說『嗯，從這個星象看起來艾沙特會滅亡』有比較好嗎？祭禮部又沒有騎士軍那麼多事情可以做，你到底要下班了沒？走啦我們去吃飯。」

他還有兩個星辰時才下班，只是他這時候都會回來休息，而我正在等他，也已經幫他買吃的放在休息室了——迪洛什麼都沒有說，保持著禮貌的微笑待在一旁，萊亞持續迴避著他的視線，似乎想先支開昳。

「我沒時間，今天你們自己吃，你不想上班還是先回去，騎士軍今天會很忙。」

「是喔？不然我帶他回家找漾啊。」昳似乎挺中意迪洛的，指著迪洛的臉說：「他替他們國家的公主過來，那我帶他回家找漾聊天吧，漾最近都沒跟其他人講話，她會悶壞的。」

「我說了你不要騷擾別人。」

「可是，他說他們的公主是主角，有什麼事可以跟他們說，要不要順便問他們漾眼睛的事情啊？我覺得漾的臉看起來比昨天還要圓，你覺得有沒有——」

萊亞瞪了昳一眼，昳立刻閉嘴，他望著萊亞走進騎士營卸掉裝備，小聲地對迪洛說

「對不起啦跟他講這個他每次都心情不好，晚點再跟你解釋，我覺得我們說不定需要幫忙……」，迪洛很想認真聽，可是他覺得自己還能維持屬於侍衛的儀態已經太了不起了！為什麼提到讓他跟女王見面馬上用那種語氣回答「不可以」？雖然迪洛實際上也一點都不想見到漾，但是，居然說他是「別人」，還連續說了兩次，支開昳又是想幹嘛，覺得哄一哄他就會像昳一樣閉嘴嗎？幹。

「他看起來很兇吧？你不要被他嚇到，我記得之前你來找我們的時候他也兇過你？」昳用一種彷彿在維護自家人的方式替萊亞說明，看在迪洛眼裡，那就像是宣稱萊亞會永遠屬於艾沙特的態度，「可是他每次看到我從屋頂跳下來的時候都有救我，人超好的。」

「屋頂……？」迪洛盡量追上話題。

「對啊，我之前在我們家試著想一想，翅膀就長出來了，我想說該不會我能飛吧，爬到附近的屋頂跳下來，剛好被他看到，他還以為我要自殺，有夠尷尬。可是他都會幫我摔斷的手用治癒術，我問他長翅膀會不會很奇怪，他也說本來是我的東西就隨便我，萊亞他真的很帥吧？」

有這種事？原來萊亞可以接受角色用想像力長出翅膀。迪洛想著：他都不知道。

「上次跟你說的那些花，我每天傍晚都會許願讓它們活下去嘛，有一天我太晚回家，他就站在那邊看我的花，我問他在幹嘛，他說他雖然不信這個，還是順便幫我想一下。萊亞真的超帥的對吧？我那天就叫他把手伸出來對他叩角了，唉，猶豫那麼久，叩角之後覺得都好了，至少偶爾回來上班也不怎麼想詛咒艾沙特的龍。」

是因為這樣而叩角的啊？迪洛只從萊亞那邊聽過隻字片語，有這種過程都不知道呢。迪洛對著昳笑了笑。

「你們的相處方式真的很像角色呢。」

「是嗎？」昳似乎是第一次被這樣形容。

「嗯，據說在故事裡面如果是互相討厭的關係，那就是有緣份，比起毫不相關的角色更有可能互相牽扯一輩子，原本沒有緣分的角色是很難贏過這種關係的。」

「還有這種事——」

昳正想再說點什麼，忽然被人從後面揪住衣領，萊亞已經卸下巡邏裝備從騎士營裡走出來了，擺明很受不了他的樣子。

「你該回去了，少纏著別人說不重要的事。」

這是被稱作「別人」的第三次。

「就說我帶他回家繼續聊啦，你也不要太晚回家。」

「你不要帶他回去……」萊亞似乎已經不知道能用什麼藉口阻止昳了，「琳公主的慰問我會親自轉述給陛下，你不要插手。」

「喔——你想用這個當話題找漾說話？那我叫漾等你回家再睡喔。」昳伶牙俐齒地調侃，按著肩膀讓黑色的羽翼消失，「那我去城裡混一下，你如果比較早下班再打給我，然後先借我錢。」

迪洛很有耐心地在旁邊等萊亞和昳「為什麼又不帶錢」、「我忘了啊而你且你一直說用想的做錢不道德害我不敢想」、「別怪在我身上」、「叩角就是會聽你的話啦白癡喔」，等他們拉拉雜雜的互動完畢，昳又對迪洛說了一堆話，但迪洛完全沒印象自己回了什麼，只是從昳道別時的自然臉色看來，他八成很完美地扮演異國侍衛了吧。

昳消失在視野裡以後，迪洛沉默了半分鐘才走進騎士營，抓起第一個看見的頭盔往萊亞的臉上扔。

「喂。」萊亞似乎原本以為迪洛會砍他，擋住頭盔時居然有種鬆了口氣的感覺，「你怎麼會找他說話……」

「嚇到了吧，是不是都不想讓我見人啊？你當我是什麼，可以一直養在外面的小白臉嗎？」

迪洛很訝異自己的語氣聽起來竟然如此平靜，雖然他的手好像在拆鎖住巡邏武器的鏈條。

「我不是那個意思，我覺得昳對其他人或許有危險……」

「他那麼危險你還借他錢啊？你明明就跟他很親嘛，每次見到我都一副好像住處沒有半點溫暖的樣子，我看其實也很溫暖啊，喜歡的人、跟喜歡的人更喜歡的人全部都在等你回去耶，貴國這種好像每天都能舉辦雜交派對的氣氛真是讓我不敢恭維。」

「你不要亂說話。」萊亞的聲音冷了一點。

「我亂說什麼了？事實上那個女王就是想一次享用你們兩條龍不是嗎？你跟那個昳還交上朋友玩在一起，這種劇情轉折簡直像是在寫小說一樣呢，不愧都是被創造出來的角色，作者看到應該超滿意的吧！」

「你不清楚的事情就不要——」

「我不清楚什麼了？你他媽才什麼都不清楚，剛剛幹嘛裝作跟我不熟的樣子？」

萊亞似乎沒預料到迪洛會先指責這個，皺起眉頭。

「是你先宣稱你在替你們的公主傳話。」

「那你解釋啊。」

明明是自己先找藉口搪塞的，萊亞面對那種情況，順勢演下去也沒有錯，迪洛理智上都知道，卻無法忍住自己的情緒。

「你不說我是你的誰，難道希望我自己講啊？可是我都不知道我能對別人宣稱我是你的什麼東西呢！萬一不小心讓女王聽到了，破壞你們的感情要怎麼辦？」好了，不要發脾氣，為什麼總是這麼幼稚，「唉，還是說其實我根本不可能破壞你跟女王陛下的感情？畢竟萊亞大人早在遇到我之前就花名在外了，我看你的女王從來都沒有在意過吧。」

跟萊亞在一起，他就會變成自己討厭的人。

討厭陌生的女王不用像自己成天吃醋，討厭艾沙特的龍都知道自己沒看過的萊亞，討厭他們掛在嘴上的「回家」以及彷彿無從介入的一體感，發生在別人身上能讓迪洛一笑置之的小事，放在萊亞身上，隨便就會讓迪洛氣得抓狂。萊亞從來不曾對自己這樣亂生氣，仔細想想，那到底是因為萊亞很成熟、還是他完全不在乎？就連思考這件事怎麼都這麼痛苦？萊亞絕對會因為跟女王有關的事情發飆吧？而那種生氣的樣子迪洛就是沒見過，所以甚至連萊亞現在只是一副很累的表情，也讓迪洛想要破口大罵。

「嗯。」萊亞在短短的沉默以後回應，「你說的沒有錯。」

哪裡沒有錯？別再哄他了，花名在外的部分、女王不在意的部分、還是他們的感情永遠不會被自己破壞的部分？迪洛的腦袋掠過這些問題，又覺得不該再看著這些巡邏裝備要白癡了，他應該現在就回去炙策沙，冷靜以後找萊亞道歉，然後就能假裝他沒有在每一次的互動裡面受傷，輕鬆地調侃自己愛生氣，他一定能適應這種讓他越來越不安的關係，一天天地耍小聰明，盤算著要怎樣每天再多贏一點點。只是啊，萊亞為什麼能像這樣活到今天呢？這麼亂七八糟的，都沒被找麻煩也太厲害了吧，迪洛在這種時候又突兀地想起地球人有什麼潑毒藥在情人臉上的爛新聞，他抓住騎士劍，整隻手都在抖。

「在書裡面，」他說：「我永遠都不可能覺得你比公主更重要，你也永遠都不可能覺得我比你的女王更重要，你說這句話，對不對？」

萊亞沒有回答。

迪洛抽出艾沙特的劍，指著萊亞的喉嚨。

「我好想跟你一起寫東西喔。」

迪洛坐在那個冬天小鎮的窗檯上沒頭沒腦地說，剛被他戴上一邊耳機的萊亞滿臉困惑。

「什麼？」

「雖然你討厭書，可是你看，發生過的事被寫在書裡面，好像之後就不會變了。」

「……這有什麼好。」

在找到那片雪松林的冬天小鎮，萊亞曾這樣間接承認他已經理解小說的事情，其實之前偶爾也會有這種情況，大概是因為即使抗拒一百次，迪洛還是會在耳邊說個不停，所以萊亞偶爾就放棄裝不懂了。

「我覺得很好啊，無論以後怎麼了，被記下來的好事都能一直保留著，應該也是因為這樣地球人才要發明相機吧？」

萊亞沒有問相機是什麼，因為他知道，其實他都有把迪洛的「廢話」一句一句聽進去。迪洛忍住「而且，聽說喜歡彼此的角色會去找作者說喔，刻意被寫下來，然後關係之後就不太會變」的情報，他沒有提這個，是因為他知道萊亞會斥之「無聊」，而且如果「被寫下來」真的就會成就角色之間的永遠，那萊亞想要銜接在上下行的名字，八成不是自己。

迪洛想著想著就笑了，他從來沒有跟炙策沙的同伴說過以下這些事，總覺得自己往後也不會找人說，但是耳機都戴著，萊亞還在他的世界裡。

「之前我在你們艾沙特到處跑的時候，我有一次跟你說，我去看了瀑布吧？」
「嗯。」萊亞似乎覺得耳機裡的聲音很干擾交談。
「一想到那麼大的東西或許也是被做出來的就覺得不得了，但是看了一陣子，我又覺得那個瀑布如果沒有被人看見，說不定會在哪一天消失不見呢。你知道作者他們那邊有個理論是：『只有被觀測到的東西是存在著的』嗎？我聽到這件事以後，偶爾會覺得身為一本書裡面的角色，或許只有被寫、被人看到才可以繼續留著……噓，你別那個表情，我知道你一定會說沒這種事，可是我沒有你那麼勇敢，相信的事情本來也跟你不太一樣嘛。」迪洛望著萊亞，「我只是想說，如果哪天能跟你一起變成同一本書、又有人在看，我會很高興。」
「我不在乎。」萊亞果然無法認同，「而且我不擅長寫文件。」
「如果是文件我也不會寫啊，誰跟你說文件？」迪洛聳肩。
「你很會說話，我以為你擅長寫文件。」
「謝謝，你才會說話呢！假如有幸寫出你的事，我一定要花一萬個字親口敘述你怎麼花言巧語地把其他國家的未成年侍衛拐上床，反正妮莉說作者那邊的人都喜歡看男孩子談戀愛。」

「妮莉……？」

萊亞似乎不明白為什麼會在這種時候跑出冰之女的名字，但迪洛的注意力已經跳走了。

「你不覺得『未成年侍衛』這個概念很奇怪嗎？」

「你真的很愛說話。」萊亞勾起有點無奈、有點寵溺、在那一瞬間大概真的只屬於迪洛的笑容，「叫做玄鳳的鸚鵡本來就這麼吵嗎？」

「再說一次試試看？」迪洛笑著踩了萊亞的膝蓋。

萊亞好像真的都沒有被找去寫過東西，那時候的迪洛不知道怎麼會那樣，不過作者在那陣子也很少找迪洛，《巫月》在沒有問他們意見的情況下就靜靜地一直寫，迪洛猜想：或許是跟公主和烈爾長期的抗議有關？假如作者找了萊亞，他肯定也不想寫什麼小說吧，或許就是因為抗拒了，萊亞才會說他「從來沒有寫過書」呢。

「如果你覺得寫東西這麼沒意義，那麼哪天你主動出現在寫東西的環境裡面，一定不是因為作者、也不是為了其他人，是為了我吧？」

「又在說什麼？」萊亞終於把耳機拿下來。

「如果你覺得我值得讓你做一點事情。」迪洛繼續忍耐，雖然他的語氣還在笑，「哪天在可以一起變成書的時候過來見我吧，這是我的願望。」

聽起來好像挺浪漫的。

雖然迪洛也知道，他大概沒辦法忍受萊亞，裝作他都沒有受傷，好好過完這年的冬天。

冬天的陸行鳥

冬天的陸行鳥·完

在線人數 335

後記

我已經在這裡等了五個星辰時了妳才從他們家走出來。

公主和烈爾的家真好啊，有庭院還養了露鳥，那株鐵線蕨應該是從炙箂沙帶過來的吧，屋頂上次是這個材質嗎？我靠著想這些無關緊要的事來撐過妳揉著眼睛看向我的瞬間，妳面露錯愕又慌慌張張地低下頭，沒自信的本性在幾個動作之間就展露無疑。

如果妳是會瞪我一眼再甩頭離去的角色，我們應該會簡單不只一百倍。

趁現在我想先來說說這十年有關所有角色屬性的統計結果。

水屬性角色的個性已經很扭曲了，妳們冰屬性更是變態中的翹楚，每個都刁鑽得要死，然後，我本來就怕冷。我繼續想這種又爛又像在劃分物種的僵硬統計等妳走到我面前，這大概花掉了我們之間一點都不珍貴的八分鐘，我繼續等等看妳會不會說點什麼，而妳當然沒有。

妳只是像是妳做錯了事情一樣，縮著肩膀繃著臉，視線往下垂，可憐的樣子讓我覺得烈爾找我吵架（我們在寫這個的時候都還沒和好呢）說不定也有道理了，雖然他會罵我，有一半以上我很肯定是因為他不喜歡我在內文一直陳述我有多喜歡公主，你們三個都有夠混帳的。

我不想先說話，因為我覺得我好像有一點錯，但是我又好像沒有錯，而且我無論說什麼，根本都無法幫我們指出比較好的方向。只是妳太安靜了，最後還是得由我拿起我一點都不想掌控的責任。

「要回去嗎？」

我不是說「回去吧」而是用問的，這種時候多少跟我一起想想妳打算怎樣，好嗎？

話說——我轉身領著妳用步行的方式走在我們都非常熟悉的白色街道上——話說，烈爾罵我「忽然寫出這種事也不考慮妳的心情」是有道理的嗎？每個人都把想講的事情說出來就是這本書的宗旨吧？雖然他跟公主都說我知道妳會在意，我是知道，但真要說，妳自己不也一樣？我就沒看到公主罵妳。受到主角身份眷顧的天選情侶真是把我們之間想得太好了呢！我跟妳又不是快快樂樂地手牽手住在一起，能夠像腦子快要壞掉那樣卿卿我我，雖然我已經花了好幾年待在妳的旁邊，但說不定在這個世界上，我離妳最遠。

在上一本書，妳寫了「他絕對不會說，以後就交給我」那樣的句子，我倒想問，為什麼不是由妳負責對我說「以後就交給我」？

反正再過五年妳也不認為自己是真心喜歡我。

再過十年，妳也只會覺得我是被妳害慘了才被迫跟妳綁在一起，這樣怎麼不會只有一個顏色？我們的未來的確什麼光彩的事情都沒有啊。

妮莉，我喜歡比妳更主動的人，喜歡會用信念把我撂倒的人，我一直都喜歡氣勢比我強的人，喜歡有自信而且還會教導我事情的人，雖然在寫這本書以前炙策沙真的只有妳知道，不過，對，我喜歡萊亞，就像我喜歡過公主，往後再出現有他們那種氣質的角色，我大概也會被他們吸引。比起帶著人往前走，我本來就比較喜歡有人替我指出方向，我可是侍衛，這是有設定的，關於設定呢，我都可以跟妳列出一百種根據了。

為什麼我必須在這種時候牽著又開始哭的妳走在街上呢？妳的身邊還是好冷，妳一沮喪無論發生什麼事都搞得像是妳的錯。

「妳的願望沒有改變我」、「不是妳的願望讓我決定離開他之後花這麼多年待在妳旁邊」，這些事我都無法肯定，我又還沒有研究完畢，沒找到足夠的證據能拿到妳面前說「妳許的願對誰都沒有用」，不如說，研究了這麼久的角色行為，「我的確是因為妳的願望來到妳身邊的」，還比較有可能是事實。

妮莉，我知道妳一直很顧慮我，妳又膽小又自卑又沒有自信，無論見到什麼人都覺得自己比他們還要差，妳不相信有人會欣賞真的妳，更不能覺得妳能贏過我所賞識的他們，而我也沒有要勉強。

可是我希望，妳可以真的覺得是自己這麼想的，跟我說一次妳真的喜歡我。

我跟妳一樣，都懷疑角色會有自我這種東西。

所有東西都是被控制住的，妳向作者許願，那些願望就會視心情完成，如果我是妳的願望，說一說妳為什麼會想要我。

在那裡面，到底有沒有一點不是我就不行的念頭？

科爾諾瓦

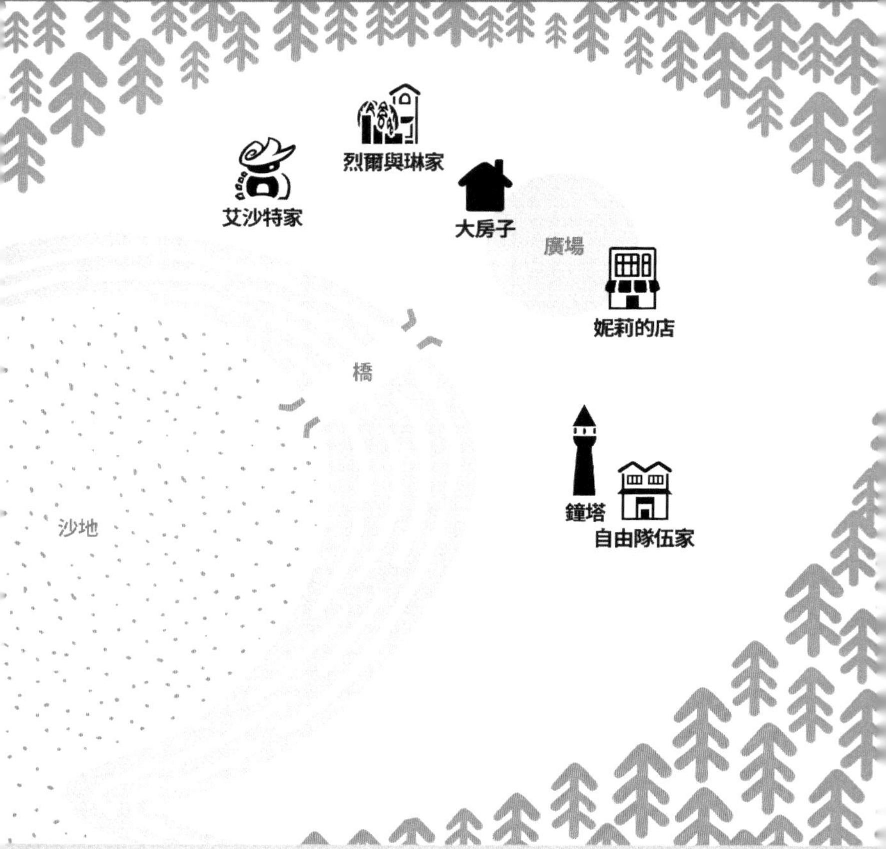

以擺放書籍的木造大房子為中心，彎月形的白色小鎮，據說是為了讓角色輕鬆生活而打造出來的，建築物來自各式各樣小說的世界，風格迥異，但多數建築都以白色為主色。

城鎮傍著坡度和緩的翠綠山坡，另一側則有一條河面寬闊、深度很淺的河流。除了比較特殊的節慶，天氣永遠都是蔚藍如夏的晴天，天上飄浮著許多積雨雲，體感溫度卻帶著一絲涼意。

鎮上的道路都是彎曲的石板路，太久沒有角色進入和居住的建築物似乎會悄悄變化外型或位置，讓人很容易迷路。

是一個出現什麼都不值得驚訝的地方。

歡迎光臨科爾諾瓦

番外篇

巫月

黃昏的獅子花 已讀211

巫月

冬天的陸行鳥 已讀271

迪洛

後記 已讀336

附錄

黎明 已讀341

迪洛捧著暖洋洋的蘋果酒站在街道中央。

艾沙特的冬天被薄如糖霜的白雪覆蓋著，斜屋頂的房屋排成一列，朝天空伸出筆直的黑色煙囪，成群的水龍族穿梭在陰天的微光中，雪花不斷飄落。

迪洛回頭看到萊亞時才想起自己在幹嘛，他望著高高掛起的木製招牌，繼續由上往下對蘋果酒的不同口味做出感想，而萊亞靜靜地聽他說話。

「萊亞大人。」一名年輕的水龍族女性擠過人群，「請問您今天有空嗎？我有一件非常重要的事情，一直都想要當面告訴您……」

迪洛回頭瞪著礙事的花癡母龍，還在思考可不可以拿店家的杯子塞進她嘴巴，萊亞突然托起迪洛的下巴，給了他一個吻。

在迪洛差點弄掉杯子的錯愕中，萊亞拍拍迪洛頭頂翹起來的白色毛髮，拉著他從當場呆住的水龍女性面前離開，迪洛走了幾步以後才猶如想通什麼般噗哧一笑。

「你還真的親？」

「不是你叫我親的嗎？」萊亞的神色與平常無異，「你笑什麼？」

「沒有啊。」

迪洛笑個不停，半晌後，萊亞像是被感染似的對他露出淺淺的微笑。

「你看起來很高興。」

「是啊，萊亞大人。」迪洛抓住萊亞披風的上半部分，要他轉過來面對自己，「屬下也有非常重要的事情，一直都想當面告訴您喔，我……」

聲音完全被雪吞沒了。迪洛從今天的床上坐起來。

只有兩步寬的房間是圓形的，房裡沒有窗，就好像蛋殼的內部構造一樣，狹窄的空間裡只有一張白色的床鋪，朦朧的微光全都來自壁面神奇的深藍色塗料，那是像黎明即將到來那樣，昏暗而微弱的光。迪洛從床頭撿起手機，確定現在並不是可以用通訊儀器隨意聯絡萊亞的那一年，翻身下床。

推門出去，外面都是雲。

數不清的雲朵軟墊堆滿了遊戲室似的六角形房間，這個房間漆滿夢幻的糖果色調，妮莉坐在架高的小床上，靜靜操作嶄新的煉金術模擬遊戲。她聽到迪洛出來似乎想要說「早安」，但僅是讓視線飄到迪洛的方向又馬上轉回去了，迪洛在心裡數了數，發現已經月底了，那麼妮莉這個月成功對他說出「早安」的次數，比起過去十個月的平均值少了二點五次，他一邊計算這種不重要的事情一邊去外面泡咖啡。

八分鐘以後，迪洛從吧檯端著兩杯咖啡回到鋪滿雲朵的六角形房間，他將又濃又苦的黑咖啡擺在妮莉手邊，靠著自己豐盈的羽翼，開始啜飲加了一大堆牛奶的淡咖啡，無論過多久，妮莉永遠都是這麼不知所措的樣子，迪洛靜靜看著她糾結「要不要跟迪洛道謝」、「可是道謝感覺好疏遠」，每一天，都像這樣。

偶爾妮莉會說出「謝謝」再閃過猶如說錯話的表情，若是自己嘗試回以「不會」，妮莉更是會露出自責似的難堪臉色。

沒關係喔。

某些夢到他的早晨，我偶爾會覺得就這樣不往前進也無所謂。

反正我的時間，早就停下來了。

「下次休假去這裡。」以往迪洛這麼笑著糾纏萊亞他都會答應。

若是有規劃好的行程萊亞總是會配合，如果抱怨「都是我在想」他也會幫忙尋找不錯的餐館，所以傳聞中因為火龍之神湧生的溫泉、座無虛席的音樂劇、許多人吞雲吐霧的店家、山、海、往溪流全力灌注的瀑布、特殊的市集以及節慶——最不挑的時候，他們也常常去劍術訓練場。

迪洛想不出來有哪些離開炙萊沙以後第一次見識到的景色與萊亞無關，回想起來，那些時候他好像都在，憑著他們最開始的關係，當然沒能做到上述所有事情，所以這些都是在反覆糾纏中留下來的漫長軌跡。

第一次拿劍指著萊亞的喉嚨，迪洛沒能真的砍下去，可是那時候他天真地以為用難看一點的氣勢說自己要放棄就可以放棄了。

越想越氣找他發飆，是在得知女王眼睛與外貌異常的情形之後。

那一次迪洛不打算繼續避而不談，決定萊亞不說的事就由他來說，所以他像在找碴一樣開始不停追問萊亞女王的事情，問到萊亞每次都不知道該拿他怎麼辦的樣子。某天，迪洛說了：「你們女王會變成那樣搞不好是設定的關係，我可以去跟作者說」，萊亞有點生氣，這讓迪洛又發飆了。

「好啊，那我倒要看看你能怎麼救你的女王，成天對這些事情不說不看，你們的國家難道就會變回原本的樣子嗎？不去理解這些規則你就有辦法了？艾沙特騎士長了不起啊。」他幾近粗魯地把替萊亞整理的裝備統統塞進休息室，「對我生氣幹嘛，公主也是你也是，世界變成這樣又不是我的錯，我可是一直都在幫你們，我也想要有人幫我啊！」

原來他很氣公主，原來他一直都覺得：萊亞是能幫助他的龍。

然後，迪洛煩躁地把羽毛按在騎士長的辦公桌上。

「有翼族如果把羽毛拔下來給你，你知道是什麼意思嗎？」

再後來，好幾次，迪洛都在反覆的糾纏中拿羽毛氣悶地扔萊亞，又因為知道這種沉重的「我愛你」不會有回應，所以乾脆不問萊亞到底想拿他怎麼辦了。

也有一段時間迪洛只要累就會去艾沙特騎士營蒙著頭睡覺，後來還找勾搭萊亞的晚輩吵架，他也哭過，示弱似的對萊亞說「你不要回去」，然後在萊亞溫柔地承諾可以陪他以後覺得很丟臉，開口趕他走。

就這樣從兩個月糾纏到將近兩年，說不清楚的關係怎麼努力都無法繼續之後，他們才終於完全斷了聯絡。

那之後迪洛花了更久的時間和昳成為朋友，昳顯然不曉得迪洛和萊亞發生過什麼事情，只是以「聽說你做了這個？」拿他們第一次用《巫月》完成的遊戲跟他搭話，再回到「我們都是天使」的理由玩在一塊。

迪洛不討厭昳，只是無論迪洛怎麼跟他相處，都明白自己跟昳保持往來時抱有的私心：只要跟這隻混血的天使龍說話，好像就可以打聽到萊亞的消息。

龍族把尊敬的對象掛在嘴邊是很自然的事情，迪洛知道自己不該再注意萊亞的近況，但是盯著昳，他又時常期待關於萊亞的一兩句形容，真的聽到以後，他又會用覺得自己很可笑的心情三言兩語草草敷衍過去。

萊亞知道昳會找迪洛玩之後，據說也曾經認真地叫昳別接近他，這個要求顯然讓昳覺得「他就是不喜歡你們這些用想像力做一堆遊戲的怪傢伙耶」，其他人則因為昳的看法，逐漸覺得萊亞就是那樣子，只有迪洛知道：萊亞只是想避免離他太近的人反覆出現在自己的生活圈罷了。

迪洛覺得自己做遊戲什麼的，萊亞其實才不在乎呢！他猜萊亞頂多只會唸他「不要一直煩別人」、「不要這樣糟蹋自己」，嘆幾口氣，嚴肅地糾正他認為太幼稚的觀念，但是，假如迪洛像以前那樣追上去問「我做這些明明很厲害，我覺得很好玩啊」，萊亞肯定馬上就會覺得算了，或許還會對他說：你開心就好。

因為，萊亞雖然常常唸他，卻一向很縱容喜歡的人，最後分開的時候，「你喜不喜歡我」的答案也是肯定的。

萊亞才不是不喜歡他，只是那種喜歡，跟迪洛扔在他身上的羽毛重量不一樣罷了。

又過了好久，迪洛覺得自己似乎都好不起來，所以他決定把這些感覺化為萊亞聽了會無奈的爛笑話，在大家都喜歡的娛樂、很多人說來說去的傳言藏著一層一層訊息到處流傳，做出手機以後，迪洛開始會把手機打開，往「萊亞」的名字每天胡亂傳一堆想要說的話過去，後來，雷切斯特出現了，妮莉不知怎麼邀請雷切斯特在手機裡面放動物，迪洛偏著頭望著「白玄鳳」這個理所當然的暱稱。

「我是玄鳳啊？沒有別的生物可以選嗎？」

「你的設定是玄鳳……」雷切斯特顯然很怕迪洛。

「可是我不喜歡被當成鳥呢，真沒禮貌。」迪洛說：「算了，就沒有什麼更有趣的鳥類嗎？」

「霜天鳥」是傳聞中在寒地出現的鳥，就像地球的「尼斯湖水怪」一樣，自古以來有諸多目擊情報，卻從來沒人真的抓到過，形貌在各地的傳聞裡也紛亂不一。有人說，傳說中的霜天鳥其實就只是暴風雪的陰影而已。

迪洛決定掛上「雪的影子」這種生物稱號，畫面就此變成毫無活體存在的暴風雪，而後他若無其事問了雷切斯特在手機裡面放置動物的細節，在無人知曉的時候花了更長的時間，成功讓屬於自己的白玄鳳掉進萊亞的畫面。

反正萊亞又不可能瘋到哪天開手機來看。

既然他不會看到，就不困擾。

好幾年又這樣過去，小伽子出現在他們的生活圈，混熟以後，誠實的小伽子忽然拿了本東西問迪洛要不要跟他一起寫。

——想要寫下「他們的事情」啊？

「我覺得那個是我會高興的故事。」

伽伊安一邊跟迪洛泡咖啡一邊說得頭頭是道。

可愛的晚輩想法清奇無比，迪洛感到很有趣，一口就答應了，在那之後，小伽子還真的號召一票人開始製作故事書。要以小伽子為主角，把他發生過的事情綜合其他人覺得值得一寫的事件編寫成小說，那不簡單，過程卻十足熱鬧，「那時候是那樣子吧」、「這個跟那個在同一個場景講就好」、「當成同一天發生的可以嗎？」，一邊想著當時的情況，一邊用小說的格式重新演繹，完成第一本書的時候，參與的大家似乎都覺得有趣。

迪洛隨之開始思考：在敘述的部分藏一些暗示萊亞的部分可以吧，反正只有萊亞看得懂，而萊亞又不會看書，作者甚至也搞不懂迪洛丟出來的敘述是什麼意思呢。對了，藉由這本書向眾角色們宣傳的新遊戲，名稱乾脆叫做「天使的羽毛」吧？把一起製作遊戲的夥伴都蒙在鼓裡做這種事情，他真是混帳呢，不過，萊亞肯定不會看，那就不會有人知道，沒有關係。

迪洛發覺自己好像很習慣在安全的地方自言自語了，時常用一些暗號說著：我過得很好，跟身邊的人都處得不錯，這幾年一直都在做大家喜歡的東西，然後對了我還是很愛你。

萊亞不可能看這些，竟也讓他感到安心。

他們已經很久沒有碰面。

——萊亞出現在抬頭為《科爾諾瓦》的書裡，來到迪洛的面前，說了幾句像是台詞的話。

瀑布從極高的山崖傾注而下，噴濺在山壁上的水花翱翔在空氣裡，迪洛望著壯麗的水流，任憑水龍族對他的翅膀竊竊私語。還好，這地方過了十年也沒有消失不見，就跟他第一次在這邊思考人生的時候一個樣。

〔小白蛇〕伽伊安：烈爾在找你

迪洛低頭看在眾角色之間廣為流傳的手機，他這次出門前就把《巫月》所有人的聯絡方式都關掉了，但是現在爬到手機畫面上的蛇並不屬於那些囉嗦鬼。白色小蛇吐著蛇信，攀在螢幕下方，說到底「手機」這種綜合了好多事物的東西，前前後後究竟找過多少角色一起做啊？現在知道迪洛搞這個不只是為了娛樂大眾，某些人應該會不爽吧。

唉，不過負責動物的雷切斯特大概就不會生氣，迪洛想：跟現在爬到螢幕上的蛇一樣，他們兩個都很體貼。

〔小白蛇〕伽伊安：不想回我就讓雪颮一下

〔小白蛇〕伽伊安：我想知道你是不是死掉了

幾秒後，霜雪無聲降落在蛇旁邊，白蛇很快就睜圓紅醋栗一般的眼睛。

〔小白蛇〕伽伊安：where r u？
〔小白蛇〕伽伊安：你不見好多天
〔霜天鳥〕迪洛：英文不錯
〔小白蛇〕伽伊安：謝
〔小白蛇〕伽伊安邀請您進行【大魔法槍戰】

迪洛望著畫面上的「接受」與「拒絕」，然後可愛的晚輩非常敏銳地收回邀請，再維持一貫的直接切入正題。

〔小白蛇〕伽伊安：萊亞也不見
〔小白蛇〕伽伊安：所以你們私奔嗎？
〔小白蛇〕伽伊安：眣都一直問我
〔小白蛇〕伽伊安：我現在要幫你高興還是安慰你？
〔霜天鳥〕迪洛：萊亞應該已經回去了，請放心

〔小白蛇〕伽伊安：欸

〔霜天鳥〕迪洛：你可以去艾沙特找他啊

白蛇繞了一小圈。

〔小白蛇〕伽伊安：可是我比較想找到你

〔霜天鳥〕迪洛：這麼說來很抱歉，沒有經過你的同意就擅自對作者丟出那種故事還讓她寫

〔小白蛇〕伽伊安：？

〔小白蛇〕伽伊安：我本來就是叫大家說想說的事所以沒關係

〔小白蛇〕伽伊安：應該說

〔小白蛇〕伽伊安：你用我的書講話我很高興

〔小白蛇〕伽伊安：只是我看完了想說你沒事？？

飛濺的水花漂浮成山谷之間的迷霧，迪洛保持沉默，而伽伊安過了一陣子又傳話過來。

〔小白蛇〕伽伊安：你之後如果很難演得跟之前一樣，用你們現在的樣子直接演也可以，就是如果你真的跟萊亞跑掉，要你再演以前跟妮莉他們那樣是不是不行？

〔霜天鳥〕迪洛：喔？我以為你邀請我們一起寫這本書是整理個人回憶錄的概念呢，你去年的構想難道不是請大家一起整理紀實小說嗎？我以為沒有百分之九十符合現實你會非常傷心呢

〔小白蛇〕伽伊安：你不能講想講的話我才難過

〔小白蛇〕伽伊安：那樣跟你以前都在演假的有什麼不一樣

〔小白蛇〕伽伊安：如果有地球人在看，認識的會是現在的你，我覺得那也好

〔霜天鳥〕迪洛：真隨興，能體諒這種任性的地球人應該很少吧？要是你真的讓我這麼做，往後閱讀這本書的人一看到我登場就會不知道哪些是真的、哪些是假的，閱讀體驗會很差喔

〔小白蛇〕伽伊安：為什麼？你又沒有騙人

〔霜天鳥〕迪洛：要讓你明白我的意思，是不是非得讓我徹底搞砸一次不可呢？我可不想原本說要幫忙卻害了你

〔小白蛇〕伽伊安：你才不會害我，而且我比較想知道我現在要幫你高興還是安慰你

〔霜天鳥〕迪洛：真有八卦精神

〔小白蛇〕伽伊安：我擔心你難過

「沒事」，迪洛打出敷衍的用詞之後慢慢刪掉，然後對畫面上那隻直勾勾盯著自己的白蛇嘆氣。

〔霜天鳥〕迪洛：所以他為什麼會來參加這本書？

〔小白蛇〕伽伊安：喔，我之前有問昳跟漾要不要寫，因為都沒有那種觀點跟我比較熟的，加洛德尼爾也說他不要

〔小白蛇〕伽伊安：我想可能是昳找他的

〔小白蛇〕伽伊安：可是我也不知道，我本來就覺得萊亞不可能理我所以沒有叫他，說不定他就是來見你的？

〔霜天鳥〕迪洛：他來露面才沒有那種意思，他說往後還是會和艾沙特人住在一起，根本不願意搬出來啊，所以我也不知道他到底想幹嘛？搞不好是女王叫他登場他就跟著來了吧

〔小白蛇〕伽伊安：你有問他？你怎麼問？
〔霜天鳥〕迪洛：問他要不要搬出來，他說沒辦法啊
〔小白蛇〕伽伊安：問這麼短兩句話你們就一起消失好幾天？

就在迪洛考慮反過來邀請伽伊安進行大魔法槍戰，好讓對方略過這種尷尬話題的時候，畫面上的白蛇開始跟某隻噴火龍一樣用尾巴用力掃雪。

〔小白蛇〕伽伊安：不要難過，既然他過來寫書，那下一次有需要艾沙特的地方我絕對會找他，你可以在很多場景裡面抓住他逼他一直跟你說話，你要對他幹嘛我都不生氣
〔霜天鳥〕迪洛：這是什麼荒唐的提議？在你目前寫出來的時間軸，你還很怕我吧，難道描述你過去的故事可以帶到我在旁邊跟人拉拉扯扯的？
〔小白蛇〕伽伊安：嗯我們講我們的故事，你在旁邊拉扯沒關係
〔霜天鳥〕迪洛：伽伊安小弟弟的小說寫作術真是不同凡響，太亂來會被讀者討厭喔
〔小白蛇〕伽伊安：那我去拜託他們不要討厭我

〔小白蛇〕伽伊安：我希望你高興
〔霜天鳥〕迪洛：是喔（笑）
〔小白蛇〕伽伊安：真的
〔小白蛇〕伽伊安：如果你以前跟我說我早就幫你了，雖然我很意外你喜歡大叔，可是你可以演得好像你過去就不小心讓我知道，我幫你追他
〔霜天鳥〕迪洛：他不是大叔。如果你把妮莉當成朋友，也別說這種話
〔小白蛇〕伽伊安：好8
〔小白蛇〕伽伊安邀請您進行【大魔法槍戰】

迪洛在三戰兩勝的狙擊遊戲中輸給伽伊安兩次以後，跟伽伊安討論了武器平衡度的問題，又思考該不該回咖啡廳睡覺，再想想自己就這樣從容地回去是不是很白目，接著他總算承認自己正在考慮的完全是另一件事。

〔霜天鳥〕迪洛：要在寫一本書的過程裡面追人，這真的太荒謬了
〔霜天鳥〕迪洛：難道我以後要找機會在一堆人面前瘋狂問他到底要不要搬出來，還讓過

程被寫下來嗎？雖然那或許滿有戲劇張力的，也會帶給他一些壓力，但弄不好就會像你之前在看的地球真人秀一樣愚蠢呢

〔小白蛇〕伽伊安：我不是因為戲劇張力才建議，是因為他都登場了，可以叫他寫完，那你們就有很多理由見面

〔小白蛇〕伽伊安：而且，我覺得你本來就覺得你是角色，用寫小說的方法追人很帥？

〔霜天鳥〕迪洛：有時候我真討厭我的品味和你這麼像

〔小白蛇〕伽伊安：好吧，除非你們不用我的書，平常就可以約出來

〔霜天鳥〕迪洛：這次的確是多虧你才見面。不過，我想原本大概隨便約他，他也一定會來見我吧？

〔小白蛇〕伽伊安：約他就一定會來，他也太廢了吧

〔霜天鳥〕迪洛：才不廢，他只是很累，你沒看到白癡女王和昳都給他吃什麼東西嗎？他是艾沙特唯一在工作的龍還叫他泡茶，衣服也不知道都是誰在洗，他跟我們可不一樣，不會靠想像調整自己的狀態，這樣下去身體出問題是遲早的事，就算是龍在長期過勞的情況下也很難做出正確的判斷，反正他雖然很隨便但也不是那種只有隨便的龍

〔小白蛇〕伽伊安：？？

〔霜天鳥〕迪洛：少囉嗦啊

您已經邀請〔小白蛇〕伽伊安進行【大魔法槍戰】

這次迪洛用三戰三勝把伽伊安打趴以後，被伽伊安抗議了限定版場地的視角問題，然後在伽伊安「你不回妮莉那邊可以來我家」、「雖然我現在也不是住我家」的混亂邀約裡決定赴約算了。伽伊安不知道搞什麼又跟《自由隊伍》的角色混在一塊，雖然迪洛這種時候一點也不想看到某個穿著金色耳環的漂亮女精靈（她就是那個跟萊亞有過一腿而自己找她吵過架的角色），但早就對萊亞厭惡至極的精靈只是像個大姊姊一樣開酒請他喝，順帶憐憫地開導他。

「白癡天使你到底還要失戀幾年啊？十七歲加十三年都已經三十歲了喔，你最好看開一點。」

「我是十六歲加十三年，還沒有三十，跟妳不一樣。」

迪洛翹著腳跟名為米安諾的漂亮精靈喝著Shot，伽伊安則在後面用大魔法槍戰把唉叫的希德洌克打得落花流水。迪洛現在的酒量已經很好了，連喝六支烈酒都不會醉，一切全都多虧這個米安諾當年把萊亞甩掉的時候成天拉著自己喝酒兼抱怨，迪洛又喝了一杯，真不願想起設定上是「酒鬼」的米安諾當時爛醉著哭喊「迪洛最好也早點把他甩掉」的時候，送她回來的自己有多想從《自由隊伍》的晚輩們面前挖洞跳下去……唉，反正漂亮的女精靈至少在清醒以後耳提面命他們家的人不可以亂講話，不然要是這個八卦再早幾年走漏，迪洛大概得早幾年開始頭痛。

「你在這裡喔，超多人在找你的！」

進門的藍伊一看到迪洛就大呼小叫，用腳踹希德洌克的腰叫他滾開，迪洛懷著複雜的心情望著鑲在牆上的黑色螢幕……《自由隊伍》的晚輩們真的都很好相處，偶爾，迪洛會覺得在他們身邊休息甚至比陪公主還要輕鬆。

「你想吃什麼？」

而把他撿回來的伽伊安結束六連勝，跳起來戳迪洛的手臂，迪洛懶洋洋地望著他。

「想要親手做料理安慰人啊？聽說這就是你招攬人氣的方法？」

「才不是。」伽伊安蹙眉，「我不用做什麼就受歡迎了。」

「你會有自己受歡迎的錯覺，是不是因為答應過來寫書的全部都是你的好朋友，你最近被我們包圍太久了呢？」

「那我朋友還真的很多。」伽伊安完全沒動搖，迪洛聳肩。

「你們有蘋果酒嗎？」

「酒才不是我煮得出來的東西。」

伽伊安說著就去搶迪洛的杯子，立刻被迪洛和米安諾聯手以「身高沒有一百六不能喝酒喔」噓聲制止，藍伊像是湊熱鬧一樣也倒了酒來喝，迪洛被吵鬧的晚輩們夾雜在中間，久違地感到些許茫然。

他還真的不知長進地想要回頭去喝那口蘋果酒。

如果可以，在黎明的時候。

Lv3.科爾諾瓦

書名：歡迎光臨科爾諾瓦　第三集
雖然會害怕，但我還是想要說實話！

作者：新月夏、伽伊安
官網：http://kernova.weebly.com
信箱：miobirukernova@gmail.com
噗浪：https://www.plurk.com/mio0120
小說：https://episode.cc/about/mio0120
粉專：https://www.facebook.com/antfreeteam
出版：鍾宛衡
印製：百瑞數位印刷

標題字設計：B子
角色介紹頭貼：新月夏
書封與內頁設計／繪圖與編排：西瓜精
愛珞伊作者：御星

代理經銷：白象文化事業有限公司
401台中市東區和平街228巷44號
電話：(04)2220-8589
傳真：(04)2220-8505

國家圖書館出版品預行編目(CIP)
歡迎光臨科爾諾瓦．第三集：雖然會害怕，
但我還是想要說實話！/新月夏，伽伊安作.
-- 新北市：鍾宛衡，2020.08
面；　公分
ISBN 978-957-43-7788-6(平裝)

863.57　　　　109009353

初版一刷　2020年8月